COLLECTION
FOLIO/ACTUEL

Dominique Schnapper
avec la collaboration
de Christian Bachelier

Qu'est-ce que la citoyenneté ?

Nouvelle édition mise à jour

Gallimard

Dominique Schnapper, directrice d'études à l'École des Hautes Études en sciences sociales, présidente de la Société française de sociologie (1991-1995), est notamment l'auteur de *La France de l'intégration. Sociologie de la nation en 1990* (1991), de *La communauté des citoyens. Sur l'idée moderne de nation* (1994), et de *La relation à l'Autre. Au cœur de la pensée sociologique* (1998) parus aux Éditions Gallimard.

Christian Bachelier, historien, spécialiste de l'époque contemporaine, a notamment édité Raymond Aron, *Chroniques de guerre* (1990), Raymond Aron, *Une histoire du XXe siècle* (Plon, 1996) et Georges Friedmann, *Journal de guerre* (Gallimard, 1987).

Introduction

Le terme de citoyen, dont la Révolution avait déjà fait un usage enthousiaste et parfois excessif, est revenu à la mode depuis quelques années d'une manière insistante, sinon obsédante, dans les pays démocratiques. Sous forme d'adjectif, on le voit accolé à toutes sortes de mots, on parle ainsi sans sourire de rencontre citoyenne, d'action citoyenne ou même de café citoyen. Dans cette acception très large, il revient à dire simplement « non professionnel », « social », ou même « amical » ou « sympathique ». On s'interrogera dans la conclusion sur les raisons de ce succès récent. Mais il faut rappeler, pour commencer, que le terme a une signification précise qu'il importe de comprendre.

La citoyenneté a d'abord un sens juridique. Le citoyen n'est pas un individu concret. On peut lui appliquer ce qu'écrivait Joseph de Maistre à propos de *l'homme* de la Déclaration des droits de *l'homme* et du citoyen : « Il n'y a point d'*homme* dans le monde. J'ai vu dans ma vie, des Français, des Italiens, des Russes, etc. ; je sais même grâce à Montesquieu *qu'on peut être persan* ; mais quant à *l'homme*, je déclare ne l'avoir rencontré de ma vie[1]. » On ne rencontre pas plus le citoyen que *l'homme*. Le citoyen est un sujet de droit. Il dispose à ce titre de droits civils et politiques. Il jouit des libertés individuelles, la liberté de conscience et d'expression, la liberté d'aller et venir, de se marier, d'être présumé innocent s'il est arrêté par la police et présenté à la justice, d'avoir un avocat pour le défendre, d'être traité par la justice selon une loi égale pour tous. Il dispose des droits politiques : participer à la vie politique et être candidat à toutes les fonctions publiques. En revanche, il a l'obligation de respecter les lois, de participer aux dépenses collectives en fonction de ses ressources et de défendre la société dont il est membre, si elle se trouve menacée.

Mais la citoyenneté est aussi le principe de la légitimité politique. Le citoyen n'est pas seulement un sujet de droit individuel. Il est détenteur d'une part de la souveraineté politique. C'est l'ensemble des citoyens, constitués en collectivité politique ou en « communauté des citoyens », qui, par l'élection, choisit les gouvernants. C'est l'ensemble des citoyens qui est à la source du pouvoir et qui justifie que les décisions prises par les gouvernants soient exécutées. C'est l'ensemble des citoyens qui contrôle et sanctionne l'action des gouvernants issus de l'élection. Les gouvernés reconnaissent qu'ils doivent obéir aux ordres des gouvernants parce que ceux qui leur donnent ces

1. Souligné par l'auteur.

ordres ont été choisis par eux et restent sous leur contrôle. C'est l'ensemble des citoyens qui dispose de la souveraineté. C'est le sens des expressions bien connues : le citoyen est « roi » ou le citoyen est « souverain ».

La citoyenneté est également la source du lien social. Dans la société démocratique moderne, le lien entre les hommes n'est plus religieux ou dynastique, il est politique. Vivre ensemble, ce n'est plus partager la même religion ou être, ensemble, sujets du même monarque ou être soumis à la même autorité, c'est être citoyens de la même organisation politique. Le principe de légitimité s'est progressivement traduit dans toutes les formes de la vie sociale. La société des citoyens, dans ses institutions politiques et sociales, dans ses échanges les plus quotidiens, ne ressemble à aucune autre. Chaque citoyen participant à la même souveraineté a droit au même respect, il a droit à voir reconnaître sa dignité. Les relations entre les hommes sont fondées sur l'égale dignité de tous.

Nous avons intériorisé l'idée de la citoyenneté au point qu'elle nous paraît « naturelle ». La formule « un homme, une voix », qui en est la traduction, nous semble aller de soi, elle s'impose comme une évidence. Les sociétés organisées par la citoyenneté sont pourtant très minoritaires dans l'histoire humaine. Les origines de cette idée sont anciennes, mais la modernité politique, née progressivement dans l'Occident chrétien, qui s'est imposée avec éclat au moment des révolutions politiques des XVIIe et XVIIIe siècles en Angleterre, aux États-Unis, en France, a introduit une rupture fondamentale. La citoyenneté moderne n'est pas celle de l'Antiquité.

L'héritage grec est pourtant à l'origine de la conception de la citoyenneté. L'invention de la Cité grecque, ou *polis*, c'est l'invention de l'idée de citoyen. Les Grecs ont pensé, à travers la Cité, l'émergence du politique comme domaine autonome de la vie collective. Ils ont conçu l'idée d'une société politique abstraite distincte de la société réelle, formée d'individus concrets. La *polis*, selon Aristote, c'est la communauté des citoyens organisés politiquement. Cette abstraction est une utopie créatrice, fondée sur l'idée de l'égalité de tous les citoyens en tant que citoyens, quelles que soient, par ailleurs, leurs différences et les inégalités qui les séparent.

C'est la Cité grecque qui a inventé le « citoyen » comme membre de la communauté des citoyens libres et égaux. « Ceux qui composent la cité, si différents qu'ils soient par leur origine, leur rang, leur fonction apparaissent d'une certaine façon "semblables" les uns aux autres. Cette similitude fonde l'unité de la *polis*, parce que, pour les Grecs, seuls des semblables peuvent se trouver mutuellement unis par la *philia*, associés en une même communauté. Le lien de l'homme avec l'homme va prendre ainsi, dans le cadre de la cité, la forme d'une relation réciproque, réversible, remplaçant les rapports hiérarchiques de soumission et de domination. Tous ceux qui participent à l'État vont se définir comme des *homoioi*, des semblables, puis, de façon plus abstraite, comme des *isoi*, des égaux. En dépit de tout ce qui les oppose dans le concret de la vie sociale, les citoyens se conçoivent, sur le plan politique, comme des unités interchangeables à l'intérieur d'un système dont la loi est l'équilibre, la norme l'égalité. Cette image du monde humain trouvera au VIe siècle son expression rigoureuse dans un concept, celui d'*isonomia* : égale participation de tous les citoyens à l'exercice du pouvoir[1]. » Avec Clisthène et ses réformes institutionnelles, « sous la loi d'*isonomia*, le monde social prend la forme d'un cosmos circulaire et centré où chaque citoyen, parce qu'il est semblable à tous les autres, aura à parcourir l'ensemble du circuit, occupant et cédant successivement, suivant l'ordre du temps, toutes les positions symétriques qui composent l'espace civique[2] ».

Les Grecs n'ont pas seulement inventé l'idée de citoyen qui ne se confond pas avec l'individu concret ou, en d'autres termes, l'idée d'un domaine politique distinct de la société formée par les liens des hommes concrets, ils ont inventé le principe du respect de la loi. La *polis* était, pour les Grecs, fondamentalement différente des empires des Barbares, parce que les citoyens n'obéissaient pas à un homme, si puissant fût-il, mais aux lois. Les lois de la Cité étaient le seul maître auquel un citoyen pouvait et devait obéir. Condamné à mort, Socrate refusa de s'enfuir pour manifester son respect des lois de la Cité, même quand elles étaient appliquées injustement.

1. Jean-Pierre Vernant, *Les origines de la pensée grecque*, Paris, PUF, 1962, p. 56.
2. *Ibid.*, p. 99.

Si la Grèce nous a transmis l'idée de société politique abstraite et utopique, constituée par la communauté des citoyens libres et égaux, Rome a constitué une autre étape, en définissant les citoyens non plus comme les membres de la Cité mais comme des sujets de droit.

La *polis* grecque était en effet restée limitée par une conception que nous qualifierions en langage moderne d'ethnique. Les citoyens étaient définis par leur naissance et leur appartenance, déterminée par leur filiation, à une phratrie et à un dème. On était citoyen athénien parce qu'on était fils, petit-fils et arrière-petit-fils de citoyens athéniens. Les étrangers, les métèques, les esclaves et les femmes en étaient exclus. La société politique de la Grèce antique n'a pas évacué cette définition ethnique de la citoyenneté, parce que la *polis* était à la fois concrète et directe. Fondée sur une conception ethnique, la Cité est restée fermée : l'acquisition de la citoyenneté athénienne par des étrangers fut exceptionnelle. L'activité politique fut, de fait, limitée aux membres les plus fortunés de la Cité. Étant donné que les Grecs se définissaient eux-mêmes et étaient reconnus par les autres en termes ethniques : l'origine, la langue, les dieux et les lieux sacrés, les fêtes sacrificielles et le mode de vie ; étant donné, d'autre part, leur conception concrète et directe de la vie publique, l'idée de se réunir en une seule organisation politique, dans laquelle les citoyens ne participeraient pas directement à la vie politique, leur est restée étrangère.

La démocratie moderne a hérité de Rome la conception d'une citoyenneté désormais définie en termes de statut juridique. Le *civis romanus* disposait des droits civils et personnels : le droit de contracter un mariage légitime avec un citoyen romain ou une fille de citoyen romain (*jus connubii*), le droit de conclure les actes juridiques conformes à l'ancien droit romain (*jus commercii*). Les politiques et les penseurs romains ont défini la société politique par le droit. Dans l'Empire devenu immense, il ne s'agissait plus d'organiser la vie et les conflits entre des groupes d'individus réels, mais de régler les relations entre des sujets de droit. Dès lors était posé le principe que les étrangers pouvaient accéder à une société politique définie en termes juridiques. La nature juridique du statut de citoyen permettait, par définition, d'inclure progressivement les éléments étrangers. C'est ce qui explique que les élites provinciales se virent accorder la citoyenneté romaine au fur et à mesure que les provinces étaient annexées à l'Empire. Cette évolution fut achevée avec l'édit de Caracalla en 212, qui donna la citoyenneté à la grande majorité des hommes libres de l'Empire. Même si, concrètement, la majorité des citoyens se trouva écartée de la pratique politique quotidienne, les Romains ont défini le citoyen en termes juridiques. Par là, ils ont fondé l'idée que, dans son principe, la citoyenneté était ouverte et qu'elle avait une vocation universelle. Elle cessait d'être liée à des caractéristiques historiques ou sociales particulières. C'est en ce sens précis qu'on peut adopter la formule de Claude Nicolet : « Nous sommes tous des citoyens romains. »

La vocation universelle de la citoyenneté a été

reprise sur un autre plan et portée par le message universaliste de la chrétienté, issue de l'Empire romain. L'universalisme du message chrétien fut toutefois régulièrement contesté à l'intérieur même de l'Église. La grande « dispute » de Valladolid, en 1550-1551, symbolise le moment où, à la suite d'un « grand débat » sur la possibilité des Indiens de devenir chrétiens, l'Église a finalement pris le parti de l'universalité, en proclamant la pleine humanité des Indiens et leur vocation à recevoir, comme tous les hommes, le message chrétien. Selon la formule du dominicain Las Casas, défenseur des Indiens, « il n'existe aucune nation au monde, quelles que soient la barbarie, la férocité ou la dépravation de ses coutumes, qui ne puisse devenir un jour une nation policée, dont les membres se comportent de façon humaine et conforme à la raison ».

La pensée politique moderne, en redécouvrant le droit romain à partir du XIIIe siècle, en élaborant ensuite l'idée du contrat social, s'inscrit dans cette histoire. Mais la citoyenneté moderne ne prolonge pas simplement les idées du passé. Le citoyen moderne n'est pas le membre de la *polis* grecque ni le citoyen romain. La modernité a introduit une rupture dans la conception et la pratique politiques sur laquelle nous vivons encore. La citoyenneté moderne n'est d'ailleurs pas une essence, donnée une fois pour toutes, mais une histoire. Le citoyen de 1789 n'est pas le citoyen de 1848, ni celui de l'an 2000. Les pratiques de la citoyenneté prennent aujourd'hui des formes concrètes différentes dans les différents pays démocratiques.

Malgré la diversité des institutions qui organisent la citoyenneté, malgré leur évolution continue, existe-t-il des principes fondamentaux et des traits communs à toutes les sociétés fondées sur le principe de la citoyenneté ?

ANNEXES

ARISTOTE, « QU'EST-CE DONC QUE LA CITÉ ? »

Pour qui examine les constitutions, la nature et le caractère de chacune d'elles, la question à examiner la première, peut-on dire, concerne la cité : qu'est-ce donc que la cité ? En fait, il y a contestation sur ce sujet : au dire des uns, c'est la cité qui a fait tel acte ; selon les autres, ce n'est pas la cité, mais l'oligarchie ou le tyran ; d'autre part, nous voyons que toute l'activité de l'homme d'État et du législateur concerne la cité ; or la constitution est une certaine organisation des habitants de la cité.

Comme la cité fait partie des composés au même titre que n'importe quel autre « tout » composé de plusieurs éléments, il est clair que notre recherche doit porter d'abord sur le citoyen ; la cité, en effet, c'est une collectivité de citoyens ; il faut donc examiner qui doit être appelé citoyen et ce qu'est un citoyen. La notion de citoyen prête souvent à contestation, car on n'est pas d'accord pour considérer comme citoyen le même individu : tel, qui est citoyen dans une démocratie, souvent n'est pas un citoyen dans une oligarchie.

Il faut ici laisser de côté ceux qui reçoivent cette dénomination de quelque autre manière, par exemple, les citoyens naturalisés ; le citoyen n'est pas citoyen du seul fait qu'il réside quelque part (le « métèque » et l'esclave ont, comme lui, le droit de résider) ; ne sont pas citoyens non plus ceux qui ont le seul droit d'ester en justice comme défenseur ou comme demandeur, puisque ce droit appartient aussi à ceux qui en jouissent en vertu de conventions — et ce droit appartient vraiment à ces gens-là ; à dire vrai, en beaucoup d'endroits, les *métèques* ne jouissent même pas parfaitement de ces droits, mais ils sont obligés de se choisir un «patron», de sorte qu'ils ne participent, pour ainsi dire, qu'imparfaitement à une telle communauté politique; le cas est le même pour les enfants encore non inscrits à cause de leur âge et pour les vieillards libérés de tout service : on doit les dire citoyens en un certain sens, mais non pas en un sens tout à fait strict, et ajouter les mots «imparfaits» pour les uns et «émérites» pour les autres ou toute autre précision semblable (peu importe laquelle, puisque ce que l'on veut dire est clair). Notre recherche porte sur le citoyen au sens strict, celui en qui l'on ne puisse rien critiquer de tel qui exige correction; car, au sujet des citoyens frappés de dégradation civique ou d'exil, des difficultés du même genre peuvent aussi être soulevées et résolues de même.

Le citoyen au sens strict, aucun caractère ne le définit mieux que la participation à l'exercice des pouvoirs de juge et de magistrat. Or, parmi les magistratures, les unes sont limitées en durée, de sorte que certaines ne peuvent absolument pas être exercées deux fois par la même personne, ou du moins ne le sont qu'après un intervalle de temps bien défini; d'autres sont de durée illimitée, comme celle de juge ou de membre de l'Assemblée. Peut-être, il est vrai, pourrait-on dire que ce ne sont pas là des magistrats et que ces fonctions ne les font pas participer au pouvoir; et pourtant il serait ridicule de frustrer du pouvoir ceux qui détiennent l'autorité suprême. Mais n'attachons pas d'importance à cela : c'est une simple question de nom; en effet, faute de terme pour désigner ce qui est commun au juge et au membre de l'Assemblée, on ne sait comment les appeler tous les deux. Admettons, pour les définir, que c'est une «magistrature à caractère indéterminé». Dès lors, nous posons le principe que sont citoyens ceux qui participent ainsi au pouvoir.

Telle est donc à peu près la définition du citoyen qui s'adapterait le mieux à tous ceux qu'on appelle des citoyens. Mais on ne doit pas perdre de vue que les choses dont les sujets d'inhérence diffèrent spécifiquement, et dont l'un est premier, l'autre second et ainsi de suite, n'ont, en tant que telles, absolument rien de commun ou presque rien. Or nous voyons que les constitutions diffèrent spécifiquement les unes des autres et que les unes sont postérieures, les autres antérieures, celles qui sont défectueuses et déviées étant nécessairement postérieures à celles qui sont sans défaut.

Par conséquent, le citoyen, lui aussi, est nécessairement différent suivant chaque constitution. C'est pourquoi le citoyen dont nous avons parlé existe surtout dans une démocratie ; dans les autres régimes, on peut le trouver, mais pas nécessairement. Dans certains États, il n'y a pas de « peuple », ni de sessions régulières de l'Assemblée, mais seulement des réunions sur convocation, et les procès sont répartis entre certains juges ; ainsi, à *Lacédémone*, les Éphores se partagent entre eux les procès civils, les Gérontes jugent les procès criminels, et sans doute d'autres affaires relèvent de quelque magistrature différente. À *Carthage*, de la même façon, certains magistrats sont juges de toutes les causes.

Mais notre définition du citoyen implique une correction : en effet, dans les autres régimes, ce n'est pas le magistrat à caractère indéterminé qui est membre de l'Assemblée et du tribunal, mais celui dont la compétence est bien déterminée, puisque c'est à tous ces magistrats spécialisés, ou à quelques-uns d'entre eux qu'est confié le pouvoir de délibérer et de juger sur toutes les matières ou sur quelques-unes. La nature du citoyen ressort ainsi clairement de ces considérations : quiconque a la possibilité de participer au pouvoir délibératif ou judiciaire, nous disons dès lors qu'il est citoyen de cette cité, et nous appelons cité la collectivité des individus de ce genre en nombre suffisant pour vivre, en un mot, en autarcie.

Politique, livre III, chap. I, trad. J. Aubonnet, Paris, Gallimard, « Tel », 1993, p. 73-75.

CICÉRON,
« UNE COMMUNAUTÉ DE DROIT »

Donc, puisqu'il n'y a rien de mieux que la raison et que celle-ci existe en l'homme et dans la divinité, il y a entre l'homme et la divinité une première association <consistant en une participation> à la raison. Mais pour ceux entre lesquels est commune la faculté de la raison, la droite raison aussi est commune ; et, comme c'est elle qui est la Loi, nous devons croire les hommes et les dieux réunis en une association fondée sur la Loi. Or pour ceux qui ont entre eux communauté de loi, il y a communauté de droit. Mais ceux pour qui ces choses (loi et droit) sont communes doivent être considérés comme appartenant à la même Cité. À plus forte raison, s'ils obéissent aux mêmes commandements et aux mêmes autorités, obéissent-ils au mouvement réglé de notre ciel, à la pensée des dieux et à la divinité prédominante. Si bien qu'il faut regarder tout cet ensemble du monde comme une Cité unique appartenant en commun aux dieux et aux hommes. Et ce qui existe dans les cités, en vertu de principes dont nous parlerons à l'endroit convenable, où les relations de parenté différencient les situations familiales, dans l'univers cela existe aussi, sous une forme d'autant plus grandiose et glorieuse que les hommes se trouvent rattachés aux dieux par des liens de famille et de race.

De legibus, livre I, chap. XXIII,
trad. G. de Plinval, Paris, Les
Belles-Lettres, CUF, 1959, p. 13.

CHAPITRE PREMIER

La modernité politique

Les révolutions du XVIIIe siècle, aux États-Unis et en France, sont les symboles de l'entrée dans un nouveau monde. La Révolution américaine inventa la démocratie représentative. La Révolution française fut essentiellement une rupture politique, malgré la continuité sociale entre l'Ancien Régime et la Révolution mise en évidence par Tocqueville. Elle fut, comme l'a montré François Furet, le moment où naquit la modernité politique. Mais qu'est-ce que la modernité politique, sinon l'élaboration d'une société dans laquelle la citoyenneté constitue le fondement de la légitimité politique ?

LE TRANSFERT DE LA LÉGITIMITÉ

L'article 3 de la Déclaration des droits de l'homme le proclame : « Le principe de toute souveraineté réside essentiellement dans la Nation.

Nul corps, nul individu ne peut exercer d'autorité qui n'en émane expressément. » Alors que, jusque-là, tout pouvoir « émanait » du roi, c'est désormais la « Nation » qui en était la source. La Déclaration ne faisait d'ailleurs que consacrer solennellement un « topos » répété dans nombre des Cahiers de doléances et dans tous les débats qui animèrent la vie de la Constituante entre juin et août 1789, même dans le parti des monarchiens, révolutionnaires modérés, qui s'efforçaient de faire sa place au nouvel ordre politique tout en maintenant la monarchie. L'un d'entre eux, Mounier, n'hésitait pas à affirmer : « Quand la manière de gouverner ne dérive pas de la volonté du Peuple clairement exprimée, il n'a point de constitution, il n'a qu'un gouvernement de fait [...] toute autorité émane de la nation [...] tous les pouvoirs émanent du peuple[1]. »

Le nouvel ordre politique

Redéfinir le fondement de la légitimité à partir de l'individu constituait un renversement inouï de l'ordre politique, qui était désormais fondé sur l'universalisation de la liberté politique à partir de l'individu autonome. En proclamant que la légitimité passait du Roi, source traditionnelle de tout pouvoir, vers l'individu et ses droits, en affirmant la prééminence de la « nation », c'est-à-dire de

1. Cité par Stéphane Rials, *La Déclaration des droits de l'homme et du citoyen*, Paris, Hachette, « Pluriel », 1989, p. 138.

l'ensemble des individus, les révolutionnaires soulevaient tous les problèmes de l'organisation des sociétés individualistes modernes — c'est ce qui rend les débats politiques de l'année 1789 fascinants.

L'irruption du citoyen sur la scène politique à travers le processus révolutionnaire ne saurait masquer pour autant l'héritage de la monarchie. La refondation du corps politique en 1789 bénéficiait du travail poursuivi par les rois de France. C'était le roi des grandes monarchies occidentales, en Angleterre, en France, en Espagne, qui avait construit au cours des siècles l'indépendance du corps politique. Le roi de France, en particulier, avait regroupé autour du petit domaine royal d'origine, grâce à une habile politique d'alliances, de mariages et de guerres, un territoire uni, avec des frontières stables. Il avait organisé une administration étatique et affirmé contre les privilèges des grands féodaux et des communes, contre les ambitions impériales et contre la puissance de l'Église l'indépendance d'un corps politique, au-delà même de sa propre personne. Les juristes anglais, de leur côté, avaient élaboré la doctrine des Deux Corps du roi, le corps concret et le corps abstrait, inspirée de la double nature du Christ, humaine et divine. En France également, la royauté transcendait la personne du roi, ce qu'exprimait la célèbre formule : « Le roi est mort, vive le roi ! » Même s'il était roi de droit divin, légitimé par l'Église, le monarque avait affirmé la continuité d'un corps politique, essentiellement distinct de l'Église et unifié. Il avait créé les institutions qui garantissaient son indépendance par-delà le renouvellement biologique des générations. La modernité politique née de la Révolution a bénéficié de ce travail séculaire et, d'une certaine façon, l'a achevé en transférant la légitimité politique du Roi à la Nation. Dans les termes idéologiques des temps du nationalisme, c'est ce que formulera Renan lorsqu'il écrivit en 1882 : « Cette grande royauté française avait été si hautement nationale, que, le lendemain de sa chute, la nation a pu tenir sans elle. »

Par la proclamation de cette nouvelle légitimité se trouvait posé un principe de transcendance des particularismes. Constitués en « nation », pour reprendre la formule de la Déclaration des droits de l'homme et du citoyen, les citoyens cessaient d'être des individus concrets, caractérisés par leurs origines historiques, leurs croyances et leurs pratiques religieuses, leurs appartenances sociales. Ils devenaient des citoyens égaux. Malgré les préjugés de l'époque, la citoyenneté fut étendue aux juifs en septembre 1791. Le nouveau principe de légitimité affirmait l'égalité civile, juridique et politique d'individus divers et inégaux. L'individu-citoyen avait la capacité de s'arracher, au moins partiellement, à ses enracinements particuliers et d'entrer, en droit, en communication avec tous les autres. Il pouvait cesser d'être déterminé par son appartenance à un groupe réel. Il était défini précisément par sa capacité de rompre avec les déterminations qui l'enfermaient dans une culture et un destin imposés par sa naissance, de se libérer des rôles prescrits.

La séparation du public et du privé devenait ainsi un principe fondateur de l'ordre social : au privé la liberté des individus dans toute leur diversité, au public l'affirmation de l'égalité des droits des citoyens. Tous les particularismes étaient renvoyés à la sphère du privé. Ce qui fonde la citoyenneté, c'est l'opposition entre les spécificités de l'homme privé, membre de la société civile, et l'universalisme du citoyen. Ce principe n'entraînait pas, à l'époque, que tous les membres de la société devinssent des citoyens. L'*exercice* des droits du citoyen fut immédiatement réservé à certains, les « citoyens actifs ». Mais il était affirmé que tous avaient vocation à accéder à la citoyenneté.

Cette nouvelle légitimité impliquait un principe de séparation de l'Église et du pouvoir politique. À partir du moment où les hommes s'autoconstituaient en pouvoir légitime, les Églises se trouvaient éliminées en tant que source de pouvoir. L'idée de séparation entre l'Église et l'État avait été formulée par Locke à la suite des affrontements des guerres de Religion. La neutralité religieuse de l'État lui apparaissait comme le moyen d'organiser la tolérance à l'égard de toutes les religions et d'éviter que les hommes se massacrent au nom de leurs croyances et de leur affiliation à une Église. Dans des sociétés fortement imprégnées de religiosité, les révolutionnaires voyaient aussi dans la Raison le moyen d'unir les hommes que la religion divisait. Il va de soi que ce principe ne conduisait pas à organiser telle ou telle forme de séparation. La réalité des croyances, l'organisation des Églises, la prise en compte des groupes religieux font partie de la gestion d'une société démocratique. Mais la modernité politique implique un principe de séparation de l'ordre politique et de l'ordre religieux. En même temps se posait le problème des sociétés individualistes. Comment unir les hommes qui ne partageaient plus nécessairement la même religion — dont le sens originel est précisément d'être ce qui relie les hommes ?

Individu et organisation de la société politique

L'affirmation de la souveraineté du citoyen a soulevé des débats qui n'ont cessé de travailler les sociétés modernes et qu'on peut résumer par quelques interrogations essentielles. Comment passer de l'individu souverain à l'« ensemble des citoyens » ou à la « communauté des citoyens » qui est la source de la légitimité politique ? Comment traduire la souveraineté de l'individu-citoyen en institutions politiques ? Comment construire un corps politique à partir d'individus radicalement indépendants et autonomes ? Comment organiser les pouvoirs de telle sorte qu'ils consacrent la liberté et l'égalité de chaque citoyen ? Comment concilier l'autonomie de l'individu et les contraintes collectives ? N'existe-t-il pas une contradiction entre cet individu souverain et l'organisation collective, en d'autres termes, entre la liberté du citoyen et les exigences de la société ?

Les grands débats de 1789 et de 1793 qui traitent de ces problèmes révèlent des tensions qui sont inhérentes à la société moderne. Certains recherchaient d'abord, à travers le processus révolutionnaire, l'émancipation de l'individu et entendaient avant tout définir strictement les limites du pouvoir. Les autres visaient d'abord à restaurer le primat du collectif contre les risques d'effritement et de segmentation d'une société individualiste. Les premiers mettaient l'accent sur l'épanouissement et l'autonomie de l'individu, les seconds sur le renforcement des normes sociales et la cohésion de la société. On retrouve ces deux positions à travers trois des débats qui traversèrent les assemblées révolutionnaires : sur les droits de l'homme et du citoyen, ou, en d'autres termes, sur les droits naturels et les droits politiques ; sur les droits et les devoirs ; sur l'organisation des institutions politiques et la représentation.

La Déclaration du mois d'août 1789 consacre, selon son titre, les droits de l'homme *et* du citoyen. Mais le compromis qu'elle établit entre les partisans de la prééminence des premiers et les partisans de la prééminence des seconds ne résout pas pour autant le problème. L'homme et le citoyen, par définition, ne se confondent pas. Existe-t-il donc des droits de l'homme qui préexistent à la vie sociale ? C'est la position des tenants du droit naturel, ou jusnaturalistes, c'est la position de Locke. Pour eux, le « naturel » précède le « civil », les droits du citoyen se déduisent des droits de l'homme en tant qu'homme. Les droits du citoyen sont les droits de l'homme promulgués, délimités, sanctionnés, garantis et devenus effectifs. Pour les autres, au contraire, les droits naturels sont la conséquence des droits civils, ils naissent de la participation à la société. Pour Rousseau, ce sont les droits du citoyen qui fondent les droits de l'homme. L'homme n'existe pas en dehors de la société qui lui confère ses droits. Les jusnaturalistes, en posant l'antériorité ontologique de l'homme sur le citoyen, insistent sur la liberté de l'individu, alors que les tenants des droits du citoyen accordent la priorité à l'organisation sociale. Dans un cas, les principes prennent le pas, éventuellement, sur l'organisation positive des pouvoirs ; dans l'autre, on insiste sur la nécessité non d'une liberté infinie mais d'une liberté encadrée par la loi. Ce débat reste d'actualité. Devait-on obéir aux lois établies par le gouvernement nazi qui étaient contraires aux droits de l'homme ? Pour prendre un exemple plus proche, les étrangers en situation illégale, qu'on appelle aujourd'hui en France les « sans-papiers », sont condamnables au nom du droit positif. Mais ceux qui luttent pour les défendre invoquent une conception des droits de l'homme en tant qu'homme, qui sont par nature supérieurs à ceux que garantit le droit positif.

Ce débat fondamental est d'ailleurs lié à celui qui porte sur le sens de la Déclaration elle-même. Concerne-t-elle tous les individus ou les hommes en société ? Définit-elle les droits de l'homme générique, valables en tous lieux et en tous temps, ou, simplement, les droits des Français à un moment de leur histoire (ce qui expliquerait la place faite à la propriété) ? Dans la mesure où les philosophes du droit naturel donnaient à la collectivité pour but ultime de garantir les droits des individus, seule réalité dont se compose la société, ils jugeaient que la raison parvient à déterminer des principes valables en tout temps et en tous lieux. La position inverse est soutenue par ceux qui tiennent pour le primat du collectif sur l'individu.

Un débat parallèle se déroula à propos des droits et des devoirs. Les droits suffisent-ils ou la nécessité des devoirs doit-elle être affirmée ? Si l'on insiste sur l'individu, les devoirs n'ont pas besoin d'être proclamés : ils se déduisent de la réciprocité des droits des individus. Tout ce qui est mon droit est aussi le droit d'autrui, de sorte que je ne peux réclamer pour mon compte ce que je ne peux accorder aux autres. Comme le dit le marquis de Clermont-Lodève le 4 août 1789 : « Les devoirs naissent naturellement des droits du citoyen. Ce mot de citoyen annonce une corrélation avec les autres citoyens, et cette corrélation engendre des devoirs[1]. » Les devoirs de chacun sont nécessairement liés aux droits des autres. C'est la position individualiste. Si l'on insiste, au contraire, sur la nécessité de renforcer les liens sociaux dans une société menacée par un individualisme excessif, il importe d'affirmer les devoirs des individus à l'égard de la collectivité. C'est ce que feront les rédacteurs de la Constitution de 1793, lorsqu'ils affirmeront qu'il existe un devoir de solidarité entre les membres de la société politique. « Les secours publics sont une dette sacrée. La société doit la subsistance aux citoyens

1. Cité par Marcel Gauchet, *La révolution des droits de l'homme*, Paris, Gallimard, « Bibliothèque des histoires », 1989, p. 80.

malheureux, soit en leur procurant du travail, soit en assurant les moyens d'exister à ceux qui sont hors d'état de travailler» (article 21). L'affirmation des droits sociaux n'a pas été faite seulement pour répondre à la critique socialiste à la suite des révolutions de 1848. Ils naissent des principes mêmes de la modernité politique. À partir du moment où l'individu-citoyen est souverain, il doit disposer des moyens matériels nécessaires pour rester cet être indépendant et autosuffisant qui est à l'origine de la légitimité politique. L'organisation de l'éducation, de la protection, du travail, des secours aux plus malheureux se justifie par le fait que le citoyen doit avoir la capacité d'être autonome. Le droit à la protection sociale, au sens large du terme, se fonde sur l'exigence d'assurer la véritable liberté et la véritable égalité du citoyen. Mais, en même temps, la protection sociale peut se trouver en contradiction avec les valeurs proprement individualistes.

La représentation

L'organisation des institutions politiques n'est pas moins problématique. Le « citoyen » est un individu abstrait, mais il ne peut exercer sa souveraineté qu'à travers des institutions et des personnes. Comment organiser ce passage de l'individu-citoyen à l'organisation des institutions politiques ?

L'Antiquité n'avait conçu que la démocratie directe. À l'exception de quelques expériences dans les confédérations hellénistiques, elle avait ignoré l'idée de délégation. Pour Aristote, déléguer son pouvoir, c'était renoncer à la liberté. Le citoyen exerçait directement ses droits et ses fonctions, il était successivement gouvernant et gouverné. Les penseurs du XVIIIe siècle eux-mêmes excluaient l'idée de la république. C'était alors un lieu commun que d'affirmer l'impossibilité de l'établir dans les vastes États modernes. Les rêves politiques des philosophes n'étaient pas républicains. Rousseau en tenait pour la démocratie directe mais il n'avait établi de projet de Constitution que pour la Corse ou la Pologne.

La Déclaration des droits de l'homme, produit de compromis à la suite de débats politiques, ne prend pas parti, elle admet à la fois la démocratie directe et le système représentatif, elle les considère comme également valables : « La loi est l'expression de la volonté générale. Tous les citoyens ont droit de concourir *personnellement, ou par leurs représentants*[1], à sa formation. Elle doit être la même pour tous, soit qu'elle protège, soit qu'elle punisse. Tous les citoyens étant égaux à ses yeux sont également admissibles à toutes dignités, places et emplois publics, selon leur capacité, et sans autre distinction que celles de leurs vertus et de leurs talents » (article 6). « Tous les citoyens ont le droit de constater *par eux-mêmes ou par leurs représentants*[2], la nécessité de la contribution publique, de la consentir librement, d'en suivre l'emploi, et d'en déterminer la quotité, l'assiette, le recouvrement et la durée » (article 14).

1. Souligné par nous-mêmes.
2. Souligné par nous-mêmes.

Concrètement, la modernité politique a inventé les formes politiques fondées sur l'idée de délégation ou, en termes modernes, de représentation. C'est ainsi seulement que la république pouvait effectivement devenir le régime d'un grand pays. Les démocrates modernes ont inventé les institutions politiques par lesquelles cette représentation était assurée : élections, parlement, responsabilité des gouvernants devant les citoyens ou devant leurs représentants, participation des groupes sociaux et, en particulier, des partis politiques pour organiser la compétition pour le pouvoir. Toutes ces institutions politiques ont pour sens d'organiser la représentation. Mais l'opposition entre la participation directe et la représentation n'est pas éliminée pour autant. Lorsque l'aspiration à la démocratie directe est forte, elle tend à établir un régime d'assemblée, émanation directe du corps électoral, à accepter le référendum comme une forme normale de la pratique politique. Elle tend à multiplier les formes de participation à tous les niveaux. Quand la valeur de la représentation est intégrée par les citoyens, le régime parlementaire est préféré. Les Anglais, qui ont inventé le parlementarisme, ont longtemps vu dans le référendum une forme de césarisme dangereuse pour la démocratie. Ils n'en ont organisé que deux au cours de leur histoire, tardivement, en 1975 et 1979.

La démocratie représentative fut inventée en acte aux États-Unis entre 1776 et 1787. En 1776, les États qui venaient d'obtenir leur indépendance instaurèrent des formes de démocratie quasi directe. Une fois élus, les députés ne devaient pas se détacher du peuple dont ils tiraient leur légitimité. Leur mandat était impératif. Ils devaient rester étroitement et continûment sous le contrôle de leurs électeurs et remettre rapidement leur mandat en jeu. Les références à la *polis* grecque et à la Bible justifiaient ces dispositions. Les effets pervers apparurent rapidement. Les gouvernants devinrent les représentants des seuls intérêts particuliers, le pouvoir des majorités s'accrut aux dépens des minorités, les élus ne disposaient pas du temps nécessaire pour apprendre à gouverner, le pouvoir était sans autorité et sans continuité, l'intérêt collectif disparaissait dans l'émiettement des intérêts particuliers. La nécessité s'imposait d'instaurer la démocratie représentative, ce qui fut fait par la Constitution de 1786, qui prit en compte les intérêts des individus et des groupes et organisa leur pluralité en assurant la cohésion de la société. Selon Madison, la différence entre représentants et représentés « a pour effet d'épurer et d'élargir l'esprit public en le faisant passer par l'intermédiaire d'un corps choisi de citoyens dont la sagesse est le mieux à même de discerner le véritable intérêt du pays et dont le patriotisme et l'amour de la justice seront le moins susceptibles de sacrifier cet intérêt à des considérations éphémères et partiales[1] ». Les Américains, dans un vaste débat populaire, étaient passés en une dizaine d'années de la démocratie directe à la démocratie représen-

1. Cité par Jean Baudoin, *Introduction à la sociologie politique*, Paris, Seuil, « Points », 1998, p. 143.

tative, de l'imitation de l'Antiquité à l'invention de la modernité politique.

L'apprentissage a été plus long et plus difficile en France. L'histoire politique de la France pendant le XIXe siècle, brutale et chaotique, illustre la difficulté du passage de la souveraineté de l'individu, source de la légitimité politique, à l'organisation des institutions politiques représentatives. Pendant la décennie révolutionnaire, le gouvernement est passé de régimes d'assemblée, émanation directe du corps des citoyens — inspirés par l'idée de démocratie directe —, à un régime dans lequel l'Empereur prétendait incarner dans sa personne la « révolution ». Proches de la pensée de Rousseau, les révolutionnaires français n'ont pas su concevoir la distinction entre gouvernement et société, qui fonde le régime représentatif à l'anglaise. L'idée de volonté générale, théorisée par Rousseau, qui aboutit à la confusion entre les citoyens et les institutions a longtemps entretenu les aspirations au règne direct de la volonté du peuple. Pendant plus d'un siècle, la France sera tentée de confondre le pouvoir du peuple et la toute-puissance de l'Assemblée directement élue par le peuple, puis — contrepartie de la tentation de la démocratie directe — d'accepter que la Révolution soit incarnée en un homme providentiel. L'affirmation de l'« impersonnalité » du pouvoir — la seule obéissance aux lois et le refus de l'obéissance à une personne — s'est révélée moins efficace pour organiser la vie commune que le charisme du bonapartisme. Les régimes libéraux et modérés que la Restauration s'efforça d'établir restèrent fragiles et furent facilement balayés par des mouvements révolutionnaires. La IIIe République ne s'installera qu'avec difficulté.

L'histoire de la France au XIXe siècle ne fait qu'illustrer de manière plus visible les ambiguïtés de toutes les sociétés fondées sur la citoyenneté. Ces dernières impliquent que les citoyens adhèrent à la légitimité du système représentatif, ce qui tend à contredire le principe même de sociétés fondées sur l'autonomie de l'individu, seule source légitime du pouvoir. La tentation d'incarner le pouvoir dans un homme existe toujours : il est vrai que le pouvoir ne peut pas rester impersonnel. L'équilibre entre l'expression de la volonté des citoyens et la nécessité de l'organisation des institutions politiques pour gérer des sociétés complexes est toujours difficile à maintenir. Fondamentalement, la souveraineté de l'individu-citoyen, la déliaison des personnes qui caractérisent la société des citoyens ne s'accordent pas spontanément avec la personnalisation du pouvoir et les exigences de la vie collective.

C'est pourquoi l'idée de la transcendance par la société politique n'est jamais établie une fois pour toutes, comme en témoigne le récent débat sur la parité des hommes et des femmes dans la vie publique en France. Les partisans de la parité invoquaient implicitement une conception de la démocratie dans laquelle les institutions politiques doivent représenter le peuple dans ses diversités et, en conséquence, tenir compte du fait qu'il est également formé de citoyens et de citoyennes. Ils se référaient ainsi à l'idée dite de « représentation-miroir», selon laquelle les institutions politiques doivent être le «miroir» de la société. Pour les adversaires du projet, le principe même de la citoyenneté implique que la société politique transcende les particularismes de tous ordres, y compris ceux qui sont liés au sexe. Un responsable politique ne représente pas telle ou telle catégorie sociale — qu'il s'agisse d'origines historiques, d'appartenances sociales ou religieuses, de génération ou de sexe —, mais l'ensemble abstrait du corps politique. Attribuer de droit une part de la représentation à une part de la population, quelle qu'elle soit, remet en cause ce principe fondateur de l'ordre de la citoyenneté et l'idée même de représentation qui organise la vie publique. Pour eux, l'argument des partisans de la parité selon lequel le sexe n'est pas une catégorie comparable aux autres, qu'elle n'est pas une communauté ou un groupe particulier, qu'elle est un «caractère anthropologique universel», ne doit pas remettre en cause le principe fondateur de l'ordre politique qu'est la transcendance par le politique. Tous les particularismes transcendés par la citoyenneté commune sont par nature différents les uns des autres. Toute reconnaissance d'un particularisme, quelle que soit sa nature anthropologique ou son universalité, prend le même sens politique, celui de légitimer les principes de la représentation-miroir[1].

1. Ce qui n'empêche évidemment pas de prendre des mesures particulières dans l'organisation de la vie publique pour que les femmes cessent d'y être marginalisées.

LE CITOYEN « À L'ANGLAISE » ET LE CITOYEN « À LA FRANÇAISE »

L'idée de la transcendance par le politique et de la représentation fut élaborée et légitimée par deux grandes traditions intellectuelles : la séparation et l'équilibre des pouvoirs, inventée et théorisée par les Anglais et Montesquieu ; la fusion entre l'individu et la société à travers la conception de la volonté générale de Rousseau. Ces deux courants de pensée ont nourri l'élaboration de deux types de « citoyen », qu'on peut qualifier, l'un de citoyen « à l'anglaise », l'autre de citoyen « à la française ». On oppose ainsi traditionnellement le pluralisme de la tradition libérale anglaise, qui fait sa place aux ordres, aux corps, aux classes et aux groupes particuliers à la conception unitaire et totale de la citoyenneté qui s'est imposée brutalement en France par la révolution.

Pluralisme libéral et démocratie unitaire

La tradition britannique est fondée sur l'idée que, pour assurer la véritable liberté des hommes contre le pouvoir qui risque toujours de devenir arbitraire, il faut respecter la diversité des appartenances et des attachements particuliers. Cette idée a été progressivement élaborée. Burke attribue son origine à la Grande Charte de 1215. L'article 12 subordonnait toute levée fiscale à l'accord du

Conseil, l'article 61 soumettait en permanence le roi au contrôle d'une délégation de barons autorisés à déclencher une révolte pour obtenir le respect des engagements pris. « Toutes les réformes que nous avons faites jusqu'à ce jour se sont inspirées de ce même principe de la référence au passé » (Burke). Une étape essentielle fut en tout cas franchie avec l'*habeas corpus* (1679), qui affirmait les droits des individus contre l'arbitraire du pouvoir et la « Glorieuse Révolution » de 1688. En remplaçant un monarque issu de la dynastie des Stuarts par un autre, issu de la dynastie des Hanovres, en imposant des conditions au nouveau roi, la Révolution confirmait la fin de l'absolutisme royal et consacrait la prépondérance du Parlement. Mais elle affirmait en même temps la nécessité que le roi reste présent au sommet de l'édifice politique et social. Dieu pouvait inspirer le roi, mais il était désormais « roi en son parlement ». Loin de marquer une rupture violente, la révolution de 1688 s'inscrivait dans la continuité.

« Roi en son parlement », le monarque voyait sa souveraineté encadrée et limitée par les droits du Parlement. Ainsi s'établissait un système de contre-pouvoirs qui fut loué dans l'Europe entière. Des réformes successives ont ensuite permis d'établir, sans déchirer le tissu social, les institutions et les pratiques parlementaires, puis la démocratie politique. La responsabilité du gouvernement s'est établie au cours du XIXe siècle. À partir du milieu du siècle, le cabinet, responsable et solidaire, dirigé par le premier ministre, dépendit de la confiance accordée par le vote de la majorité de la Chambre des communes, dont les ministres étaient eux-mêmes membres. Le régime parlementaire ainsi établi s'est progressivement démocratisé. Les grandes lois électorales de 1832 et de 1867 ont étendu le droit de vote à des catégories nouvelles de la population et ont fait participer par étapes les diverses couches de la population à la vie publique. La démocratisation fut confirmée par la réforme de 1911 qui limita le pouvoir de la Chambre des lords. Le droit de vote fut accordé aux femmes en 1928. Ainsi le pouvoir avait-il été transféré des corps héréditaires (le Roi, la Chambre des lords) à la Chambre des communes représentant l'ensemble des citoyens. Le parlement britannique qui avait été d'abord l'instrument du contrôle et de la limitation du pouvoir royal par l'aristocratie et le lieu où s'étaient fondées et exprimées les libertés, était devenu sans révolution le lieu de l'élaboration politique et de la pratique démocratiques. Le projet de Tony Blair de supprimer les dernières traces du pouvoir de la Chambre des lords peut apparaître comme la dernière étape de cette longue histoire.

L'idée de *checks and balances*, de freins et d'équilibre, fut louée par les historiens anglais, comme par les admirateurs étrangers de la tradition britannique. Nombreux furent ceux qui ont célébré l'équilibre entre le pouvoir du roi et celui du Parlement, entre le roi et le peuple — ce que Hume appela « la juste balance entre la partie monarchique et républicaine de notre constitution [...]. Son gouvernement est tout à la fois monarchie, aristocratie, et démocratie : la nation est moitié noble, moitié marchande : toutes les sectes y sont tolérées; et la grande liberté dont on jouit, fait que chacun donne toute carrière à son humeur et à ses penchants». La théorie de Montesquieu sur ce qu'il appelle la «distribution des pouvoirs» resta en Angleterre même l'interprétation classique de la politique anglaise.

Cette tradition politique se trouvait en affinité avec la conception qui s'exprime dans le règne de la *common law.* C'est un «droit jurisprudentiel», dont les règles ont été fixées et ont évolué par l'action des cours supérieures de justice. Les cours jugent d'après le précédent, mais elles disposent des moyens d'adapter le précédent au nouveau cas qui leur est soumis. La *common law* s'est ainsi historiquement développée par la résolution successive de cas particuliers. C'est par définition un droit inachevé, dans lequel la règle de droit apporte la solution du problème concret qu'il faut résoudre. Les juristes anglais ont longtemps considéré avec suspicion les règles du droit continental, hérité du droit romain, qu'ils jugent trop générales et trop abstraites.

La démocratie anglaise a gardé l'idée d'assurer les libertés par la création de contre-pouvoirs, issus de la représentation politique des principales forces sociales. Le pluralisme y est perçu comme l'expression «naturelle» des libertés publiques. On est citoyen par l'appartenance à une communauté particulière. Des formes de vote multiple, assurant la représentation de collectivités à Westminster, ont été maintenues jusqu'en 1948 : les universités d'Oxford et de Cambridge disposaient jusqu'à cette date de représentants au Parlement. La tradition britannique est fondée sur l'idée que, pour assurer la véritable liberté des hommes contre le pouvoir, qui risque toujours de devenir arbitraire, il faut respecter la diversité des appartenances et des attachements particuliers. Comme le formulait Burke : « C'est au sein de nos familles que commencent nos affections politiques et l'on peut dire qu'un homme insensible aux liens de parenté ne fera jamais un citoyen dévoué à son pays. De nos familles nous passons au voisinage, aux gens que nous fréquentons et aux séjours que nous aimons dans notre province[1]. » La nation doit respecter les droits des groupes particuliers qui la composent et les pouvoirs locaux : « Ces divisions anciennes de notre pays, qui sont le fruit des siècles et non le produit d'un acte soudain d'autorité, sont autant de petites images de notre grande patrie qui nous réchauffent le cœur, sans que jamais ces inclinations subordonnées nuisent à l'amour que nous portons au pays en son entier[2]. » C'est que l'intérêt général est composé des intérêts particuliers : « Chaque classe connaît des choses qui ne sont pas connues des autres gens et chaque classe a des intérêts plus ou moins spécifiques » (John Stuart Mill). Dans la logique utilitariste de la démocratie britannique, les divers groupes sociaux sont représentés dans l'espace politique en raison même de leur spécificité et, en

1. Edmund Burke, *Réflexions sur la Révolution française* (1790), Paris, Hachette, « Pluriel », 1989, p. 252.
2. *Ibid.*

défendant leurs propres intérêts, ils contribuent à l'intérêt général et au bon fonctionnement de la société tout entière.

L'histoire est évidemment fort différente en France. Le citoyen a fait son irruption sur la scène politique par une révolution qui devint rapidement violente. Dans leur proclamation du nouveau règne du « citoyen », les révolutionnaires français ont été d'abord inspirés par la pensée de Rousseau. Pour lui, la dépendance entre les hommes étant la source de l'inégalité, les corps intermédiaires entre l'individu-citoyen et l'État empêchaient l'homme d'être libre, ils devaient être détruits. Le citoyen, expression directe de la « volonté générale », devait, tout au contraire de l'Angleterre, être indépendant de tous liens intermédiaires et rester en relation étroite et directe avec l'État. Si les révolutionnaires ont, dès 1789, posé le problème de la représentation, ils ont gardé, pour l'essentiel, la conception rousseauiste d'une démocratie unitaire, hostile au pluralisme. L'intérêt et la volonté de chaque citoyen s'identifiaient pour eux à la volonté et à l'intérêt collectifs. L'intérêt général ne se déduisait pas de la somme ou de la composition des intérêts particuliers. Robespierre a cru accomplir l'idée de Rousseau quand il affirmait l'intérêt général contre les intérêts de tous les hommes concrets. La citoyenneté était, comme la nation, un tout indivisible, elle devait être organisée et garantie par un État centralisé, expression de la volonté générale, producteur de la société.

Cette double tradition peut être liée aux conditions historiques de la naissance du citoyen : elle fut progressive, libérale et aristocratique, d'un côté de la Manche, avant de se démocratiser ; de l'autre côté, elle fut immédiatement révolutionnaire et démocratique avant d'être libérale. Mais elle est aussi liée à une histoire intellectuelle qui oppose d'un côté Locke et Montesquieu, grand admirateur de la Constitution anglaise et, de l'autre, Rousseau.

Le dialogue imaginaire de Montesquieu et de Rousseau

La *Glorious Revolution* de 1688 traduisait l'affirmation de la souveraineté du peuple qu'avait formulée Locke. Si les hommes renoncent à l'état de nature et s'« associent » pour former une société politique, c'est pour que soient mieux protégées leur liberté et leur propriété. Mais le pouvoir qu'ils confient par cet acte à la société, ou pouvoir législatif, ne doit pas s'étendre au-delà de ce qui est nécessaire pour garantir la liberté et la propriété des « associés ». « Il ne faut donc jamais présumer que le pouvoir de la société, ou pouvoir législatif, qu'ils ont institué, s'étende au-delà du bien commun. » C'était ainsi poser tout à la fois la souveraineté du peuple et la limite de tout pouvoir, subordonné au bien de ce peuple. « Quiconque détient le pouvoir législatif ou suprême d'une société politique, doit gouverner en vertu de lois établies et permanentes, promulguées et connues du peuple et non en vertu de décrets improvisés...[1] »

1. John Locke, *Deuxième traité du gouvernement civil* (1690), chap. IX, § 131.

Dans *De la tolérance*, Locke a également apporté une contribution décisive à la modernité politique en théorisant la nécessité de la neutralité religieuse de l'État. Après l'horreur des guerres de Religion entre catholiques et protestants, on s'est rendu compte, presque par la force des choses, que seul un principe de tolérance à l'égard de toutes les croyances permettrait de faire vivre ensemble ceux qui appartiennent à des religions différentes. Le pluralisme des croyances se trouvait légitimé, ainsi que le sens politique de la tolérance. L'affirmation des « droits-libertés » par les révolutions américaine et française est directement issue de cette prise de conscience. L'État libéral laissait désormais à chacun le droit de décider de sa conception du monde et du bien. L'abstention de l'État permettait de gérer le pluralisme normal et reconnu des valeurs. C'est le principe de tolérance qui donnait désormais consistance au lien social.

Pour Montesquieu, admirateur de la tradition anglaise, la Constitution des Anglais assure la liberté des hommes non pas parce qu'ils peuvent faire tout ce qu'ils désirent, mais parce qu'ils ont « le droit de faire tout ce que les lois permettent ». Pour les peuples comme pour les individus, la liberté consiste à respecter les lois, ce qui entraîne le respect des personnes. Ni la monarchie ni la république ne garantissent par elles-mêmes l'existence de la liberté. Ni l'une ni l'autre n'impliquent par elles-mêmes que les lois seront observées et que les citoyens seront assurés de jouir de toute la protection des lois et de toute l'indépendance compatible avec ces lois.

La « distribution des pouvoirs », en langage moderne la séparation des pouvoirs, est ainsi le rempart de la légalité, l'obstacle que la prudence des législateurs doit élever contre l'arbitraire et la tendance de tous les hommes à abuser du pouvoir dont ils disposent. « C'est une expérience éternelle que tout homme qui a du pouvoir est porté à en abuser. » Pour éviter que ces abus ne se développent, il faut multiplier les pouvoirs et établir un équilibre entre eux. C'est là une nécessité proprement politique, résultant d'un trait permanent de la nature humaine. « Pour qu'on ne puisse abuser du pouvoir, il faut que, par la disposition des choses, le pouvoir arrête le pouvoir. » Le pouvoir exécutif doit être en mesure d'arrêter le pouvoir législatif, faute de quoi ce dernier pourrait se donner à lui-même tout le pouvoir. Le pouvoir législatif doit avoir les moyens d'examiner de quelle manière le pouvoir exécutif a exécuté les lois qu'il a faites. Le pouvoir judiciaire — même s'il est sur un autre plan — doit être indépendant des deux autres, en particulier du pouvoir exécutif puisqu'il doit garantir à l'individu son bien le plus précieux, sa sûreté. C'est lui qui assure que les principes de l'*habeas corpus* seront respectés.

La Constitution anglaise établit cette sorte d'équilibre, selon Montesquieu. Mais elle est adaptée à l'« esprit général » d'une nation particulière et ne saurait être un modèle universel. On peut en garder toutefois quelques principes essentiels : assurer la séparation des pouvoirs, le caractère équilibré et tempéré de l'organisation politique. Si, « dans un État libre, tout homme qui est censé avoir une âme libre doit être gouverné par lui-même », les individus doivent choisir des représentants « capables de discuter les affaires ». Inspiré par l'exemple de l'Angleterre, Montesquieu plaidait pour la république représentative.

À la théorie de l'équilibre des pouvoirs et de la pluralité organisée, Rousseau oppose une conception de l'unité du citoyen et du corps politique. Il part d'une interrogation qu'on peut résumer par la double question : à quelles conditions un gouvernement est-il légitime ? Comment rendre leur liberté aux hommes ? Le pouvoir légitime, pour lui, ne peut naître ni de la violence ni d'une donnée naturelle. Il naît d'une convention, d'un pacte social. « Chacun de nous met en commun sa personne et toute sa puissance sous la suprême direction de la Volonté générale, et nous recevons encore chaque membre comme partie indivisible du tout. » Ce pacte, ou contrat social, devient la source de la légitimité des pouvoirs et de la liberté des citoyens.

Liberté des pouvoirs, puisque seul est légitime le pouvoir qui s'appuie sur le consentement et la volonté des individus réunis par le pacte. Ce dernier est précisément la décision prise par tous les hommes de créer une société, d'en accepter les privilèges et les obligations. Un pouvoir est donc légitime dans la mesure où il est le produit de cette Volonté générale, l'expression de la volonté du peuple qui est illimitée, inaliénable et indivisible. « Le peuple soumis aux lois doit en être l'auteur : il n'appartient qu'à ceux qui s'associent de régler les conditions de l'association. » Liberté des citoyens, puisque, par le pacte qu'ils ont conclu entre eux, leur volonté personnelle se confond désormais avec la volonté générale. L'individu ne fait plus qu'un avec le corps politique. Le contrat social a « transformé chaque individu, qui par lui-même est un tout parfait et solitaire, en partie d'un grand tout dont cet individu reçoit en quelque sorte sa vie et son être ». Le pacte a réalisé l'identité entre l'individu et le corps politique. Chacun « s'unissant à tous n'obéit pourtant qu'à lui-même », puisque, grâce au contrat social, il appartient volontairement au corps politique. Dans l'état social, ou politique, l'individu se soumet par sa volonté à la communauté. L'« obéissance à la loi qu'on s'est soi-même donnée » transfigure l'obéissance à la loi en manifestation de la liberté. L'homme est libre, non parce qu'il est indépendant, mais parce que la loi exprime sa propre volonté. La liberté de l'individu se confond avec le respect de la souveraineté du peuple dont il est une partie. La volonté générale est devenue « le principe et le lieu d'identification de toutes les volontés particulières[1] ».

Le dialogue imaginaire entre Montesquieu et Rousseau illustre bien les deux courants de la conception du citoyen. Le citoyen « à l'anglaise » est d'abord libéral. Il a exigé la sûreté des personnes, la liberté de penser, de parler et d'agir. Son libéralisme s'est ensuite démocratisé par l'extension des droits politiques à l'ensemble des citoyens. Le citoyen « à la française », héritier de

1. Pierre Manent, *Histoire intellectuelle du libéralisme. Dix leçons*, Paris, Calmann-Lévy, « Liberté de l'esprit », 1987, p. 163.

l'absolutisme royal qui avait construit une relation directe entre le roi et ses sujets, est d'abord un démocrate, disposant de la liberté politique par la participation à la souveraineté collective. Pour lui, les principes démocratiques n'impliquent pas nécessairement le respect des libertés fondamentales et des valeurs libérales.

Cette double tradition continue à engendrer des pratiques différentes — par exemple dans les politiques d'intégration des populations immigrées qui sont menées en Grande-Bretagne et en France. Dans le premier cas, on accepte qu'existent des formes de communautés socialement — mais non juridiquement — reconnues, dont les intérêts sont spécifiques et dont les représentants négocient avec les pouvoirs publics pour obtenir des droits particuliers. Dans le second, on continue à s'efforcer d'intégrer les populations d'origine étrangère par la citoyenneté individuelle, en refusant de reconnaître l'existence de communautés particulières dans l'espace public.

Malgré cette diversité dans les traditions et les pratiques sociales, il s'agit toujours de résoudre les rivalités et les conflits entre les groupes sociaux selon les règles de l'espace public commun. Il n'en reste pas moins que ces deux histoires de la citoyenneté sont révélatrices des tensions de l'ordre politique moderne. La valeur accordée à l'individu-citoyen s'oppose à la nécessité de la représentation. Les hommes démocratiques revendiquent la liberté et l'égalité et ces deux aspirations peuvent se révéler contradictoires.

ANNEXES

LA GRANDE CHARTE
(12 juin 1215)

Jean, par la grâce de Dieu roi d'Angleterre, seigneur d'Irlande, duc de Normandie et d'Aquitaine et comte d'Anjou, aux archevêques, évêques, abbés, comtes, barons, juges forestiers, *sheriffs*, prévôts, ministres et à tous les baillis et fidèles, salut. Sachez que sous l'inspiration de Dieu, pour le salut de notre âme et celle de tous nos ancêtres et de nos héritiers, pour l'honneur de Dieu et l'exaltation de la Sainte Église, et pour la réformation de notre royaume avec le conseil de nos vénérables pères Étienne, archevêque de Cantorbery, primat d'Angleterre et cardinal de la Sainte Église romaine... (*suivent les noms de 10 prélats et de 16 barons*) :

1. Nous avons d'abord accordé à Dieu et par cette présente charte nous avons confirmé, pour nous et pour nos héritiers, à perpétuité, que l'Église d'Angleterre sera libre et jouira de tous ses droits et des libertés sans qu'on puisse les amoindrir ; et ainsi voulons-nous que soit observé ce qui en ressort, c'est-à-dire que nous avons accordé la liberté des élections, réputée la plus grande et la plus nécessaire à l'Église d'Angleterre, de notre pleine et spontanée volonté, avant la discorde qui s'est élevée entre nous et nos barons, et ainsi voulons-nous que ce soit confirmé, par cette charte, à Innocent III ; nous observerons ladite charte et nous voulons qu'elle soit observée de bonne foi par nos héritiers à perpétuité. Nous avons aussi accordé à tous les hommes libres de notre royaume, pour nous et pour nos héritiers à perpétuité, toutes ces libertés inscrites ci-dessous pour qu'ils les aient et les tiennent, eux et leurs héritiers, de nous et de nos héritiers.

2. Si un de nos comtes ou barons, ou autres tenants-en-chef par service militaire, vient à mourir, et qu'au moment de sa mort son héritier ait la majorité et qu'il doive le relief, celui-ci entrera en possession de son héritage selon l'ancien relief. [...]

3. Mais si l'héritier d'un des susdits se trouve en âge de minorité et s'il est en garde, il sera mis en possession de son héritage lorsqu'il parviendra à sa majorité sans relief et sans finance.

4. Celui qui aura la garde de la terre d'un héritier mineur ne prendra de la terre de cet héritier qu'un revenu raisonnable, que des coutumes raisonnables et que des services raisonnables et sans porter dommage aux hommes et aux biens. [...]

6. Les héritiers seront mariés sans mésalliance de façon cependant que les parents les plus proches soient informés avant que le mariage soit contracté.

7. Une veuve recevra aussitôt après la mort de son mari et sans difficulté sa donation *propter nuptias* et son héritage, sans qu'elle soit obligée de rien payer pour son douaire, sa donation *propter nuptias* et son héritage, ainsi que pour l'héritage que son mari et elle possédaient le jour du décès du mari. [...]

9. Ni nous, ni nos baillis ne saisiront pour dettes une terre ou une rente tant que les meubles du débiteur suffiront à rembourser le dû. [...]

12. Aucun écuage ou aide ne sera établi dans notre royaume sans le consentement du commun conseil de notre royaume, à moins que ce ne soit pour le rachat de notre personne, la chevalerie de notre fils aîné et le mariage de notre fille aînée, une fois seulement ; et en ces cas ne sera levée qu'une aide raisonnable ; il en sera de même pour les aides de la cité de Londres.

13. Et la cité de Londres jouira de toutes ses anciennes libertés et libres coutumes, tant par terre que par eau. En outre, nous voulons et concédons que toutes les autres cités, *boroughs*, villes et ports aient toutes leurs libertés et libres coutumes.

14. Et, pour avoir le commun conseil du royaume au sujet de l'établissement d'une aide autrement que dans les trois cas susdits, ou au sujet de l'établissement de l'écuage, nous ferons semondre les archevêques, évêques, abbés, comtes et hauts barons du royaume individuellement par des lettres ; et, en

outre, nous ferons semondre collectivement par nos *sheriffs* et baillis tous ceux qui tiennent de nous en chef pour un certain jour, avec un délai de quarante jours au moins, et à un certain lieu ; et, dans toutes les lettres de cette semonce, nous exprimerons la cause de la semonce ; et, la semonce étant ainsi faite, on procédera au jour assigné à la décision de l'affaire selon le conseil de ceux qui auront été présents, quand même tous ceux qui auront été sommés ne soient pas venus.

15. Nous ne concédons à qui que ce soit la permission de lever une aide sur ses hommes libres, sauf pour le rachat de sa personne, la chevalerie de son fils aîné, le mariage de sa fille aînée, une fois seulement ; et dans ces cas, que ce soit une aide raisonnable.

16. Personne ne sera forcé à faire plus de service qu'il n'en doit à raison de son fief de chevalier ou d'une autre libre tenure.

17. La Cour des plaide communs ne suivra plus notre cour, mais se tiendra dans un lieu déterminé.

18. Les procès en *novel disseisin*, *mort d'ancester* et *darrein presentment* ne seront évoqués que dans les comtés dont dépendent les parties et de cette manière : nous, ou si nous étions hors du royaume, notre Grand justicier, enverrons deux juges quatre fois l'an dans chaque comté qui, avec quatre chevaliers de ces comtés choisis par le comté, tiendront dans le comté au jour et lieu du comté, les assises susdites. [...]

20. Un homme libre ne sera mis à l'amende pour un petit délit que suivant l'importance du délit ; et pour un grand délit, il sera mis à l'amende suivant la grandeur du délit, sauf son *contenement* ; et de la même façon pour un marchand, sauf sa marchandise ; et pour un vilain, sauf son *wainage*. [...]

21. Les comtes et les barons ne seront mis à l'amende que par leurs pairs et suivant l'importance du délit. [...]

23. Aucune ville et aucun homme ne sera forcé à faire des ponts sur les rivières, excepté ceux qui le doivent également par la coutume.

24. Aucun *sheriff, constable, coroner* ou autre de nos baillis, ne tiendra les plaids de notre couronne.

25. Tous les comtés, centaines, *wapentacks* et dizaines resteront aux anciennes rentes sans accroissement, les terres de notre domaine exceptées. [...]

30. Aucun *sheriff* ou bailli ou quelque autre personne ne prendra les chevaux ou les chariots d'un homme libre pour faire le charroi, qu'avec l'assentiment de cet homme.

31. Ni nous, ni nos baillis ne prendront le bois d'autrui à l'usage de nos châteaux ou à d'autre usage, sans la volonté de celui à qui ce bois appartient. [...]

35. Il n'y aura qu'une mesure pour le vin dans tout notre royaume, et une mesure pour la bière, et une mesure pour le blé, à savoir le *quarter* de Londres, et une largeur pour les draps teints et pour les roussets et les halbergets, à savoir deux aunes entre les lisières ; il en sera pour le poids comme pour les mesures.

36. On ne donnera ou on ne prendra rien à l'avenir pour un *writ* d'enquête sur la vie ou les membres, mais il sera accordé gratuitement et jamais refusé. [...]

39. Aucun homme libre ne sera arrêté ni emprisonné, ou dépossédé de ses biens, ou déclaré *outlaw*, ou exilé, ou lésé de quelque manière que ce soit, et nous n'irons pas contre lui et nous n'enverrons personne contre lui, sans un jugement loyal de ses pairs conformément à la loi du pays.

40. Nous ne vendrons, ni refuserons ou ne différerons le droit ou la justice à personne.

41. Tous les marchands pourront librement et en toute sûreté sortir d'Angleterre, et entrer en Angleterre, et y demeurer, et traverser l'Angleterre tant par terre que par eau, pour acheter et pour vendre, sans aucune maltôte, selon les anciennes et justes coutumes, excepté en temps de guerre et s'ils sont d'un pays en guerre contre nous.

42. Il sera permis, à l'avenir, à toutes les personnes de sortir de notre royaume, et d'y revenir, librement et en toute sûreté, par terre et par eau, sauve notre fidélité, excepté en temps de guerre, pour peu de temps, pour le bien commun du royaume. [...]

44. Les hommes qui habitent hors de notre forêt ne comparaîtront pas désormais devant nos juges de la forêt sur des semonces générales, mais seulement s'ils sont intéressés dans le procès ou s'ils sont cautions pour les personnes ou les choses qui concernent la forêt. [...]

46. Tous les barons qui ont fondé des abbayes dont ils possèdent des chartes des rois d'Angleterre ou dont ils ont une

longue possession, auront la garde de ces abbayes lorsqu'elles seront vacantes, comme ils doivent l'avoir. [...]

60. Toutes les coutumes susdites et les libertés que nous avons édictées pour être observées dans notre royaume, autant qu'il nous appartient, envers nos hommes, tous dans notre royaume, clercs et laïcs, les observeront autant qu'il leur appartient envers les leurs.

Trad. P. Dareste, *in* F. R. Dareste et P. Dareste, *Les Constitutions modernes*, I, Paris, Sirey, 1928.

L'ACTE D'*HABEAS CORPUS*
(1679)

[...]

SECT. 2. — Lorsqu'une personne sera porteur d'un *habeas corpus* adressé à un sheriff, geôlier ou autre officier, en faveur d'une personne soumise à leur garde, et que cet *habeas corpus* sera présenté auxdits officiers ou laissé à la prison à un des sous-officiers, ceux-ci devront, dans les trois jours de cette présentation (à moins que l'emprisonnement n'ait eu lieu pour cause de trahison ou de félonie, exprimée dans le *warrant*), sur l'offre faite de payer les frais nécessaires pour emmener le prisonnier, fixés par le juge ou par la Cour d'où émane l'*habeas corpus* (frais qui ne pourront excéder douze deniers par mille), et après sûreté donnée par écrit de payer également les frais nécessaires pour ramener le prisonnier, si le cas échoit, et après garantie que le prisonnier ne s'évadera pas en route, renvoyer cet ordre ou *writ* et représenter l'individu devant le lord chancelier ou les juges de la Cour d'où émane le *writ*, ou devant telle autre personne qui doit en connaître le motif. D'après la teneur dudit *writ*, l'officier devra de même déclarer le motif de la détention.

Ce délai de trois jours n'est applicable que lorsque le lieu de la prison n'est pas éloigné de plus de vingt milles mais non de cent milles ; alors le geôlier ou autres officiers auront dix jours, et vingt au-delà de cent milles.

SECT. 3. — Tous les *writs* d'*habeas corpus* porteront ces mots : *Per stat. tricesimo primo Caroli secundi regis*, et seront signés par celui de qui ils émanent. Si une personne est, pendant le temps de vacation, emprisonnée ou détenue pour crime, excepté pour ceux de félonie ou de trahison exprimés dans les *warrants*, elle aura le choix (à moins qu'elle ne soit déjà convaincue ou condamnée), ou tout autre à sa place, de s'adresser au lord chancelier ou à tout autre juge de tel ou tel tribunal, ou aux barons de la Cour de l'échiquier ; et le lord chancelier, les juges ou barons sont requis de délivrer sur le vu des copies des *warrants* d'emprisonnement ou de détention, ou sur le serment que ces copies ont été refusées, et après requête par écrit des détenus, ou de toutes autres personnes à leur place, attestée alors par deux témoins présents lorsqu'elle leur a été remise, un *habeas corpus*, sous le sceau de la Cour à laquelle appartiendra l'un des juges, adressé à l'officier à la garde duquel sera soumis le détenu, lequel *habeas corpus* devra être renvoyé immédiatement devant le lord chancelier ou tel juge ou baron desdites Cours ; et après que le *writ* lui aura été présenté, l'officier ou la personne commise par lui, représentera le prisonnier devant le lord chancelier ou tels autres juges, ou devant celui d'entre eux désigné par ledit *writ*, et, dans le cas d'absence de ce dernier, devant tout autre d'entre eux, en représentant toutefois ledit *writ*, et en faisant connaître les causes de l'emprisonnement ou de la détention ; après quoi, dans l'espace de deux jours, le lord chancelier ou tel autre juge délivrera le prisonnier en recevant sa reconnaissance, et comme sûreté, une somme telle qu'ils la jugeront à propos, eu égard à la qualité du prisonnier ou à la nature du délit, pour s'assurer qu'il comparaîtra à la session prochaine devant la Cour du Roi, ou aux plus proches assises, ou sessions, ou tournées de la Cour d'élargissement général (*gaol delivery*) dans le comté ou dans le lieu de la prison, ou de l'offense commise, ou devant telle autre Cour qui doit connaître du délit. Le *writ* et son *return*, ainsi que la reconnaissance, seront représentés dans la Cour où doit avoir lieu la comparution.

Tout ceci n'a pas lieu s'il est constant pour lesdits chancelier, juges ou barons, que le prisonnier est détenu sur une action légale pour laquelle le prisonnier ne peut être reçu à donner caution, d'après un *writ* ou *warrant* signé et scellé de la main ou du sceau de quelques-uns desdits juges ou barons, ou de quelque juge de paix.

SECT. 4. — Si une personne a volontairement négligé, pendant deux termes entiers depuis son emprisonnement, de demander un *habeas corpus*, elle ne pourra plus l'obtenir dans le temps des vacances.

SECT. 5. — Si un officier, ou son suppléant, néglige de répondre au *writ* d'*habeas corpus*, ou de représenter le prisonnier, conformément à ce *writ*, ou s'il refuse à la demande du prisonnier, ou de toute autre personne pour lui, de délivrer, ou s'il ne délivre pas dans six heures copie des *warrants* d'emprisonnement et de détention, il payera à la partie lésée 100 livres pour la première offense, et 200 livres pour la seconde, et sera déclaré incapable de remplir son office.

Ces condamnations seront recouvrées par le plaignant, ses exécuteurs ou administrateurs contre le délinquant par forme d'action en dettes, etc., dans l'une des cours à Westminster. Une première condamnation à la poursuite d'une partie lésée sera une preuve suffisante d'une première offense, et une seconde condamnation pour toute offense survenue depuis le premier jugement, une preuve pour une seconde.

SECT. 6. — Aucune personne, élargie en vertu d'un *habeas corpus*, ne peut être emprisonnée de nouveau pour le même délit si ce n'est par l'ordre ou l'action légale de la Cour dans laquelle elle est obligée de reparaître par sa reconnaissance, ou de toute autre Cour compétente, et si une personne réemprisonne ou fait réemprisonner, sciemment pour le même délit, quelque personne élargie comme on vient de le dire, elle sera condamnée à 500 livres envers la partie lésée.

SECT. 7. — Si une personne emprisonnée pour haute trahison ou félonie, exprimée dans le *warrant*, demande en pleine Cour, la première semaine du terme ou le premier jour de la session des commissions d'*oyer* et *terminer* ou *d'élargissement général*, à être mise en jugement, elle ne pourra être ajournée aux termes ou aux sessions prochaines. Les juges du banc du roi, de la commission d'*oyer* et *terminer*, où tous autres susdésignés sont requis de mettre le prisonnier en liberté sous caution, sur une requête présentée à la Cour le dernier jour du terme des sessions ou des assises de la commission *d'élargissement général*; à moins qu'il ne paraisse aux juges, sur serment, que les témoins pour le roi ne peuvent être produits pour le même terme ; et si la personne emprisonnée, comme on vient de le dire, n'est pas, sur sa demande d'être mise en jugement, poursuivie et jugée le second terme, elle sera mise en liberté.

SECT. 8. — Les dispositions de cet acte ne sont point applicables pour la délivrance d'une personne en matière civile.

SECT. 9. — Un sujet de ce royaume commis à la garde d'un officier pour matière criminelle ne pourra être déféré à la garde d'un autre officier, si ce n'est en vertu d'un *habeas corpus* ou d'un autre *writ* légal, ou lorsque le prisonnier est livré au constable ou à tout autre officier inférieur, pour le conduire à quelque prison commune, ou lorsqu'il est envoyé par ordre de quelque juge d'assise ou juge de paix à quelque maison de travail ou de correction, ou lorsqu'il est transféré d'un lieu à un autre du même comté pour être jugé, ou dans le cas d'un incendie subit ou d'une épidémie ou de toute autre force majeure ; et les personnes qui signeront ou contresigneront un *warrant* pour un transfert contraire à cet acte encourront, de même que l'officier qui les mettra à exécution, les amendes ci-dessus mentionnées, tant pour la première que pour la seconde offense en faveur de la partie lésée.

SECT. 10. — Il sera loisible à tout prisonnier d'obtenir son *habeas corpus* soit du chancelier de l'Échiquier, soit du banc du roi ou de la Cour des plaids communs ; et si le lord chancelier ou tout juge ou baron de l'Échiquier, en vacation, sur le vu des copies de l'ordre d'emprisonnement ou de détention, ou sur le serment que ces copies ont été refusées, refuse lui-même l'*habeas corpus* voulu par cet acte, il sera condamné à 500 livres envers la partie lésée.

SECT. 11. — Un *habeas corpus* conformément à cet acte aura force sur les terres d'un comte palatin, dans les cinq ports et autres lieux privilégiés, de même que dans les îles de Jersey et de Guernesey.

SECT. 12. — Aucun sujet de ce royaume, habitant de l'Angleterre, du pays de Galles ou de Berwick, ne pourra être envoyé prisonnier en Écosse, en Irlande, à Jersey, Guernesey ou dans tout autre lieu au-delà des mers : tout emprisonnement semblable est par cela même déclaré illégal. Un sujet ainsi emprisonné peut intenter une action de faux emprisonnement aux Cours quelconques de Sa Majesté, ou exercer un recours contre les personnes par lesquelles il sera ainsi arrêté, emprisonné et détenu, et contre toute autre personne qui aura provoqué, écrit, signé ou contresigné un *warrant* ou tout autre écrit pour de tels actes, de même que contre ceux qui l'auront conseillé ou qui y auront donné leur consentement. Dans ce cas, l'offensé pourra exiger trois fois le montant des frais du procès, et en outre des dommages et intérêts qui ne pourront être fixés à moins de 500 livres, dans laquelle action nuls délais ne seront accordés sous préjudice de l'exécution des règlements des Cours, pour certains cas spéciaux prévus par ces règlements ; et toute personne qui écrira, signera ou contresignera un *warrant* pour un semble emprisonnement ou détention, ou qui emprisonnera quelqu'un contrairement à cet acte, ou qui y aura concouru, sera déclarée incapable de remplir une charge de confiance ou lucrative, encourra les peines du statut de *praemunire* et ne pourra être absoute par le Roi desdites forfaitures.

SECT. 13. — Cet acte ne pourra profiter à celui qui se sera engagé par écrit avec tout négociant, propriétaire dans les colonies, ou autre, à être transporté dans quelque pays au-delà des mers.

SECT. 14. — Si une personne convaincue de félonie demande à être transportée, et que pour le fait commis, la Cour juge convenable de la laisser en prison, cette personne pourra être transportée au-delà des mers.

SECT. 15. — Si une personne résidant dans ce royaume a commis un crime capital en Écosse, en Irlande ou dans toute autre île ou colonie étrangère soumise au Roi, cette personne pourra être transportée dans ce lieu pour y être jugée comme par le passé [...].

SECT. 17. — Aucune personne ne sera poursuivie pour contravention à cet acte que dans les deux années qui suivront la contravention, dans le cas où la partie offensée ne sera plus en prison ; et, si elle est en prison, dans deux ans après son décès ou après sa sortie de prison.

SECT. 18. — Dès le moment que les assises auront été annoncées dans un comté, personne ne pourra, par suite de cet acte, être transféré de la prison commune, sur un *habeas corpus*, que pour être emmené devant le juge de l'assise en pleine Cour.

SECT. 19. — Après les assises closes, on ne pourra, en vertu de cet acte, avoir son *habeas corpus*.

SECT. 20. — Si une action est intentée pour une contravention à cette loi, les défendeurs peuvent plaider l'*issue générale*, c'est-à-dire qu'ils ne sont pas coupables (*not guilty*), ou qu'ils ne doivent rien.

SECT. 21. — Lorsqu'une personne sera emprisonnée par un juge de paix ou autre, et chargée comme complice avant le fait de petite trahison (*petty treason*), ou de félonie, ou qu'elle sera soupçonnée de petite trahison ou de félonie exprimées dans l'ordre d'arrestation, cette personne pourra, en vertu de cet acte, être élargie sous caution.

Trad. P. Dareste, *in* F. R. Dareste et P. Dareste, *Les constitutions modernes*, Paris, Sirey, 1928.

LE *BILL OF RIGHTS*
(1689)

Attendu qu'assemblés à Westminster, les Lords spirituels et temporels et les Communes, représentant légalement, pleinement et librement toutes les classes du peuple de ce royaume, ont fait, le 30 février de l'an de N. S. 1688, en la présence de Leurs Majestés, alors désignées et connues sous les noms de Guillaume et Marie prince et princesse d'Orange, une déclaration par écrit, dans les termes suivants [...]. Considérant que, l'abdication du ci-devant Jacques II ayant rendu le trône vacant, Son Altesse le prince d'Orange (dont il a plu à Dieu Tout-Puissant faire le glorieux instrument qui devait délivrer ce royaume du papisme et du pouvoir arbitraire) a fait, par l'avis des Lords spirituels et temporels et de plusieurs personnes notables des Communes, adresser des lettres aux Lords spirituels et temporels protestants, et d'autres lettres aux différents comtés, cités, universités, bourgs et aux cinq ports, pour qu'ils eussent à choisir des individus capables de les représenter dans le Parlement qui devait être assemblé et siéger à Westminster le 22e jour de janvier 1689, aux fins d'aviser à ce que la religion, les lois et les libertés ne pussent plus dorénavant être en danger d'être renversées ; qu'en vertu desdites lettres les élections ont été faites.

Dans ces circonstances lesdits Lords spirituels et temporels et les Communes, aujourd'hui assemblés en vertu de leurs lettres et élections, constituant ensemble la représentation pleine et libre de la nation, et considérant gravement les meilleurs moyens d'atteindre le but susdit, déclarent d'abord (comme leurs ancêtres ont toujours fait en pareil cas), pour assurer leurs anciens droits et libertés :

I. — Que le prétendu pouvoir de suspendre les lois ou l'exécution des lois par l'autorité royale, sans le consentement du Parlement, est illégal.

II. — Que le prétendu pouvoir de dispenser des lois ou de l'exécution des lois par l'autorité royale, comme il a été usurpé et exercé en dernier lieu, est illégal.

III. — Que la commission donnée en dernier lieu pour ériger une cour [de Justice] pour les causes ecclésiastiques, et toutes autres commissions et cours de cette nature, sont illégales et pernicieuses.

IV. — Que toute levée d'argent pour l'usage de la Couronne, sous prétexte de la prérogative [royale], sans le consentement du Parlement, est illégale.

V. — Que c'est un droit des sujets de présenter des pétitions au roi, et que tous emprisonnements et toutes poursuites pour de telles pétitions sont illégaux.

VI. — Que le fait de lever ou d'entretenir une armée dans le royaume en temps de paix, sans le consentement du Parlement, est contraire aux lois.

VII. — Que les sujets qui sont protestants peuvent avoir des armes pour leur défense, comme il convient à leurs conditions et comme les lois le permettent.

VIII. — Que les élections des membres du Parlement doivent être libres.

IX. — Que la liberté de parole et tous débats et actes du Parlement ne doivent donner lieu à aucune poursuite ou enquête dans aucune cour [de Justice], ni dans aucun lieu, en dehors du Parlement.

X. — Qu'on ne doit point exiger [en justice] des cautionnements excessifs, ni imposer des amendes excessives, ni infliger des peines cruelles et inusitées.

XI. — Que les listes de jurés doivent être établies impartialement, et que les jurés choisis pour les procès de haute trahison doivent être francs-tenanciers.

XII. — Que toutes concessions ou promesses concernant les amendes et confiscations infligées à des particuliers, avant qu'ils n'aient été reconnus coupables, sont illégales et nulles.

XIII. — Qu'enfin, pour remédier à tous griefs, et pour l'amendement, l'affermissement et l'observation des lois, le Parlement devra être fréquemment réuni.

Et ils requièrent et réclament avec instance, toutes les choses susdites comme leurs droits et libertés incontestables ; et aussi qu'aucunes déclarations, jugements, actes ou procédures, ayant préjudicié au peuple en l'un des points ci-dessus, ne puissent en aucune manière servir à l'avenir de précédent ou d'exemple.

Étant particulièrement encouragés par la déclaration de Son Altesse le prince d'Orange à faire cette réclamation de leurs droits considérée comme le seul moyen d'en obtenir complète reconnaissance et garantie [...].

Lesdits Lords spirituels et temporels et les Communes, assemblés à Westminster, arrêtent que Guillaume et Marie, prince et princesse d'Orange, sont et restent déclarés roi et reine d'Angleterre, de France et d'Irlande, et des territoires qui en dépendent (*dominions*) [...].

Trad. P. Dareste, *in* F. R. Dareste et P. Dareste, *Les constitutions modernes*, Paris, Sirey, 1928.

LA DÉCLARATION D'INDÉPENDANCE DES ÉTATS-UNIS

(4 juillet 1776)[1]

Lorsque dans le cours des événements humains, il devient nécessaire pour un peuple de dissoudre les liens politiques qui l'ont attaché à un autre, et de prendre, parmi les puissances de la terre, la place séparée et égale à laquelle les lois de la nature et du Dieu de la nature lui donnent droit, le respect dû à l'opinion de l'humanité l'oblige à déclarer les causes qui le déterminent à la séparation.

Nous tenons pour évidentes par elles-mêmes les vérités suivantes : tous les hommes sont créés égaux; ils sont doués par le Créateur de certains droits inaliénables; parmi ces droits se trouvent la vie, la liberté et la recherche du bonheur. Les gouvernements sont établis parmi les hommes pour garantir ces droits, et leur juste pouvoir émane du consentement des gouvernés. Toutes les fois qu'une forme de gouvernement devient destructive de ce but, le peuple a le droit de la changer ou de l'abolir, et d'établir un nouveau gouvernement, en le fondant sur les principes et en l'organisant en la forme qui lui paraîtront les plus propres à lui donner la sûreté et le bonheur. La prudence enseigne, à la vérité, que les gouvernements établis depuis longtemps ne doivent pas être changés pour des causes légères et passagères, et l'expérience de tous les temps a montré, en effet, que les hommes sont plus disposés à tolérer des maux supportables qu'à se faire justice à eux-mêmes en abolissant les formes auxquelles ils sont accoutumés. Mais lors-

1. Cette traduction a été réalisée par Thomas Jefferson.

qu'une longue suite d'abus et d'usurpations, tendant invariablement au même but, marque le dessein de les soumettre au despotisme absolu, il est de leur droit, il est de leur devoir de rejeter un tel gouvernement et de pourvoir, par de nouvelles sauvegardes, à leur sécurité future. Telle a été la patience de ces colonies, et telle est aujourd'hui la nécessité qui les force à changer leurs anciens systèmes de gouvernement. L'histoire du roi actuel de Grande-Bretagne est l'histoire d'une série d'injustices et d'usurpations répétées, qui toutes avaient pour but direct l'établissement d'une tyrannie absolue sur ces États. Pour le prouver, soumettons les faits au monde impartial :

Il a refusé sa sanction aux lois les plus salutaires et les plus nécessaires au bien public. Il a défendu à ses gouverneurs de consentir à des lois d'une importance immédiate et urgente à moins que leur mise en vigueur ne fût suspendue jusqu'à l'obtention de sa sanction, et les lois ainsi suspendues, il a absolument négligé d'y donner attention.

Il a refusé de sanctionner d'autres lois pour l'organisation de grands districts, à moins que le peuple de ces districts n'abandonnât le droit d'être représenté dans la législature, droit inestimable pour un peuple qui n'est redoutable qu'aux tyrans.

Il a convoqué des Assemblées législatives dans des lieux inusités, incommodes et éloignés des dépôts de leurs registres publics, dans la seule vue d'obtenir d'elles, par la fatigue, leur adhésion à ses mesures. À diverses reprises, il a dissous des Chambres de représentants parce qu'elles s'opposaient avec une mâle fermeté à ses empiétements sur les droits du peuple. Après ces dissolutions, il a refusé pendant longtemps de faire élire d'autres Chambres de représentants, et le pouvoir législatif, qui n'est pas susceptible d'anéantissement, est ainsi retourné au peuple tout entier pour être exercé par lui, l'État restant dans l'intervalle, exposé à tous les dangers d'invasions du dehors et de convulsions au-dedans.

Il a cherché à mettre obstacle à l'accroissement de la population de ces États. Dans ce but, il a mis empêchement à l'exécution des lois pour la naturalisation des étrangers ; il a refusé d'en rendre d'autres pour encourager leur émigration dans ces contrées, et il a élevé les conditions pour les nouvelles acquisitions de terres. Il a entravé l'administration de la justice en refusant sa sanction à des lois pour l'établissement de pouvoirs judiciaires.

Il a rendu les juges dépendants de sa seule volonté, pour la durée de leurs offices et pour le taux et le paiement de leurs appointements.

Il a créé une multitude d'emplois et envoyé dans ce pays des essaims de nouveaux employés pour vexer notre peuple et dévorer sa substance. Il a entretenu, parmi nous, en temps de paix, des armées permanentes sans le consentement de nos législatures. Il a affecté de rendre le pouvoir militaire indépendant de l'autorité civile et même supérieur à elle. Il s'est coalisé avec d'autres pour nous soumettre à une juridiction étrangère à nos Constitutions et non reconnue par nos lois en donnant sa sanction à des actes de prétendue législation ayant pour objet de mettre en quartier parmi nous de gros corps de troupes armées ; de les protéger par une procédure illusoire contre le châtiment des meurtres qu'ils auraient commis sur la personne des habitants de ces États ; de détruire notre commerce avec toutes les parties du monde ; de nous imposer des taxes sans notre consentement ; de nous priver dans plusieurs cas du bénéfice de la procédure par jurés ; de nous transporter au-delà des mers pour être jugés à raison de prétendus délits ; d'abolir dans une province voisine le système libéral des lois anglaises, d'y établir un gouvernement arbitraire et de reculer ses limites, afin de faire à la fois de cette province un exemple et un instrument propre à introduire le même gouvernement absolu dans ces colonies ; de retirer nos chartes, d'abolir nos lois les plus précieuses, et d'altérer dans leur essence les formes de nos gouvernements ; de suspendre nos propres législatures et de se déclarer lui-même investi du pouvoir de faire des lois obligatoires pour nous dans tous les cas quelconques.

Il a abdiqué le gouvernement de notre pays, en nous déclarant hors de sa protection et en nous faisant la guerre. Il a pillé nos mers, ravagé nos côtes, brûlé nos villes et massacré nos concitoyens. En ce moment même, il transporte de grandes armées de mercenaires étrangers pour accomplir l'œuvre de mort, de désolation et de tyrannie qui a été commencée avec des circonstances de cruauté et de perfidie dont on aurait peine à trouver des exemples dans les siècles les plus barbares, et qui sont tout à fait indignes du chef d'une nation civilisée. Il a excité parmi nous l'insurrection domestique, et il a cherché à attirer sur les habitants de nos frontières les Indiens, ces sauvages sans pitié, dont la manière bien connue de faire la guerre est de tout massacrer, sans distinction d'âge, de sexe ni de condition.

Dans tout le cours de ces oppressions, nous avons demandé justice dans les termes les plus humbles ; nos pétitions répétées n'ont reçu pour réponse que des injustices répétées. Un prince dont le caractère est ainsi marqué par toutes les actions qui peuvent signaler un tyran est impropre à gouverner un peuple libre.

Nous n'avons pas non plus manqué d'égards envers nos frères de la Grande-Bretagne. Nous les avons de temps en temps avertis des tentatives faites par leur législature pour étendre sur nous une injuste juridiction. Nous leur avons rappelé les circonstances de notre émigration et de notre établissement dans ces contrées. Nous avons fait appel à leur justice et à leur magnanimité naturelle, et nous les avons conjurés, au nom des liens d'une commune origine, de désavouer ces usurpations qui devaient inévitablement interrompre notre liaison et nos bons rapports. Eux aussi ont été sourds à la voix de la raison et de la consanguinité. Nous devons donc nous rendre à la nécessité qui commande notre séparation et les regarder de même que le reste de l'humanité, comme des ennemis dans la guerre et des amis dans la paix.

En conséquence, nous, les représentants des États-Unis d'Amérique, assemblés en Congrès général, prenant à témoin le Juge suprême de l'univers de la droiture de nos intentions, publions et déclarons solennellement, au nom et par l'autorité du bon peuple de ces colonies, que ces colonies unies sont et ont le droit d'être des États libres et indépendants ; qu'elles sont dégagées de toute obéissance envers la Couronne de la Grande-Bretagne ; que tout lien politique entre elles et l'État de la Grande-Bretagne est et doit être entièrement dissous ; que, comme les États libres et indépendants, elles ont pleine autorité de faire la guerre, de conclure la paix, de contracter des alliances, de réglementer le commerce et de faire tous autres actes ou choses que les États indépendants ont droit de faire ; et pleins d'une ferme confiance dans la protection de la divine Providence, nous engageons mutuellement au soutien de cette déclaration, nos vies, nos fortunes et notre bien le plus sacré, l'honneur.

LES DIX PREMIERS AMENDEMENTS DE LA CONSTITUTION AMÉRICAINE

(décembre 1791)

ARTICLE PREMIER : Le Congrès ne fera aucune loi qui touche l'établissement ou interdise le libre exercice d'une religion, ni qui restreigne la liberté de la parole ou de la presse, ou le droit qu'a le peuple de s'assembler paisiblement et d'adresser des pétitions au gouvernement pour le redressement de ses griefs.

ARTICLE II : Une milice bien ordonnée étant nécessaire à la sécurité d'un État libre, le droit qu'a le peuple de détenir et de porter des armes ne sera pas enfreint.

ARTICLE III : Aucun soldat ne sera, en temps de paix, logé dans une maison sans le consentement du propriétaire, ni en temps de guerre, si ce n'est de la manière prescrite par la loi.

ARTICLE IV : Le droit des citoyens d'être garantis dans leurs personne, domicile, papiers et effets, contre les perquisitions et saisies déraisonnables ne sera pas violé, et aucun mandat ne sera délivré, si ce n'est sur cause probable, corroborée par serment ou affirmation, ni sans qu'il décrive particulièrement le lieu à fouiller et les personnes ou les choses à saisir.

ARTICLE V : Nul ne sera mis en jugement pour un crime capital ou autrement infamant si ce n'est sur déclaration de mise en accusation (*presentment*) ou acte d'accusation (*indictment*) présentés par un grand jury, sauf pour les cas se produisant dans l'armée de terre ou de mer, ou dans la milice, lorsque celle-ci est en activité de service en temps de guerre ou de danger public. Nul ne pourra pour le même délit être deux fois menacé dans sa vie ou dans son corps. Nul ne sera tenu de témoigner contre lui-même dans une affaire criminelle. Nul ne sera privé de vie, de liberté ou de propriété sans procédure légale régulière. Nulle propriété privée ne sera prise pour usage public sans juste indemnité.

ARTICLE VI : Dans toutes les poursuites criminelles, l'accusé aura le droit d'être jugé promptement et publiquement par un jury impartial de l'État et du district où le crime aura été commis — le district ayant été préalablement délimité par la loi —, d'être instruit de la nature et de la cause de l'accusation, d'être confronté avec les témoins à charge, d'exiger par des moyens légaux la comparution de témoins à décharge, et d'être assisté d'un conseil pour sa défense.

ARTICLE VII : Dans les procès de droit commun (*common law*) où la valeur en litige excédera vingt dollars, le droit au jugement par jury sera observé, et aucun fait jugé par un jury ne sera examiné de nouveau dans une cour des États-Unis autrement que selon les règles du droit commun.

ARTICLE VIII : Des cautions excessives ne seront pas exigées, ni des amendes excessives imposées, ni des châtiments cruels et inusités infligés.

ARTICLE IX : L'énumération, dans la Constitution, de certains droits ne sera pas interprétée comme déniant ou dépréciant les autres droits que le peuple aurait retenus.

ARTICLE X : Les pouvoirs qui ne sont pas délégués aux États-Unis par la Constitution, ni refusés par elle aux États, sont réservés aux États respectivement, ou au peuple.

JOHN LOCKE,
« DES FINS DE LA SOCIÉTÉ POLITIQUE ET DU GOUVERNEMENT »

123. Si l'homme est aussi libre qu'on l'a dit dans l'état de nature, s'il est le maître absolu de sa personne et de ses biens, sans le céder en rien aux plus grands, s'il n'est le sujet de personne, pourquoi renoncerait-il à sa liberté ? Pourquoi abandonnerait-il cet empire, pour se soumettre au pouvoir d'aucune autre puissance et à son contrôle ? La réponse est évidente : même s'il possède tant de droits dans l'état de nature, il n'en a qu'une jouissance très précaire et constamment exposée aux empiétements d'autrui. Tout le monde est roi autant que lui, chacun est son égal, et la plupart ne respectent strictement ni l'équité, ni la justice, ce qui rend la jouissance de la propriété qu'il a dans cet état très dangereuse et très incertaine. Cela le dispose à quitter cette condition, de liberté, certes, mais pleine de terreurs et de continuels dangers : ce n'est pas sans raison qu'il sollicite et consent à prendre pour associés d'autres hommes, qui se sont déjà réunis, ou qui projettent de se réunir, afin de *sauvegarder* mutuellement leurs vies, leurs libertés et leurs fortunes, ce que je désigne sous le nom général de *propriété*.

124. La *fin capitale* et principale, en vue de laquelle les hommes s'associent dans des républiques et se soumettent à des gouvernements, c'est *la conservation de leur propriété*. Dans l'état de nature, plusieurs conditions font défaut.

Premièrement, il manque une *loi établie*, fixée, connue, qu'un consentement général accepte et reconnaisse comme le critère du bien et du mal et comme la mesure commune pour statuer sur tous les différends. Bien que le droit naturel soit clair et intelligible pour toutes les créatures raisonnables, le parti pris de l'intérêt et l'ignorance qui résulte du manque d'étude empêchent les hommes de lui reconnaître la valeur d'une loi qu'ils seraient obligés d'appliquer dans le détail de leurs affaires.

125. *Deuxièmement*, dans l'état de nature, il manque *un juge connu de tous et impartial*, qui soit compétent pour statuer sur tous les différends selon la loi établie. Dans cet état, chacun est à la fois le juge et le bourreau de la loi de la nature et, comme les gens font preuve de partialité vis-à-vis d'eux-mêmes, la passion et la vengeance risquent fort de les entraîner à trop d'excès et d'emportement dans les affaires où ils sont eux-mêmes parties, tout comme la négligence et l'indifférence risquent de trop affaiblir leur zèle dans les procès d'autrui.

126. *Troisièmement*, dans l'état de nature, la *puissance* manque souvent à l'appui de la décision, pour l'imposer quand elle est juste et la *mettre à exécution* comme il se doit. Ceux qu'une injustice a offensés s'abstiendront rarement d'y remédier par la force s'ils le peuvent; cette résistance rend le châtiment dangereux et, souvent, fatal pour ceux qui s'y essaient.

127. Ainsi, malgré tous les privilèges de l'état de nature, l'humanité n'y jouit que d'une condition mauvaise, tant qu'elle y demeure, et elle est vite poussée à entrer en société. Il est d'ailleurs rare que nous voyions des hommes, en nombre quelconque, rester un temps appréciable dans cet état. Les inconvénients auxquels les y expose l'exercice irrégulier et incertain que chacun fait du pouvoir qu'il a de punir les infractions des autres les incitent à chercher refuge à l'abri des lois établies d'un gouvernement et à tenter *de sauvegarder* ainsi *leur propriété*. C'est là ce qui dispose chacun à renoncer si facilement à son pouvoir de punir, pour qu'il soit pris entièrement en charge par des titulaires nommés à cet effet, qui devront l'exercer conformément aux règles que la communauté, ou les personnes qu'elle aura habilitées à cet effet, adopteront d'un commun accord. Nous trouvons là le *fondement juridique* initial et la *genèse du pouvoir législatif et du pouvoir exécutif* ainsi que des gouvernements et des sociétés mêmes.

128. Dans l'état de nature, sans parler de la liberté des plaisirs innocents, qui est la sienne, l'homme détient deux pouvoirs.

Le premier, c'est celui de faire tout ce qu'il juge convenable pour assurer sa propre conservation et celle des autres dans les limites qu'autorise la *loi de la nature*; en vertu de cette loi, qui leur est commune à eux tous, chaque homme *forme, avec le reste de l'humanité, une seule communauté*, une seule société distincte de toutes les autres créatures. Sans la corruption, ou les vices, d'individus dégénérés, il n'y aurait nul besoin d'en établir aucune autre; il ne serait nullement nécessaire que les hommes se séparent de cette grande communauté naturelle, ni qu'ils concluent des accords particuliers pour s'associer dans des groupements plus restreints et divisés.

L'autre pouvoir qu'a l'homme dans l'état de nature, c'est *celui de punir les infractions* qui sont commises contre la loi naturelle. Ces deux pouvoirs, il y renonce quand il s'associe à une société politique privée, si je peux l'appeler ainsi, ou particulière, pour s'incorporer à une république distincte du reste de l'humanité.

129. Le premier *pouvoir*, c'est-à-dire *celui de faire tout ce qu'il juge convenable pour assurer sa propre conservation* et celle du reste de l'humanité, *il l'abandonne* à la société, pour qu'elle le réglemente par des lois, dans la mesure où il le faudra pour le sauvegarder lui-même, ainsi que les autres associés; sur bien des points, les lois de la société restreignent la liberté qu'il tenait de la loi de la nature.

130. *Deuxièmement*, le *pouvoir de punir*, il y *renonce* totalement et il engage sa force naturelle (qu'avant, il pouvait utiliser comme il l'entendait, de sa propre autorité, pour faire respecter la loi de la nature), pour assister le pouvoir exécutif de la société, selon que la loi de celle-ci l'exigera. Il se trouve désormais dans une condition nouvelle, où il est appelé à jouir de nombreux avantages, grâce au travail des autres membres de la même communauté, à leur assistance et à leur compagnie, ainsi que de la protection de la force collective; il est appelé aussi à renoncer à la liberté naturelle qu'il avait de subvenir à ses besoins, dans toute la mesure où le bien, la prospérité et la sécurité de la société l'exigeront, ce qui n'est pas seulement nécessaire, mais juste, puisque les autres associés font de même.

131. Si les hommes qui s'associent abandonnent l'égalité, la liberté et le pouvoir exécutif, qu'ils avaient dans l'état de

nature, aux mains de la société, pour que le pouvoir législatif en dispose selon que le bien social l'exigera, chacun agit de la sorte à seule fin de mieux protéger sa liberté et sa propriété, car on ne saurait prêter à une créature raisonnable l'intention de changer d'état pour être plus mal; *il ne faut donc jamais présumer* que le pouvoir de la société, ou *pouvoir législatif*, qu'ils ont institué, *s'étende au-delà du bien commun*; il a l'obligation de garantir à chacun sa propriété, en remédiant aux trois défauts d'où résultait tant de malaise et d'insécurité dans l'état de nature. Quiconque détient le pouvoir législatif, ou suprême, d'une société politique, doit gouverner en vertu de *lois* établies et *permanentes*, promulguées et connues du peuple et non pas en vertu de décrets improvisés; il doit gouverner par l'intermédiaire de *juges* intègres et *impartiaux*, qui statuent sur les différends conformément à ces lois; il ne doit utiliser la force de la communauté, à l'intérieur, *que pour assurer l'application de ces lois* et, à l'extérieur, que pour prévenir ou réparer les atteintes de l'étranger, et mettre la communauté à l'abri des incursions et de l'invasion. Tout cela ne doit tendre à aucune autre *fin*, que la *paix*, la *sûreté* et le *bien public* du peuple.

Deuxième traité du gouvernement civil, chap. IX, «Des fins de la société politique et du gouvernement», trad. B. Gilson, Paris, Vrin, 1967, p. 146-149.

JEAN-JACQUES ROUSSEAU,
« UNE FORME D'ASSOCIATION »

CHAPITRE VI
Du pacte social

Je suppose les hommes parvenus à ce point où les obstacles qui nuisent à leur conservation dans l'état de nature, l'emportent par leur résistance sur les forces que chaque individu peut employer pour se maintenir dans cet état. Alors cet état primitif ne peut plus subsister, et le genre humain périroit s'il ne changeoit sa maniere d'être.

Or comme les hommes ne peuvent engendrer de nouvelles forces, mais seulement unir et diriger celles qui existent, ils n'ont plus d'autre moyen pour se conserver, que de former par aggrégation une somme de forces qui puisse l'emporter sur la résistance, de les mettre en jeu par un seul mobile et de les faire agir de concert.

Cette somme de forces ne peut naitre que du concours de plusieurs : mais la force et la liberté de chaque homme étant les premiers instrumens de sa conservation, comment les engagera-t-il sans se nuire, et sans négliger les soins qu'il se doit ? Cette difficulté ramenée à mon sujet peut s'énoncer en ces termes.

« Trouver une forme d'association qui défende et protege de toute la force commune la personne et les biens de chaque associé, et par laquelle chacun s'unissant à tous n'obéisse pourtant qu'à lui-même et reste aussi libre qu'auparavant ? » Tel est le problème fondamental dont le contract social donne la solution.

Les clauses de ce contract sont tellement déterminées par la nature de l'acte, que la moindre modification les rendroit vaines et de nul effet; en sorte que, bien qu'elles n'aient peut-être jamais été formellement énoncées, elles sont par-tout les mêmes, par-tout tacitement admises et reconnües; jusqu'à ce que, le pacte social étant violé, chacun rentre alors dans ses premiers droits et reprenne sa liberté naturelle, en perdant la liberté conventionnelle pour laquelle il y renonça.

Ces clauses bien entendues se réduisent toutes à une seule, savoir l'aliénation totale de chaque associé avec tous ses droits à toute la communauté : Car premierement, chacun se donnant tout entier, la condition est égale pour tous, et la condition étant égale pour tous, nul n'a intérêt de la rendre onéreuse aux autres.

De plus, l'aliénation se faisant sans réserve, l'union est aussi parfaite qu'elle ne peut l'être et nul associé n'a plus rien à réclamer : Car s'il restoit quelques droits aux particuliers, comme il n'y auroit aucun supérieur commun qui put prononcer entre eux et le public, chacun étant en quelque point son propre juge prétendroit bientôt l'être en tous, l'état de nature subsisteroit et l'association deviendroit nécessairement tirannique ou vaine.

Enfin chacun se donnant à tous ne se donne à personne, et comme il n'y a pas un associé sur lequel on n'acquiere le même droit qu'on lui cede sur soi, on gagne l'équivalent de tout ce qu'on perd, et plus de force pour conserver ce qu'on a.

Si donc on écarte du pacte social ce qui n'est pas de son essence, on trouvera qu'il se réduit aux termes suivants. *Chacun de nous met en commun sa personne et toute sa puissance sous la suprême direction de la volonté générale; et nous recevons en corps chaque membre comme partie indivisible du tout.*

À l'instant, au lieu de la personne particuliere de chaque contractant, cet acte d'association produit un corps moral et collectif composé d'autant de membres que l'assemblée a de voix, lequel reçoit de ce même acte son unité, son *moi* commun, sa vie et sa volonté. Cette personne publique qui se forme ainsi par l'union de toutes les autres prenoit autrefois le nom de *Cité*[1], et prend maintenant celui de *République* ou de

1. Le vrai sens de ce mot s'est presque entierement effacé chez les modernes; la plupart prennent une ville pour une Cité et un bourgeois

corps politique, lequel est appellé par ses membres *État* quand il est passif, *Souverain* quand il est actif, *Puissance* en le comparant à ses semblables. À l'égard des associés ils prennent collectivement le nom de *peuple*, et s'appellent en particulier *Citoyens* comme participans à l'autorité souveraine, et *Sujets* comme soumis aux loix de l'État. Mais ces termes se confondent souvent et se prennent l'un pour l'autre ; il suffit de les savoir distinguer quand ils sont employés dans toute leur précision.

CHAPITRE VII
Du souverain

On voit par cette formule que l'acte d'association renferme un engagement réciproque du public avec les particuliers, et que chaque individu, contractant, pour ainsi dire, avec lui-même, se trouve engagé sous un double rapport ; savoir, comme membre du Souverain envers les particuliers, et comme membre de l'État envers le Souverain. Mais on ne peut appliquer ici la maxime du droit civil que nul n'est tenu aux engagemens pris avec lui-même ; car il y a bien de la différence entre s'obliger envers soi, ou envers un tout dont on fait partie.

Il faut remarquer encore que la délibération publique, qui

---

pour un Citoyen. Ils ne savent pas que les maisons font la ville mais que les Citoyens font la Cité. Cette même erreur coûta cher autrefois aux Carthaginois. Je n'ai pas lu que le titre de *Cives* ait jamais été donné aux sujets d'aucun Prince, pas même anciennement aux Macédoniens, ni de nos jours aux Anglois, quoique plus près de la liberté que tous les autres. Les seuls François prennent tout familièrement ce nom de *Citoyens*, parce qu'ils n'en ont aucune véritable idée, comme on peut le voir dans leurs Dictionnaires, sans quoi ils tomberoient en l'usurpant dans le crime de Léze-Majesté : ce nom chez eux exprime une vertu et non pas un droit. Quand Bodin a voulu parler de nos Citoyens et Bourgeois, il a fait une lourde bévüe en prenant les uns pour les autres. M. d'Alembert ne s'y est pas trompé, et a bien distingué dans son article *Genève* les quatre ordres d'hommes (même cinq en y comptant les simples étrangers), qui sont dans nôtre ville, et dont deux seulement composent la République. Nul autre auteur François, que je sache, n'a compris le vrai sens du mot *Citoyen*. (Note de J.-J. Rousseau.)

peut obliger tous les sujets envers le Souverain, à cause des deux différens rapports sous lesquels chacun d'eux est envisagé, ne peut, par la raison contraire, obliger le Souverain envers lui-même, et que, par conséquent, il est contre la nature du corps politique que le Souverain s'impose une loi qu'il ne puisse enfreindre. Ne pouvant se considérer que sous un seul et même rapport il est alors dans le cas d'un particulier contractant avec soi-même : par où l'on voit qu'il n'y a ni ne peut y avoir nulle espece de loi fondamentale obligatoire pour le corps du peuple, pas même le contract social. Ce qui ne signifie pas que ce corps ne puisse fort bien s'engager envers autrui en ce qui ne déroge point à ce contract; car à l'égard de l'étranger, il devient un être simple, un individu.

Mais le corps politique ou le Souverain ne tirant son être que de la sainteté du contract ne peut jamais s'obliger, même envers autrui, à rien qui déroge à cet acte primitif, comme d'aliéner quelque portion de lui-même ou de se soumettre à un autre Souverain. Violer l'acte par lequel il existe seroit s'anéantir, et ce qui n'est rien ne produit rien.

Sitôt que cette multitude est ainsi réunie en un corps, on ne peut offenser un des membres sans attaquer le corps; encore moins offenser le corps sans que les membres s'en ressentent. Ainsi le devoir et l'intérêt obligent également les deux parties contractantes à s'entre-aider mutuellement, et les mêmes hommes doivent chercher à réunir sous ce double rapport tous les avantages qui en dépendent.

Or le Souverain n'étant formé que des particuliers qui le composent n'a ni ne peut avoir d'intérêt contraire au leur; par conséquent la puissance Souveraine n'a nul besoin de garant envers les sujets, parce qu'il est impossible que le corps veuille nuire à tous ses membres, et nous verrons ci-après qu'il ne peut nuire à aucun en particulier. Le Souverain, par cela seul qu'il est, est toujours tout ce qu'il doit être.

Mais il n'en est pas ainsi des sujets envers le Souverain, auquel malgré l'intérêt commun, rien ne répondroit de leurs engagemens s'il ne trouvoit des moyens de s'assurer de leur fidélité.

En effet chaque individu peut comme homme avoir une volonté particuliere contraire ou dissemblable à la volonté générale qu'il a comme Citoyen. Son intérêt particulier peut lui parler tout autrement que l'intérêt commun ; son existence absolue et naturellement indépendante peut lui faire envisager ce qu'il doit à la cause commune comme une contribution gratuite, dont la perte sera moins nuisible aux autres que le payement n'en est onéreux pour lui, et regardant la personne morale qui constitue l'État comme un être de raison parce que ce n'est pas un homme, il jouiroit des droits du citoyen sans vouloir remplir les devoirs du sujet ; injustice dont le progrès causeroit la ruine du corps politique.

Afin donc que le pacte social ne soit pas un vain formulaire, il renferme tacitement cet engagement qui seul peut donner de la force aux autres, que quiconque refusera d'obéir à la volonté générale y sera contraint par tout le corps : ce qui ne signifie autre chose sinon qu'on le forcera d'être libre ; car telle est la condition qui donnant chaque Citoyen à la Patrie le garantit de toute dépendance personnelle ; condition qui fait l'artifice et le jeu de la machine politique, et qui seule rend légitimes les engagemens civils, lesquels sans cela seroient absurdes, tyranniques, et sujets aux plus énormes abus.

CHAPITRE VIII
De l'état civil

Ce passage de l'état de nature à l'état civil produit dans l'homme un changement très rémarquable, en substituant dans sa conduite la justice à l'instinct, et donnant à ses actions la moralité qui leur manquoit auparavant. C'est alors seulement que la voix du devoir succédant à l'impulsion physique et le droit à l'appetit, l'homme, qui jusques là n'avoit regardé que lui-même, se voit forcé d'agir sur d'autres principes, et de consulter sa raison avant d'écouter ses penchans. Quoiqu'il se prive dans cet état de plusieurs avantages qu'il tient de la nature, il en regagne de si grands, ses facultés s'exercent et se développent, ses idées s'étendent, ses sentimens s'ennoblissent, son ame toute entiere s'éleve à tel point, que si les abus de cette nouvelle condition ne le dégradoient souvent au-dessous de celle dont il est sorti, il devroit bénir sans cesse l'instant heureux qui l'en arracha pour jamais, et qui, d'un animal stupide et borné, fit un être intelligent et un homme.

Réduisons toute cette balance à des termes faciles à comparer. Ce que l'homme perd par le contract social, c'est sa liberté naturelle et un droit illimité à tout ce qui le tente et qu'il peut atteindre ; ce qu'il gagne, c'est la liberté civile et la propriété de tout ce qu'il possede. Pour ne pas se tromper dans ces compensations, il faut bien distinguer la liberté naturelle qui n'a pour bornes que les forces de l'individu, de la liberté civile qui est limitée par la volonté générale, et la possession qui n'est que l'effet de la force ou le droit du premier occupant, de la propriété qui ne peut être fondée que sur un titre positif.
On pourroit sur ce qui précede ajouter à l'acquis de l'état civil la liberté morale, qui seule rend l'homme vraiment maitre de lui ; car l'impulsion du seul appetit est esclavage, et l'obéissance à la loi qu'on s'est prescritte est liberté. Mais je n'en ai déjà que trop dit sur cet article, et le sens philosophique du mot *liberté* n'est pas ici de mon sujet.

Du Contrat social, livre I, Paris, Gallimard, 1997, p. 182-187.

CHAPITRE II

Les critiques

La proclamation de la souveraineté du citoyen ne posait pas seulement des problèmes d'organisation des pouvoirs. La nouvelle légitimité était fondée sur un principe d'arrachement du citoyen à toutes ses caractéristiques, historiques, religieuses et sociales, qui suscitait — et continue à susciter — deux tensions fondamentales de la société fondée sur la citoyenneté. L'égalité civile, juridique et politique du citoyen s'oppose, d'une part, aux références particulières, historiques et religieuses, des individus concrets et, d'autre part, à leurs inégalités économiques et sociales.

Deux grands courants critiques les ont dénoncées, arguant qu'elles rendaient les droits de l'homme et la citoyenneté à la fois inefficaces et dangereux. Les penseurs contre-révolutionnaires ont critiqué l'abstraction du citoyen qui arrache l'individu à la nature et à l'histoire, l'élaboration d'une société artificielle fondée sur l'individu et non sur le collectif, les effets pervers d'une construction politique rationaliste qui viole la nature inévitablement hiérarchique des sociétés et les leçons de l'expérience historique. Les marxistes, de leur côté, devant le décalage qui existe dans les sociétés historiques entre l'égalité proclamée des droits et les inégalités sociales de fait — particulièrement sensible et révoltant au temps de la première révolution industrielle —, dénonceront les impostures de la citoyenneté bourgeoise « formelle », en invoquant l'avènement d'une citoyenneté « réelle ».

LE CITOYEN ABSTRAIT ET L'INDIVIDU HISTORIQUE

« *Réflexions sur la Révolution française* »

C'est la philippique d'Edmund Burke contre la révolution de 1789, *Réflexions sur la Révolution française*, publiée dès 1790, qui a posé les thèmes essentiels qui seront repris avec des accents et des argumentaires variés par de nombreux penseurs contre-révolutionnaires dans tous les pays de l'Europe. Son livre est une condamnation passionnée du rationalisme politique et une dénonciation du fanatisme idéologique auquel, selon l'auteur, il conduit nécessairement. La critique de l'abstraction et du volontarisme politiques est menée au nom de la valeur de l'héritage, de l'expérience et de la pratique.

L'ordre social tout entier ne peut être reconstruit à partir du principe libéral de l'autonomie de l'individu. Il doit s'inscrire dans la continuité d'une histoire collective. Contre le projet des révolutionnaires français de reconstruire consciemment et rationnellement l'ordre social, Burke invoque l'héritage. La proclamation de droits de l'homme, valables en tous temps et en tous lieux, ne tient pas compte des conditions réelles de la vie des hommes qui se déroule toujours dans des sociétés déjà constituées, héritières d'une histoire particulière. On ne part jamais d'une *tabula rasa*.

Burke oppose donc à la Déclaration des droits de l'homme proclamés au nom de la Raison par les révolutionnaires français les « véritables » droits de l'homme, ceux qui ont été acquis par les Anglais au cours de leur histoire : « Les "droits" dont nous parlent ces théoriciens ont tous le même caractère absolu ; et autant ils sont vrais métaphysiquement, autant ils sont faux moralement et politiquement[1]. » La politique ne peut être le résultat d'un projet rationnel et de la volonté des hommes. Au citoyen abstrait, individualiste et égalitaire il oppose la diversité des sociétés et la réalité des libertés progressivement obtenues par les Anglais grâce à leur « Glorieuse Révolution » de 1688, fondamentalement différente de la révolution de 1789.

Les droits et les libertés des Anglais seront toujours mieux garantis que les droits et les libertés de « l'Homme » des révolutionnaires français. À cause de leur abstraction « métaphysique », les droits de l'homme ne peuvent qu'être trahis, alors

1. Burke, *op. cit.*, p. 78.

que, grâce à leur incarnation dans un héritage collectif, les libertés des Anglais sont profondément inscrites dans les pratiques et dans les mœurs. À la Liberté abstraite il faut préférer les libertés concrètes. « Dans cette loi mémorable de la troisième année du règne de Charles Ier que nous appelons la Pétition des droits, le Parlement dit au roi : "Vos sujets ont *hérité* cette liberté." Ainsi ils n'entendaient pas fonder leurs libertés sur des principes abstraits tels que les "droits de l'homme", mais bien sur les droits qu'ils possédaient de père en fils en tant qu'Anglais[1] » Pour Burke, être libre, c'était conserver l'héritage légué aux sujets anglais par leurs ancêtres, c'était préserver un patrimoine hérité et le transmettre à sa postérité. L'appartenance à une communauté, produit d'une tradition, est plus avantageuse pour l'individu que la revendication abstraite de la liberté. D'où son interprétation, conforme à celle des Whigs, de la « Glorieuse Révolution » et de la Restauration de 1688 qui, selon lui, permirent de rétablir la tradition des libertés que le roi tendait à limiter. C'est pourquoi la société libérale anglaise est pour lui indissolublement liée à la tradition aristocratique et chrétienne. Les admirateurs de l'Angleterre se joignaient à lui, comme le montre l'affirmation du révolutionnaire monarchien Mounier, en 1789 : « J'admire le respect religieux des Anglais pour les défauts mêmes de leur constitution ; c'est qu'ils savent que le bien et le mal sont quelquefois intimement liés, qu'en voulant ôter celui-ci on

1. *Ibid.*, p. 41.

arrache l'autre, et que le bien étant plus difficile à rétablir, le mal seul est ensuite replacé[1]. »

Burke ne condamne pas les aspirations à la liberté, mais le principe même de la nouvelle légitimité politique qui ne saurait émaner de la « nation ». La liberté des hommes ne peut avoir pour condition la participation de tous aux affaires publiques. Contrairement à Rousseau, il n'existe pas, pour Burke, de liberté qui préexiste aux liens que crée la société. Les liens sociaux ne sont pas une entrave à l'accomplissement de la nature humaine, ils sont, tout au contraire, la condition de la sécurité et de l'amélioration de l'humanité. « En absolutisant les revendications individualistes d'authenticité et d'autonomie, l'individu risque de détruire les mœurs et les croyances qui ont permis l'amélioration de sa condition[2]. »

En détruisant l'héritage, en voulant reconstruire la société à partir de rien, en uniformisant les conditions de tous, en détruisant les institutions du passé et les corps intermédiaires qui assurent la participation réelle des individus à la vie collective et la protection des libertés concrètes, les révolutionnaires nient la dimension naturellement hiérarchique des sociétés et ne peuvent déboucher que sur le despotisme. Ils aboutissent à la déshumanisation du pouvoir, alors que l'adhésion à une personne et l'imagination donnent plus de stabilité au corps politique. Une révolution qui veut repartir de zéro a pour destin inévitable de

1. Cité par Rials, *op. cit.*, p. 139.
2. Philippe Raynaud, préface à Burke, *op. cit.*, p. LXXVIII.

finir dans la tyrannie — ce que le XXe siècle appellera le totalitarisme. C'est un thème qui sera orchestré après Burke sous bien des formes.

Burke retrouvait un thème de Hume, qui avait déjà formulé l'idée que seul le temps donne de la solidité aux droits et que la légitimité politique naît de la tradition contre les « principes abstraits ». « Peu à peu le temps [...] accoutume la nation à regarder comme son souverain légitime celui qu'elle avait d'abord pris pour un étranger et un usurpateur. » C'est d'ailleurs pourquoi « nous devons l'obéissance au prince qui est sur le trône, et qui descend en droite ligne d'une suite d'ancêtres, qui depuis plusieurs siècles ont régné sur nous ». Il faut modifier l'orientation de la politique et s'adapter aux changements, mais avec prudence et modération. La politique doit tirer ses leçons de l'expérience historique et respecter la continuité des institutions et des valeurs. Si la Constitution anglaise est « le superbe édifice dont l'Angleterre a sujet de s'enorgueillir, qui nous attire la jalousie de nos voisins », c'est que sa « fondation est l'ouvrage de plusieurs siècles ». « Les Tories me paraissent avoir eu pour la liberté les sentiments de tous les vrais Bretons, résolus de ne la sacrifier ni à des principes abstraits, ni aux droits imaginaires des princes[1] ».

1. David Hume, *Écrits politiques* (1788), Paris, Vrin, 1972, p. 150.

La pensée contre-révolutionnaire

Le caractère naturel de la hiérarchie sociale, l'abstraction de l'individu-citoyen, le refus de tenir compte de la continuité historique et des leçons de l'expérience, la condamnation du volontarisme rationnel et de la prétention de la Raison à dominer la politique, le danger de toute révolution de sombrer dans le despotisme, ces grandes inspirations de Burke seront reprises et développées par les penseurs contre-révolutionnaires et par la critique romantique allemande. Dans bien des cas, ils développeront les critiques de Burke, sans adopter pour autant sa défense des libertés anglaises.

Par-delà leurs différences, ils ont en commun de penser qu'un ordre naturel existe et que l'action humaine doit s'y conformer. Les hommes doivent respecter la nature. « Il ne faut pas vouloir être plus savant que la nature » (Rivarol). Tous dénoncent l'idée que la volonté des hommes peut en changer le cours. Pour les uns, il s'agit des lois éternelles inscrites dans la tradition et les coutumes qui organisent la vie politique et la société : c'est l'histoire qui est nature. Pour d'autres, il s'agit de la volonté divine. La nature est l'œuvre de Dieu, la société un don de la Providence. Les lois de la nature sont les lois de Dieu, par essence supérieures aux lois créées par l'homme. Le roi, représentant de Dieu, ne saurait donc être privé de la légitimité de son pouvoir. S'il peut être souhaitable de mener des réformes, elles ne sauraient remettre en cause la légitimité du Roi de droit divin.

C'est au nom de la Providence, par exemple, que Joseph de Maistre — qui réélabore des idées de Burke sans reprendre sa défense des libertés — dénonce la prétention inouïe des révolutionnaires de créer une nouvelle société au lieu de respecter la nature. « L'homme peut tout modifier dans la sphère de son activité, mais il ne crée rien : telle est la loi, au physique comme au moral [...]. Comment s'est-il imaginé qu'il avait le pouvoir de faire une constitution ? » La société est voulue par Dieu. Le contrat social n'a de sens que s'il existe une autorité suprême qui peut en garantir la validité. Le roi seul peut être un législateur inspiré par Dieu, car « la liberté fut toujours un don des rois, toutes les nations libres furent constituées par des rois ». La société n'est pas le fruit d'un contrat : « Jamais une société n'est sortie d'une délibération. » Elle est voulue par Dieu, une assemblée d'hommes du commun ne saurait contrarier son dessein. La supériorité des préjugés, qui assurent la continuité de l'ordre social, sur la soi-disant Raison de l'homme, montre l'absurdité de l'ambition des révolutionnaires. La société humaine se développe insensiblement et naturellement avec le temps. Les institutions sont d'autant plus solides qu'elles vont de soi, sans avoir besoin d'être pensées. Les droits du peuple ne peuvent venir que de la concession des souverains.

Pour tous les penseurs contre-révolutionnaires, la nature se manifeste par un ordre hiérarchique. « La nature est inégale dans ses productions ; elle l'est encore dans les présents qu'elle dispense » (Rivarol). L'idée d'égalité et de liberté des individus-citoyens viole la nature profonde et le but ultime des sociétés. L'abstraction des droits de l'homme est contradictoire avec la nature même des sociétés humaines, «naturellement» hiérarchiques. C'est là un thème qui se retrouve tout au long du siècle, jusque dans la pensée fasciste qui exalte le Chef, dont le rôle est justifié par la nécessité et la valeur de la hiérarchie. Citons, par exemple, Renan : «La société est une hiérarchie [...] tous les êtres ne sont pas égaux, tous sont les membres d'un vaste corps, des parties d'un immense organisme qui accomplit un travail divin. La négation de ce travail divin est l'erreur où verse facilement la démocratie française [...]. La grande vertu d'une nation est de supporter l'inégalité traditionnelle [1].»

Les romantiques allemands, en particulier, s'opposèrent en tout point au projet révolutionnaire français. À l'ambition de rationalité ils substituaient l'irrationnel, à la conscience claire, le subconscient, à l'individualisme, la communauté organique. Ils entendaient ainsi être plus proches de la nature et de la vie et aussi de la vérité scientifique et historique. Leur condamnation s'inscrit d'ailleurs, plus largement, dans un triple rejet du catholicisme romain, du libéralisme rationaliste et de l'individualisme anglo-saxon d'inspiration calviniste. L'*Aufklärung*, ou les Lumières allemandes, soulignent-ils, est un catholicisme sécularisé : le

1. Ernest Renan, *La monarchie constitutionnelle en France* (1869), in *Œuvres complètes*, Paris, Calmann-Lévy, t. I, 1947, p. 482 et 486.

rationalisme politique affirme, comme le catholicisme romain, la dignité absolue de la personne. L'Allemagne, ébranlée par les victoires des armées révolutionnaires, cherchait ainsi à « se retrouver elle-même dans son luthéranisme intégral ou dans son panthéisme païen[1] ».

Dans leur perspective, l'individu n'a pas d'existence par lui-même, il n'est qu'un élément de la famille et de l'État. Ce dernier est un organisme doué de vie, d'unité et de continuité. Il doit primer sur l'individu. L'État de la Révolution française, en revanche, n'est que la création factice et trompeuse des philosophes. À cet État des individus les romantiques allemands opposent l'État organique, vivante synthèse de l'unité et du fédéralisme, équilibré, dans la mesure où il fait leur place aux groupes naturels, intermédiaires entre les individus et la nation. L'image de la société comme organisme vivant, si souvent utilisée depuis Herder, justifie le caractère naturel de la hiérarchie. Il n'existe pas d'homme indépendant de la société, conçue comme un tout organique. La vision organiciste de la société implique que chaque partie a une fonction nécessaire au fonctionnement de l'ensemble. Elle entraîne nécessairement la prééminence du collectif sur l'individu. Si la société est comparable à un organisme vivant, elle ne peut être que hiérarchique, chaque individu a une fonction définie par les exigences du collectif.

C'est à l'esprit germanique que les romantiques

1. Edmond Vermeil, *L'Allemagne. Essai d'explication*, Paris, Gallimard, 1940, p. 106.

assignent la mission de régénérer le monde contre le dessèchement de l'individualisme rationaliste. Le peuple allemand a pour mission de retrouver l'unité perdue du spirituel et du temporel, qu'avait connue le Moyen Âge, et de régénérer les peuples. Il faut reconstituer, comme cherchent à le faire, par exemple, les frères Grimm, l'ancienne Germanie avec sa langue, ses mythes, ses lois et ses coutumes. L'individu doit se sentir surpassé et dominé par le commandement divin, il n'existe qu'en tant que membre d'une nation qui a elle-même une mission voulue par Dieu. Les nations sont en effet des personnes morales, qui ont une origine divine. Tous les peuples se régénéreront au contact de ce christianisme germanique. À la fin du siècle, la même conception inspira les penseurs du pangermanisme, ce christianisme devait se traduire sur terre par la domination politique des Allemands : l'empire allemand était prévu dans le plan de Dieu.

La pensée contre-révolutionnaire connut au tournant du siècle un nouveau développement, en prônant le réalisme, le pragmatisme, en célébrant le concret et l'expérience contre les visions et les illusions des penseurs rationalistes. Retrouvant l'inspiration des romantiques allemands, elle prétendit, contre l'arrachement du citoyen, retrouver la valeur de l'enracinement dans une communauté organique, une histoire et une terre. C'est Maurice Barrès qui en donna la forme la plus accomplie : « L'individu ! Son intelligence, sa faculté de saisir les lois de l'univers ! Il faut en rabattre. Nous ne sommes pas les maîtres des pensées qui viennent en nous, elles ne viennent pas de notre intelligence ; elles sont des façons de réagir où se traduisent de très anciennes dispositions physiologiques. Selon le milieu où nous sommes plongés, nous élaborons des jugements et des raisonnements [...]. Il n'y a même pas de liberté de penser. Je ne puis vivre que selon mes morts. Eux et ma terre me commandent une certaine activité[1]. »

Plus généralement, c'est contre l'idée même du pouvoir démocratique que s'élèvent les penseurs inspirés par la pensée contre-révolutionnaire. Pour eux, l'individualisme affaiblit l'État et tend à dissoudre les liens sociaux. Il faut restaurer un pouvoir fort qui porte les valeurs communes, il faut refuser cette conception d'un pouvoir vide de contenu, qui laisse à chacun le soin de choisir le sens qu'il entend donner à son existence. Le pouvoir doit intervenir pour affirmer les valeurs communes qui tissent les liens entre les hommes et intègrent la société, pour unir les hommes autour d'une ambition et d'une volonté communes.

La critique moderne

La critique contre l'idée d'égalité des hommes et contre un projet politique fondé sur la raison sera renouvelée à la fin du XIXe siècle par la naissance des sciences sociales qui découvrent l'inconscient individuel et collectif. La biologie darwinienne, la philosophie bergsonienne, l'histoire à la Taine ou à la Treitschke, la psychologie sociale de Le Bon ont

1. Cité par Raoul Girardet, *Le nationalisme français*, Paris, Seuil, « Points histoire », 1983, p. 186.

comme inspiration commune de montrer les limites de la raison, la force des héritages et la prégnance de l'inconscient sur les comportements humains. « La raison est chose trop neuve dans l'humanité, et trop imparfaite encore pour pouvoir nous révéler les lois de l'inconscient et surtout le remplacer. Dans tous nos actes la part de l'inconscient est immense et celle de la raison très petite », écrit Gustave Le Bon dans la préface de son ouvrage, *Psychologie des foules* (1895).

Les sociologues, qui prennent les liens sociaux pour objet de leur recherche, ont pu involontairement contribuer à la critique d'inspiration contre-révolutionnaire, quels qu'aient pu être, par ailleurs, leurs choix politiques personnels. La pensée sociologique, en prenant pour objet premier le social en tant que tel, a eu tendance à critiquer, le plus souvent implicitement, le caractère utopique de la citoyenneté. On en donnera pour exemple les travaux de Louis Dumont sur l'idéologie moderne, qu'il a menés à partir de la connaissance de la société indienne traditionnelle. Notre société nourrit, selon lui, un idéal égalitaire qui est à la fois exceptionnel et artificiel — même si on le juge moralement supérieur. La hiérarchie, qui s'exprime à l'état pur en Inde, constitue un trait fondamental des sociétés complexes autres que les nôtres. Or, « un certain consensus sur les valeurs, une certaine hiérarchie des idées, des choses et des gens est indispensable à la vie sociale [1] ». Cette hiérarchie est

1. Louis Dumont, *Homo hierarchicus* (1966), Paris, Gallimard, « Tel », 1980, p. 34.

évacuée par les valeurs des sociétés occidentales, qui « vont jusqu'à inscrire l'égalité de principe dans leurs Constitutions[1] ». La société moderne fait de l'individu « la mesure de toutes choses[2] » et la rationalité qu'elle instaure consiste à proclamer un ordre humain autonome, fondé sur l'individu, étranger aux aspirations naturelles de l'homme. Le principe égalitaire est le fruit de cette attitude. La société moderne refoule le sentiment de la hiérarchie, qui reste « l'impensé » de notre conception de l'ordre social. En proclamant l'égalité formelle des individus, elle nie « les exigences plus ou moins nécessaires de la vie sociale », elle « s'oppose aux tendances générales des sociétés[3] ». C'est la raison pour laquelle s'est développé le racisme. La hiérarchie refoulée par les principes proclamés de l'ordre social risque toujours de revenir, comme tout refoulé, sous forme pathologique. En rendant illicite la hiérarchie directe et naturelle, qui est « une nécessité universelle », les sociétés modernes égalitaires provoquent le retour d'une hiérarchie monstrueuse : le racisme. La mentalité populaire ne peut en effet sans difficulté penser l'égalité sans invoquer une identité, que contredit l'observation des faits.

La critique contre le caractère abstrait du citoyen a trouvé un nouvel élan avec la pensée des philosophes « communautariens » contemporains, Michael Sandel, Charles Taylor, Alasdair MacIntyre, Michael Walzer. Le principe de séparation

1. *Ibid.*, p. 318.
2. *Ibid.*, p. 319.
3. *Ibid.*, p. 34.

du public et du privé, selon eux, n'est plus suffisant pour assurer une véritable démocratie. Les hommes ont besoin de voir pleinement reconnue leur dignité par la citoyenneté, mais aussi leur authenticité. Or, cette dernière passe par leur appartenance à une culture. Les hommes ne sont pas seulement des citoyens abstraits, ils sont aussi des individus concrets porteurs d'une histoire et d'une culture singulières et partagées avec d'autres, qu'il importe de reconnaître publiquement. L'abstraction du citoyen ne peut fonder une organisation politique qui donne à chacun la possibilité d'être pleinement reconnu. On évoquera plus loin les termes de ce débat (voir le chapitre V).

La pensée contre-révolutionnaire critique la société fondée sur la citoyenneté au nom des valeurs d'un passé plus ou moins idéalisé. Elle fut le plus souvent, au sens propre, réactionnaire, en prônant un retour à ce passé. C'est, au contraire, en invoquant les principes mêmes de la modernité que se développe la critique des marxistes. Il ne s'agit pas pour eux seulement de condamner la citoyenneté « bourgeoise », il s'agit de réaliser dans l'avenir la citoyenneté « réelle ».

LE CITOYEN ABSTRAIT ET LE PROLÉTAIRE

L'articulation entre l'égalité civile, juridique et politique proclamée de tous les citoyens et les inégalités sociales fut l'un des objets des premiers débats de la Constituante. L'article 1 de la Déclaration des droits de l'homme et du citoyen en porte témoignage : « Les hommes naissent et demeurent libres et égaux en droits. Les distinctions sociales ne peuvent être fondées que sur l'utilité commune. » La nécessité de concilier l'égalité des « droits » et la réalité des « distinctions sociales », qui, à l'époque, faisait allusion aux distinctions juridiques héritées, n'a cessé de travailler les sociétés modernes, même si les formes que prennent les « distinctions sociales » ne sont pas les mêmes. Les « distinctions » ne sont plus héritées au sens du XVIIIe siècle mais les inégalités demeurent aujourd'hui, liées à la diversité des héritages familiaux et aux hiérarchies qui organisent le monde de la production.

Les effets de cette tension fondamentale sur la société des citoyens ont été clairement analysés par les premiers révolutionnaires. Rabaut Saint-Étienne le formula, dès janvier 1793, en des termes lumineux qui annoncent l'inspiration de Tocqueville : « Rien ne caractérise mieux la démocratie que la tendance à l'égalité, et que les passions et même les violences pour l'opérer [...]. L'égalité politique établie, les pauvres sentent bientôt qu'elle est affaiblie par l'inégalité des fortunes, et comme égalité, c'est indépendance, ils s'indignent et s'aigrissent contre les hommes desquels ils dépendent par leurs besoins ; ils demandent l'égalité des fortunes[1]. » En d'autres termes, l'égalité de droits pousse à la revendication de l'égalité

1. Cité par Gauchet, *op. cit.*, p. 212.

des conditions économiques. Elle conduit à avoir une politique qui vise à rendre les conditions de vie moins inégales.

La critique des marxistes

Cette analyse fut développée par la critique de Marx. Dans le monde bouleversé et pauvre de la première révolution industrielle, l'égalité juridique et politique ne pouvait compenser les inégalités brutales de l'ordre économique, ni réellement, ni même symboliquement. La critique marxiste de la démocratie formelle et l'aspiration à la démocratie réelle sont nées à cette époque, en même temps que la théorie de la politique comme superstructure. Les conditions matérielles dont les ouvriers faisaient alors l'expérience expliquaient que l'on pût dénoncer l'État constitutionnel libéral comme une simple fiction, voire une imposture. La critique des penseurs marxistes sur le caractère formel de la citoyenneté bourgeoise prend sa source philosophique dans les textes de jeunesse de Marx, en particulier dans *La question juive*. Pour lui, il n'y a pas de « droits de l'homme » en dehors des « droits du citoyen » : « On fait une distinction entre les "droits de l'homme" et les "droits du citoyen". Quel est cet "homme distinct" du "citoyen" ? Personne d'autre que le *membre de la société bourgeoise*. [...] Les "droits de l'homme", distincts des "droits du citoyen", ne sont rien d'autre que les droits du membre de la société bourgeoise, c'est-à-dire de l'homme égoïste, de l'homme séparé de l'homme et de la communauté[1]. »

Parmi ces droits de l'homme, peut-on parler de la liberté ? « Il s'agit de la liberté de l'homme considérée comme monade isolée, repliée sur elle-même [...] le droit de l'homme, la liberté, ne repose pas sur les relations de l'homme avec l'homme mais plutôt sur la séparation de l'homme d'avec l'homme[2]. » Qu'est-ce alors que la propriété ? « Le droit de propriété est donc le droit de jouir de sa fortune et d'en disposer "à son gré", sans se soucier des autres hommes, indépendamment de la société ; c'est le droit à l'égoïsme. C'est cette liberté individuelle, avec son application, qui forme la base de la société bourgeoise. Elle fait voir à chaque homme, dans un autre homme, non pas la *réalisation*, mais plutôt la *limitation* de sa liberté[3]. » Quant aux autres droits de l'homme, l'égalité et la sûreté : « Le mot "égalité" n'a pas ici de signification politique : ce n'est que l'égalité de la liberté définie ci-dessus : tout homme est également considéré comme une monade basée sur elle-même[4] » ; « La sûreté est la notion sociale la plus haute de la société bourgeoise, la notion de la *police* : toute la société n'existe que pour garantir à chacun de ses membres la conservation de sa personne, de ses droits et de ses propriétés[5]. » La

1. Karl Marx, *La question juive* (1843), Paris, Plon, 10/18, 1968, p. 37 (souligné par l'auteur).
2. *Ibid.*, p. 37-38.
3. *Ibid.*, p. 38 (souligné par l'auteur).
4. *Ibid.*
5. *Ibid.*, p. 39 (souligné par l'auteur).

conclusion de ces analyses, c'est qu'« aucun des prétendus droits de l'homme ne dépasse donc l'homme égoïste, l'homme en tant que membre de la société bourgeoise, c'est-à-dire un individu séparé de la communauté, replié sur lui-même, uniquement préoccupé de son intérêt personnel et obéissant à son arbitraire privé[1] ».

Marx ne remet pas en cause la citoyenneté : « La démocratie est l'essence de toute constitution politique. » Il critique radicalement la forme qu'elle a prise jusqu'à présent. Il oppose la dualité de l'homme naturel ou du travailleur et de l'homme abstrait, c'est-à-dire le citoyen de la société bourgeoise. Il dénonce, en d'autres termes, la dualité entre la société, formée d'hommes concrets, et l'État, instrument de la bourgeoisie. La démocratie réelle ne s'accomplira que lorsque le travailleur et le citoyen seront unis, lorsque la participation politique du citoyen ne se réduira pas à la participation épisodique à la vie publique par l'élection, lorsque la révolution aura transformé l'infrastructure de la société. La révolution purement politique de 1789 n'a pas permis à l'homme de s'accomplir, de réconcilier en lui-même le travailleur et le citoyen. Libérer l'homme de l'illusion religieuse et libérer l'homme de la dichotomie entre le travailleur et le citoyen procède d'un même combat : cette double libération ne pourra s'accomplir qu'à la condition de transformer l'économie. La véritable émancipation des hommes, au-delà de la politique et de la religion, ne peut s'accomplir que

1. *Ibid.*

par une révolution économique et sociale qui permette « de renverser toutes les conditions sociales où l'homme est un être abaissé, asservi, abandonné, méprisable ». C'est donc un appel à la véritable citoyenneté qui est au cœur de la critique de Marx. Il ne veut pas revenir sur les conquêtes de la Révolution française, il veut les achever, leur donner leur sens réel. La démocratie ne saurait se résumer au droit de vote, elle n'a pas de sens aussi longtemps que les conditions matérielles ne donnent pas aux individus la capacité réelle de jouir des libertés. Il faut créer une société authentiquement démocratique, à la fois continuation et achèvement de la citoyenneté née pendant la Révolution française.

Les penseurs marxistes formuleront la même critique après lui. Engels, en 1895, appela à transformer le droit de vote de la société bourgeoise, pour qu'il cesse d'être un « moyen de duperie » et devienne un « instrument d'émancipation », car « l'État représentatif moderne est un instrument d'exploitation du travail salarié par le capital ». Bernstein, en 1899, à son tour, prôna la participation « réelle » : « Le droit de suffrage de la démocratie fait, de celui qui l'exerce, un participant nominal de la communauté, et cette participation nominale doit, à la longue, conduire à la participation réelle. » C'est Lénine qui poursuit cette tradition avec le plus d'énergie : « La "démocratie pure" n'est qu'une phrase mensongère de libéral qui cherche à duper les ouvriers [...]. La démocratie bourgeoise, tout en constituant un grand progrès historique par rapport au Moyen Âge, reste toujours — elle ne peut pas ne pas rester telle en régime capitaliste — une démocratie étroite, tronquée, fausse, hypocrite, un paradis pour les riches, un piège et un leurre pour les exploités, pour le pauvre [...]. Dans l'État bourgeois le plus démocratique, les masses opprimées se heurtent constamment à la contradiction criante entre l'égalité *nominale* proclamée par la "démocratie" des capitalistes, et les milliers de restrictions et de subterfuges *réels*, qui font des prolétaires des *esclaves salariés* [...]. Mille barrières *s'opposent* à la participation des masses travailleuses au parlement bourgeois (lequel, dans une démocratie bourgeoise, *ne résout jamais* les questions majeures ; celles-ci sont tranchées par la Bourse, par les banques). Et les ouvriers savent et sentent, voient et saisissent à merveille que le parlement bourgeois est pour eux un organisme *étranger*, un *instrument d'oppression* des prolétaires par la bourgeoisie, l'organisme d'une classe hostile, d'une minorité d'exploiteurs[1].» C'est en écho à cette critique que Jean-Paul Sartre reprendra, en 1973, la formule célèbre : «Élections, piège à cons», et que, plus subtilement, s'est renouvelée, ces dernières années, la critique du citoyen abstrait tel qu'il s'exprime dans le secret de l'isoloir (voir le chapitre III).

Mais ce qui est le plus significatif, c'est que la protestation de Marx contre la seule affirmation des libertés formelles a été admise bien au-delà du

1. Lénine, *La révolution prolétarienne et le renégat Kautsky* (1918), in *Œuvres*, Moscou, Éditions du Progrès, t. XXVIII, 1973, p. 251, 255, 256 (souligné par l'auteur).

cercle des penseurs marxistes ou d'inspiration marxiste. Personne ne nie aujourd'hui que le droit de parler, d'écrire, de choisir ses représentants et de célébrer son Dieu selon ses croyances peut ne pas avoir de sens réel pour celui qui, dans son existence quotidienne, ne dispose pas des moyens matériels d'assurer sa dignité. Tous les démocrates aujourd'hui admettent qu'il ne faut pas céder à la bonne conscience des privilégiés qui peuvent d'autant mieux jouir des libertés formelles que leurs conditions de vie sont confortables, aucun ne nie que les droits universels risquent toujours de profiter surtout à quelques-uns.

Droits-libertés et droits-créances

Cette critique fut directement prise en compte en 1848. « Le Gouvernement provisoire de la République française s'engage à garantir l'existence de l'ouvrier par le travail. Il s'engage à garantir du travail à tous les citoyens. Il reconnaît que les ouvriers doivent s'associer entre eux pour jouir du bénéfice de leur travail » (déclaration du 25 février). Depuis lors, la tradition des droits de l'homme charrie deux éléments fondamentalement différents, ceux que désignent les termes de droits-libertés et de droits-créances.

Les premiers, ou droits-libertés, furent l'acquis de la Révolution de 1789. Ils garantissent les droits des citoyens contre le pouvoir de l'État en leur assurant la liberté de pensée, d'expression, de culte, de réunion, de travail ou de commerce. Ils développent l'inspiration des révolutionnaires de 1789 en révolte contre l'arbitraire royal. Ainsi s'expliquent les articles de la Déclaration des droits de l'homme qui affirment les garanties judiciaires : « Nul homme ne peut être accusé, arrêté ni détenu que dans les cas déterminés par la Loi, et selon les formes qu'elle a prescrites. Ceux qui sollicitent, expédient, exécutent et font exécuter des ordres arbitraires, doivent être punis ; mais tout citoyen appelé ou saisi en vertu de la Loi, doit obéir à l'instant : il se rend coupable par la résistance » (article 7). « La Loi ne doit établir que des peines strictement et évidemment nécessaires, et nul ne peut être puni qu'en vertu d'une loi établie et promulguée antérieurement au délit, et légalement appliquée » (article 8). « Tout homme étant présumé innocent jusqu'à ce qu'il ait été déclaré coupable, s'il est jugé indispensable de l'arrêter, toute rigueur qui ne serait pas nécessaire pour s'assurer de sa personne doit être sévèrement réprimée par la loi » (article 9). D'autres affirment le droit à la liberté d'expression : « Nul ne doit être inquiété pour ses opinions, même religieuses, pourvu que leur manifestation ne trouble pas l'ordre public établi par la loi » (article 10). « La libre communication des pensées et des opinions est un des droits les plus précieux de l'homme ; tout citoyen peut donc parler, écrire, imprimer librement, sauf à répondre de l'abus de cette liberté dans les cas déterminés par la loi » (article 11). L'ensemble de ces droits-libertés peut être résumé par la formule de l'article 9 de la Déclaration des droits de l'homme et du citoyen formant le préambule de la Constitution de 1793 : « La loi doit protéger la liberté publique et individuelle contre l'oppression de ceux qui gouvernent. » Il s'agit en effet de défendre l'individu contre les interventions de l'État, de préserver son autonomie.

Les seconds, ou droits-créances, consacrés après les révolutions de 1848, à la suite des critiques socialistes, des revendications du mouvement ouvrier et du mouvement du catholicisme social, visent à assurer les conditions réelles de l'exercice des droits-libertés. Ils définissent les droits que détiennent les individus sur l'État, en vertu desquels ils peuvent l'obliger à lui rendre des services : droit au travail, à la sécurité matérielle, à l'instruction, au repos, etc. Ils impliquent, contrairement aux premiers, l'intervention de l'État en faveur des individus. Ainsi la Déclaration universelle des droits de l'homme de 1948 proclame le droit au mariage sans « aucune limitation due à la race, à la nationalité et à la religion », l'égalité des hommes et des femmes face au mariage et au divorce. Elle accorde à chacun le droit à la sécurité sociale, le droit au travail avec le libre choix d'un emploi et un salaire égal pour un travail égal, le droit de former un syndicat ou d'y adhérer, le droit au repos et au loisir, le droit à un niveau de vie convenable pour assurer sa santé et son bien-être, le droit à l'éducation et à une instruction primaire obligatoire et gratuite. Contrairement aux droits-libertés qui visaient à limiter le pouvoir d'intervention de l'État, les droits-créances conduisent à renforcer l'action de l'État pour passer de la citoyenneté formelle à la citoyenneté réelle, pour assurer que les individus-citoyens exercent réellement leurs droits[1].

L'État-providence

L'État-providence est né de cette critique. On l'a établi pour donner un contenu concret aux droits-libertés. C'est, de manière privilégiée, l'État des droits-créances. Ces derniers ne s'opposent pas aux droits-libertés, ils s'inscrivent dans leur histoire et leur logique et dans la tension, perçue dès 1789, entre l'égalité du citoyen et les inégalités des individus concrets. On ne peut faire de l'égalité politique et juridique le principe du lien social et de la légitimité politique sans mener en même temps une action qui rende les conditions économiques et sociales moins inégales. On ne peut faire du citoyen le souverain sans lui assurer, surtout dans des sociétés organisées autour de la production et riches, les conditions de vie matérielles qui assurent sa dignité. Chaque citoyen a le droit de disposer des moyens de se nourrir, d'avoir un toit, d'élever décemment ses enfants pour être en mesure d'exercer concrètement ses droits politiques. Il doit bénéficier de conditions matérielles décentes pour jouir réellement de ses droits politiques. Ce principe est au fondement de l'État-providence, dont l'action consiste à corriger

1. Luc Ferry et Alain Renaut, *Philosophie politique*. T. III : *Des droits de l'homme à l'idée républicaine*, Paris, PUF, 1985, p. 26 *sq*.

par des mécanismes de redistribution des richesses les effets parfois douloureux du marché. Il repose sur l'idée que l'État doit, directement ou indirectement, au nom de la solidarité induite par la « communauté des citoyens », compenser les effets sociaux pervers de la stricte logique économique. Les hommes ne sont pas seulement des producteurs. Tous ceux qui, pour des raisons d'âge, de santé ou de compétence ne peuvent contribuer à la production ont droit à une compensation de la part de la collectivité. L'État doit intervenir parce qu'il est de son devoir d'assurer à chaque citoyen les conditions d'existence qui sont collectivement jugées normales à un moment donné. On a vu que cette idée avait été formulée dès l'affirmation de la souveraineté du citoyen.

L'État-providence fut donc essentiellement un projet politique, une manière de concilier l'égalité de l'ordre politique et les réalités des inégalités économiques. Comme les grands économistes libéraux depuis Adam Smith l'avaient pensé en leur temps à propos du libéralisme, les théoriciens de l'État-providence et les gouvernants qui l'établirent pensaient qu'il permettrait de conjuguer l'efficacité économique avec les exigences de la justice sociale. Il répondrait aux exigences des valeurs démocratiques et en particulier à l'aspiration à l'égalité de tous les individus-citoyens, à la passion et à l'utopie égalitaires.

Il fut institué après la Seconde Guerre mondiale mais ses origines sont beaucoup plus lointaines. Il s'inscrit dans l'histoire d'un État protecteur qui s'est développé depuis le XVIIe siècle. Il est trop schématique d'opposer l'« État libéral » du XIXe siècle à l'« État-providence » du XXe siècle. Ni dans la réalité des institutions étatiques ni dans les conceptions de l'État, il n'existe une opposition aussi simple. L'État-providence est le prolongement d'une longue histoire, à la fois idéologique et institutionnelle. Ce qui le singularise, c'est le niveau global de l'intervention, bien supérieur à ce qu'il fut dans le passé, et surtout le sens politique qui lui a été donné. Il est né, en effet, des conditions historiques et politiques d'après la Seconde Guerre mondiale : la protection sociale et la redistribution des bénéfices de la croissance apparaissaient, après les sacrifices des populations pendant les années de guerre, comme le moyen de répondre au défi et à la critique communistes et de résoudre l'une des apories fondamentales des sociétés démocratiques. Il s'agissait de compenser les inégalités jugées excessives des conditions économiques et sociales entre les individus-citoyens, de répondre à la critique que faisaient les marxistes de la « citoyenneté bourgeoise » ou « formelle », d'assurer les droits réels des citoyens, de donner un contenu « réel » à la citoyenneté. La Cour européenne des droits de l'homme s'est inscrite dans la même logique lorsqu'elle a affirmé, en 1979, qu'elle entendait « fournir à l'individu les conditions matérielles nécessaires à l'exercice de ses libertés ». Créé pour répondre au défi de la puissance militaire de l'Union soviétique et des valeurs qu'elle invoquait, l'État-providence a constitué un moment de l'histoire des démocraties confrontées à la menace politique et idéologique du monde communiste.

Dans un ouvrage célèbre de 1950, le sociologue anglais Thomas Humphrey Marshall a proposé de distinguer trois dimensions de la citoyenneté[1]. La première, selon lui, est la citoyenneté civile, qui fut obtenue au XVIIIe siècle. Elle est définie par l'exercice des droits-libertés (libertés de la personne, liberté d'expression, de propriété), garantis par un État de droit, dans lequel la justice a un rôle prépondérant. La seconde est la citoyenneté politique, qui fut obtenue au XIXe siècle. Elle est définie par l'exercice des droits politiques (droit de voter et d'être élu, de participer à la vie politique et d'être informé), garantis par l'exercice du suffrage universel et le rôle prépondérant du parlement. La troisième est la citoyenneté sociale, qui fut élaborée au XXe siècle. Elle est définie par la prépondérance des droits-créances (droit à la protection sociale, à la santé, à l'éducation, au travail), garantis par les institutions de l'État-providence. Cette classification a connu un grand succès. Il faut pourtant souligner qu'elle s'applique surtout à l'histoire anglaise. Bismarck, par exemple, a organisé les institutions de la « citoyenneté sociale » avant que la « citoyenneté politique » ait été instaurée dans le *Reich* allemand. Les pays communistes assuraient une forme de « citoyenneté sociale », non la « citoyenneté civile » et « politique ». Bien des expériences historiques, en dehors de l'Angleterre, ne se conforment pas à

1. Thomas Humphrey Marshall, « Citizenship and social class » (1949), reproduit in *Class, Citizenship and Social Development*, New York, Anchor Book, 1965.

cette conception qui tend vers l'évolutionnisme. Surtout, elle néglige les différences fondamentales entre citoyenneté civile et politique, d'un côté, et citoyenneté sociale de l'autre, la discussion entre droits politiques, au sens large du terme, et droits économiques et sociaux.

Le débat sur les relations entre droits politiques et droits économiques et sociaux reste en effet ouvert. La Déclaration universelle des droits de l'homme de 1948 fait sa place à la fois aux droits politiques de la révolution de 1789 — ou droits-libertés — et aux droits économiques et sociaux — ou droits-créances —, légitimement revendiqués par les penseurs socialistes. Plus récemment, en France, la crise des années 1970-1990, qui multipliait le nombre des personnes en état de détresse, a conduit les militants de La ligue des droits de l'homme à proposer de redéfinir la véritable citoyenneté par les droits économiques et sociaux.

Par définition, aucun démocrate aujourd'hui ne nie le sens et l'importance des droits économiques et sociaux, qui donnent un contenu concret et quotidien à l'idée de citoyenneté. La survie matérielle dans des conditions qui assurent la dignité de chacun est aujourd'hui un droit du citoyen malheureux auquel la société démocratique, en fonction des principes sur lesquels elle fonde sa légitimité, est tenue de répondre. Faut-il penser pour autant que les droits économiques et sociaux sont devenus les véritables droits politiques ? Ou bien faut-il maintenir l'idée qu'ils sont les *conditions* de l'exercice des droits politiques, mais qu'ils restent par nature différents, que connaître des conditions de vie décentes n'est pas du même ordre que de disposer des droits-libertés ? En d'autres termes, faut-il penser, comme les libéraux, que les droits politiques doivent être impérativement respectés dans une société démocratique, les droits-créances constituant des objectifs que les sociétés doivent s'efforcer d'atteindre mais auxquels on ne saurait accorder la même valeur qu'aux droits politiques qui garantissent la liberté des hommes ? Que l'affirmation de l'égalité des droits civiques (civils et politiques) garde une priorité inconditionnelle sur le souci de la justice concernant la répartition des revenus et des richesses ?

Il ne s'agit pas ici de répondre à ces questions. On se contentera de noter que l'expérience communiste a démontré que la suppression des libertés formelles et des droits politiques traditionnels, même si elle fut à l'origine déclarée provisoire, a duré pendant tout le régime et qu'elle n'a pas assuré la liberté réelle. Il faut aussi rappeler que les sociétés fondées sur la citoyenneté d'aujourd'hui, ayant intégré la critique d'inspiration marxiste, se donnent pour légitimité de garantir de manière absolue les libertés formelles — égalité de tous devant la loi et droit égal à participer effectivement à une vie publique pluraliste — et, en même temps, de viser à donner à tous les moyens matériels et intellectuels d'en user. Il faut enfin rappeler que des conditions décentes d'existence assurées à tous, justement revendiquées par le mouvement socialiste, ne donnent pas pour autant un sens à l'existence.

Si les tensions entre l'égalité proclamée du citoyen et la réalité des diversités historiques et des inégalités sociales continuent à travailler les sociétés démocratiques modernes, l'histoire du XXe siècle conduit à les poser en des termes renouvelés. L'expérience historique a enseigné le sens et la valeur des libertés formelles. À la suite de l'histoire de notre siècle, nous pouvons et nous devons aussi critiquer la critique de la citoyenneté, sans pour autant sombrer dans l'hagiographie. Mais, pour le faire, il faut pleinement admettre que cette critique met au jour des problèmes réels, inscrits dans la logique même de la modernité politique, liés aux aspirations contradictoires des hommes démocratiques.

ANNEXES

DÉCLARATION DES DROITS DE L'HOMME ET DU CITOYEN
(26 août 1789)

Les représentants du peuple français, constitués en Assemblée nationale, considérant que l'ignorance, l'oubli ou le mépris des droits de l'homme sont les seules causes des malheurs publics et de la corruption des gouvernements, ont résolu d'exposer, dans une déclaration solennelle, les droits naturels, inaliénables et sacrés de l'homme, afin que cette déclaration, constamment présente à tous les membres du corps social, leur rappelle sans cesse leurs droits et leurs devoirs; afin que les actes du Pouvoir législatif et ceux du Pouvoir exécutif, pouvant être à chaque instant comparés avec le but de toute institution politique, en soient plus respectés : afin que les réclamations des citoyens, fondées désormais sur des principes simples et incontestables, tournent toujours au maintien de la Constitution et au bonheur de tous. — En conséquence, l'Assemblée nationale reconnaît et déclare, en présence et sous les auspices de l'Être Suprême, les droits suivants de l'homme et du citoyen.

ARTICLE PREMIER : Les hommes naissent et demeurent libres et égaux en droits. Les distinctions sociales ne peuvent être fondées que sur l'utilité commune.

ARTICLE II : Le but de toute association politique est la conservation des droits naturels et imprescriptibles de l'homme. Ces droits sont la liberté, la propriété, la sûreté, et la résistance à l'oppression.

ARTICLE III : Le principe de toute souveraineté réside essentiellement dans la nation. Nul corps, nul individu ne peut exercer d'autorité qui n'en émane expressément.

ARTICLE IV : La liberté consiste à pouvoir faire tout ce qui ne nuit pas à autrui. Ainsi, l'exercice des droits naturels de chaque homme n'a de bornes que celles qui assurent aux autres membres de la société la jouissance de ces mêmes droits. Ces bornes ne peuvent être déterminées que par la loi.

ARTICLE V : La loi n'a le droit de défendre que les actions nuisibles à la société. Tout ce qui n'est pas défendu par la loi ne peut être empêché, et nul ne peut être contraint à faire ce qu'elle n'ordonne pas.

ARTICLE VI : La loi est l'expression de la volonté générale. Tous les citoyens ont droit de concourir personnellement, ou par leurs représentants, à sa formation. Elle doit être la même pour tous, soit qu'elle protège, soit qu'elle punisse. Tous les citoyens étant égaux à ses yeux sont également admissibles à toutes dignités, places et emplois publics, selon leur capacité, et sans autre distinction que celle de leurs vertus et de leurs talents.

ARTICLE VII : Nul homme ne peut être accusé, arrêté ni détenu que dans les cas déterminés par la loi, et selon les formes qu'elle a prescrites. Ceux qui sollicitent, expédient, exécutent ou font exécuter des ordres arbitraires, doivent être punis ; mais tout citoyen appelé ou saisi en vertu de la loi doit obéir à l'instant : il se rend coupable par la résistance.

ARTICLE VIII : La loi ne doit établir que des peines strictement et évidemment nécessaires, et nul ne peut être puni qu'en vertu d'une loi établie et promulguée antérieurement au délit, et légalement appliquée.

ARTICLE IX : Tout homme étant présumé innocent jusqu'à ce qu'il ait été déclaré coupable, s'il est jugé indispensable de l'arrêter, toute rigueur qui ne serait pas nécessaire pour s'assurer de sa personne doit être sévèrement réprimée par la loi.

ARTICLE X : Nul ne doit être inquiété pour ses opinions, même religieuses, pourvu que leur manifestation ne trouble pas l'ordre public établi par la loi.

ARTICLE XI : La libre communication des pensées et des opinions est un des droits les plus précieux de l'homme : tout citoyen peut donc parler, écrire, imprimer librement, sauf à répondre de l'abus de cette liberté dans les cas déterminés par la loi.

ARTICLE XII : La garantie des droits de l'homme et du citoyen nécessite une force publique : cette force est donc instituée pour l'avantage de tous, et non pour l'utilité particulière de ceux auxquels elle est confiée.

ARTICLE XIII : Pour l'entretien de la force publique, et pour les dépenses d'administration, une contribution commune est indispensable : elle doit être également répartie entre tous les citoyens, en raison de leurs facultés.

ARTICLE XIV : Tous les citoyens ont le droit de constater, par eux-mêmes ou par leurs représentants, la nécessité de la contribution publique, de la consentir librement, d'en suivre l'emploi, et d'en déterminer la quotité, l'assiette, le recouvrement et la durée.

ARTICLE XV : La société a la droit de demander compte à tout agent public de son administration.

ARTICLE XVI : Toute société dans laquelle la garantie des droits n'est pas assurée, ni la séparation des pouvoirs déterminée, n'a point de constitution.

ARTICLE XVII : La propriété étant un droit inviolable et sacré, nul ne peut en être privé, si ce n'est lorsque la nécessité publique, légalement constatée, l'exige évidemment, et sous la condition d'une juste et préalable indemnité.

PREMIER RAPPORT DU COMITÉ DE MENDICITÉ DE LA CONSTITUANTE
(12 juin 1790)

L'extinction de la mendicité est le plus important problème politique à résoudre; mais sa solution devient un devoir pour une nation sage et éclairée, qui, élevant une Constitution sur les bases de la justice et de la liberté, reconnaît que la classe nombreuse de ceux qui n'ont rien appelle de tous les droits de l'homme les regards de la loi.

Jusqu'ici cette assistance a été regardée comme un bienfait : elle n'est qu'un devoir. Mais ce devoir ne peut être rempli que lorsque les secours accordés par la société sont dirigés vers l'utilité générale. Si l'on pouvait concevoir un État assez riche pour répandre des secours gratuits sur tous ceux de ses membres qui n'auraient pas de propriété, en exerçant cette pernicieuse bienfaisance, cet État se rendrait coupable du plus grand crime politique; et si celui qui existe a le droit de dire à la société : *Faites-moi vivre*, la société a également le droit de lui répondre : *Donne-moi ton travail.*

Ici se présente ce grand principe longtemps méconnu dans nos institutions sociales : « La misère des peuples est un tort des gouvernements. » Si l'administration d'un État n'est pas telle que le travail y soit dans la proportion des hommes qui ne peuvent vivre sans travailler, elle favorise la mendicité, le vagabondage, et se rend coupable des crimes produits par la pauvreté sans ressource [...].

Aucun État encore n'a considéré les pauvres dans la Constitution. Beaucoup se sont occupés de leur procurer des secours, beaucoup ont cherché les principes de cette administration, quelques-uns en ont approché ; mais, dans aucun pays, les lois qui l'établissent ne sont constitutionnelles. On a toujours pensé à faire la charité aux pauvres, et jamais à faire valoir les droits de l'homme pauvre sur la société, et ceux de la société sur lui. Voilà le grand devoir qu'il appartient à la Constitution française de remplir, puisque aucun n'a encore autant reconnu et respecté les droits de l'homme.

C'est en acquittant ce devoir que la Constitution attachera à sa conservation cette classe nombreuse, jusqu'ici réprouvée, en apparence, par la société, et que de bonnes lois, secourant de la manière la plus utile cette classe indigente, amélioreront les mœurs par le travail, préviendront tous les vices qui naissent si nécessairement de la misère, diminueront la pauvreté et multiplieront ainsi le nombre de véritables citoyens.

Mais cette législation, qui doit s'élever dans ses différentes branches sur des bases uniformes, qui doit toujours être conséquente dans ses applications, doit faire encore partie intégrante de la Constitution. Elle doit être dans elle, c'est-à-dire qu'elle doit être telle que, sans elle, la Constitution serait imparfaite ; car, comme la classe intéressante et nombreuse qui réclame les secours de la société est partie intégrante de cette société, la législation qui gouverne cette classe doit faire partie nécessaire de la Constitution établie pour cette société, autrement elle pourrait être une belle conception de l'esprit, mais elle ne serait pas la législation adaptée à un pays gouverné par une constitution, dont cette législation ne serait qu'un hors-d'œuvre.

Premier rapport du Comité de mendicité de la Constituante. Exposé des principes généraux qui ont dirigé son travail, par M. de la Rochefoucauld-Liancourt, 12 juin 1790, reproduit *in* Camille Bloch et Alexandre Tuetey, *Procès-verbaux et rapports du Comité de mendicité de la Constituante 1790-1791*, Paris, Imprimerie nationale, 1911, p. 327-329.

DÉCRET DE LA CONVENTION ORGANISANT LES SECOURS PUBLICS
(19 mars 1793)

La Convention nationale, mettant au nombre de ses principaux devoirs, celui d'asseoir sur les bases éternelles de la justice et de la morale une nouvelle organisation des secours publics, et considérant qu'il importe que leur répartition se fasse dans une proportion exacte, et suivant les règles de l'égalité la plus parfaite [...]; considérant que les établissements auxquels le nouvel ordre de choses donnera naissance doivent être tels qu'il en résulte pour le pauvre une assistance toujours certaine, calculée sur les besoins dans tous les âges et à toutes les époques de la vie; considérant enfin que la société, en assurant le travail à ses membres, est autorisée à leur interdire toute action qui la priverait de celui qu'elle a le droit d'exiger, et dont les conséquences pourraient intéresser l'ordre public; après avoir déclaré comme principes : 1° que tout homme a droit à sa subsistance par le travail, s'il est valide; par des secours gratuits, s'il est hors d'état de travailler; 2° que le soin de pourvoir à la subsistance du pauvre est une dette nationale, décrète [...] :

1. — Il sera attribué, par chaque législature, une somme annuelle à chaque département de la République, laquelle sera employée en secours en faveur de l'indigent.

2. — Les bases élémentaires de répartition de secours [...] seront : 1° la portion contribuable des départements comparée avec la non-contribuable, de telle sorte qu'à parité de population le département qui contiendra un moindre nombre de citoyens contribuables aura droit à une plus forte somme de

secours; 2° le prix commun de la journée de travail dans chaque département, de même sorte qu'à parité de population et de non-contribuables, celui qui paiera la journée de travail à un plus haut prix aura en proportion une plus forte part à la distribution des secours. [...]

6. — Il sera formé dans chaque canton une agence chargée, sous la surveillance des corps administratifs et du pouvoir exécutif, de la distribution du travail et des secours. [...]

8. — Les fonds de secours que la République destinera à l'indigence seront divisés de la manière suivante : Travaux de secours pour les pauvres valides, dans les temps morts au travail ou de calamité; — secours à domicile pour les pauvres infirmes, leurs enfants, les vieillards et les malades; — maisons de santé pour les malades qui n'ont point de domicile, ou qui ne pourront y recevoir de secours; — hospices pour les enfants abandonnés, pour les vieillards et les infirmes non domiciliés; — secours pour les accidents imprévus. [...]

ROBESPIERRE, « PROJET DE DÉCLARATION DES DROITS DE L'HOMME ET DU CITOYEN[1] »

(21 avril 1793)

Les représentans du Peuple français, réunis en Convention Nationale,

Reconnoissant que les lois humaines qui ne découlent point des lois éternelles de la justice et de la raison ne sont que des attentats de l'ignorance ou du despotisme contre l'humanité ; convaincus que l'oubli et le mépris des droits naturels de l'homme sont les seules causes des crimes et des malheurs du monde :

Ont résolu d'exposer, dans une déclaration solennelle, ces droits sacrés et inaliénables, afin que tous les citoyens, pouvant comparer sans cesse les actes du gouvernement avec le but de toute institution sociale, ne se laissent jamais opprimer et avilir par la tyrannie ; afin que le peuple ait toujours devant les yeux les bases de sa liberté et de son bonheur ; le magistrat, la règle de ses devoirs ; le législateur, l'objet de sa mission.

En conséquence, la Convention Nationale proclame, à la face de l'univers, et sous les yeux du législateur immortel, la déclaration suivante des droits de l'homme et du citoyen.

Article premier : Le but de toute association politique est le maintien des droits naturels et imprescriptibles de l'homme, et le développement de toutes ses facultés.

1. Projet adopté au club des Jacobins le 21 avril 1793, présenté, le 24, à la Convention qui le repousse.

Article II : Les principaux droits de l'homme sont celui de pourvoir à la conservation de son existence et la liberté.

[...]

Article VII : Le droit de propriété est borné, comme tous les autres, par l'obligation de respecter les droits d'autrui.

Article VIII : Il ne peut préjudicier ni à la sûreté, ni à la liberté, ni à l'existence, ni à la propriété de nos semblables.

Article IX : Toute possession, tout trafic qui viole ce principe, est essentiellement illicite et immoral.

Article X : La société est obligée de pourvoir à la subsistance de tous ses membres, soit en leur procurant du travail, soit en assurant les moyens d'exister à ceux qui sont hors d'état de travailler.

Article XI : Les secours nécessaires à l'indigence sont une dette du riche envers le pauvre : il appartient à la loi de déterminer la manière dont cette dette doit être acquittée.

Article XII : Les citoyens, dont le revenu n'excède pas ce qui est nécessaire à leur subsistance, sont dispensés de contribuer aux dépenses publiques. Les autres doivent les supporter *progressivement*, selon l'étendue de leur fortune.

[...]

DISCOURS DU DÉPUTÉ HARMAND
(25 avril 1793)

Les hommes qui voudront être vrais, disait Armand, du département de la Meuse, avoueront qu'après avoir obtenu l'égalité politique de droit, le désir le plus naturel et le plus actif c'est celui de l'égalité de fait. Il y a plus, c'est que, sans le désir ou l'espoir de cette égalité de fait, l'égalité de droit ne serait qu'une illusion cruelle, qui, au lieu des jouissances qu'elle a promises, ne ferait éprouver que le supplice de Tentale à la portion la plus nombreuse et la plus utile des citoyens. J'ajouterai que les primitives institutions sociales ne peuvent même avoir eu d'autre objet que d'établir l'égalité de fait entre les hommes ; et je dirai encore qu'il ne peut pas exister, en moral, une contradiction plus absurde et plus dangereuse que l'égalité de droit sans l'égalité de fait ; car si j'ai le droit, la privation du fait est une injustice, et une injustice révoltante.

Loin de nous toutes ces dimensions métaphysiques, ces productions séductrices et fallacieuses de la vanité et de l'égoïsme. Il est une vérité éternelle, à laquelle il faut enfin que tous rendent volontairement l'hommage qui lui est dû, si l'on veut prévenir l'hommage forcé qu'on voudrait peut-être lui rendre trop tard ; c'est que l'égalité de droit est un don de la nature, et non un bienfait de la société : voilà les droits de l'homme. Mais ces droits ayant été méconnus, et l'égalité de droit n'ayant souvent pu procurer aux hommes faibles l'égalité de fait, sans laquelle la première ne pourrait rien être pour eux, ils se sont réunis pour s'assurer mutuellement et par le fait la jouissance de l'égalité de droit : voilà les droits du citoyen.

[...]

On a beau dire que le pauvre jouit comme le riche d'une égalité commune aux yeux de la loi, ce n'est là qu'une séduction politique : ce n'est pas une égalité mentale qu'il faut à l'homme qui a faim ou qui a des besoins ; il l'avait, cette égalité, dans l'état de nature. Je le répète, parce que ce n'est pas là un don de la société, et parce que, pour borner là les droits de l'homme, il valait autant, et mieux pour lui, rester dans l'état de nature, cherchant et disputant sa subsistance dans les forêts ou sur le bord des mers et des rivières.

[...]

Je connais les distinctions que l'on a faites entre l'égalité de droit et l'égalité de fait, entre l'égalité politique et l'égalité civile ; j'en sens la différence, et j'en ai saisi les nuances ; mais je sais bien aussi que si ces distinctions ne sont pas des jeux de mots, elles sont au moins un subterfuge d'autant plus adroit, qu'il plaît à l'imagination : je sais aussi que deux choses différentes entre elles ne s'excluent pas pour cela ; et si quelques institutions humaines ont droit à la compatibilité sociale, c'est l'égalité de droit et l'égalité de fait ; la seule différence, c'est que l'égalité de droit est absolue, et que celle de fait ne l'est pas, et ne peut pas l'être, au moins jusqu'à présent. Je trouve en cela deux vérités ultérieures, ou deux conséquences indispensables : la première, c'est que plus il est difficile d'atteindre l'égalité de fait, plus la société doit y tendre, pour garantir l'égalité de droit ; c'est son principal objet : la seconde, c'est que les citoyens ne peuvent rien exiger au-delà, et que le nivellement parfait des fortunes ou des richesses étant aussi impossible que celui des facultés morales ou intellectuelles des individus et des inégalités de la terre, la société aura fait tout ce qu'elle doit à cet égard, lorsqu'elle aura réparé toutes les inégalités monstrueuses qui existent, et prévenu celles qui pourraient survenir. C'est par les mêmes raisons et par les mêmes causes que la société, devant donner la même instruction à tous ses membres, quoique tous ne dussent pas en profiter avec le même succès ou le même avantage, cependant cette différence, loin d'être un motif de l'en dispenser, augmente au contraire son obligation à cet égard.

[...]

Discours du député J.-B. Harmand, de la Meuse, *Le Journal universel. Convention nationale*, n° 1250, 26 avril 1793, p. 4580-4583.

PROCLAMATIONS DU GOUVERNEMENT PROVISOIRE DE LA RÉPUBLIQUE FRANÇAISE

(25 février 1848)

Le Gouvernement provisoire de la République Française s'engage à garantir l'existence de l'ouvrier par le travail.

Il s'engage à garantir du travail à tous les citoyens.

Il reconnaît que les ouvriers doivent s'associer entre eux pour jouir du bénéfice de leur travail.

Le Gouvernement provisoire rend aux ouvriers, auxquels il appartient, le million qui va échoir de la liste civile.

(28 février 1848)

AU NOM DU PEUPLE FRANÇAIS

Proclamation du gouvernement provisoire.

Considérant que la révolution, faite par le peuple, doit être faite pour lui;

Qu'il est temps de mettre un terme aux longues et iniques souffrances des travailleurs;

Que la question du travail est d'une importance suprême;

Qu'il n'en est pas de plus haute, de plus digne des préoccupations d'un gouvernement républicain;

Qu'il appartient surtout à la France d'étudier ardemment et de résoudre un problème posé aujourd'hui chez toutes les nations industrielles de l'Europe;

Qu'il faut aviser, sans le moindre retard, à garantir au peuple les fruits légitimes de son travail;

Le Gouvernement provisoire de la République arrête :

Une commission permanente, qui s'appellera *Commission de gouvernement pour les travailleurs*, va être nommée avec mission expresse et spéciale de s'occuper de leur sort.

Pour montrer quelle importance le gouvernement provisoire de la République attache à la solution de ce grand problème, il nomme président de la *Commission de gouvernement pour les travailleurs* un de ses membres, M. *Louis Blanc*, et pour vice-président un autre de ses membres, M. *Albert*, ouvrier.

Des ouvriers seront appelés à faire partie de la commission.

Le siège de la commission sera au palais du Luxembourg.

CONSTITUTION
DE LA IIe RÉPUBLIQUE
(4 novembre 1848)

PRÉAMBULE

En présence de Dieu, et au nom du Peuple Français, l'Assemblée Nationale proclame.

I. La France s'est constituée en République. En adoptant cette forme définitive de gouvernement, elle s'est proposé pour but de marcher plus librement dans la voie du progrès et de la civilisation, d'assurer une répartition de plus en plus équitable des charges et des avantages de la société, d'augmenter l'aisance de chacun par la réduction graduée des dépenses publiques et des impôts, et de faire parvenir tous les citoyens, sans nouvelle commotion, par l'action successive et constante des institutions et des lois, à un degré toujours plus élevé de moralité, de lumières et de bien-être.

II. La République française est démocratique, une et indivisible.

III. Elle reconnaît des droits et des devoirs antérieurs et supérieurs aux lois positives.

IV. Elle a pour principe la Liberté, l'Égalité et la Fraternité. Elle a pour base la Famille, le Travail, la Propriété, l'Ordre public.

V. Elle respecte les nationalités étrangères, comme elle entend faire respecter la sienne; n'entreprend aucune guerre dans des vues de conquête, et n'emploie jamais ses forces contre la liberté d'aucun peuple.

VI. Des devoirs réciproques obligent les citoyens envers la République, et la République envers les citoyens.

VII. Les citoyens doivent aimer la Patrie, servir la République, la défendre au prix de leur vie, participer aux charges de l'État en proportion de leur fortune ; ils doivent s'assurer, par le travail, des moyens d'existence, et, par la prévoyance, des ressources pour l'avenir ; ils doivent concourir au bien-être commun en s'entraidant fraternellement les uns les autres, et à l'ordre général en observant les lois morales et les lois écrites qui régissent la société, la famille et l'individu.

VIII. La République doit protéger le citoyen dans sa personne, sa famille, sa religion, sa propriété, son travail, et mettre à la portée de chacun l'instruction indispensable à tous les hommes ; elle doit, par une assistance fraternelle, assurer l'existence des citoyens nécessiteux, soit en leur procurant du travail dans les limites de ses ressources, soit en donnant, à défaut de la famille, des secours à ceux qui sont hors d'état de travailler.

CHAPITRE PREMIER
De la souveraineté

Article premier. — La souveraineté réside dans l'universalité des citoyens français. — Elle est inaliénable et imprescriptible. — Aucun individu, aucune fraction du peuple ne peut s'en attribuer l'exercice.

CHAPITRE II
Droits des citoyens garantis par la Constitution

Article 2 : Nul ne peut être arrêté ou détenu que suivant les prescriptions de la loi.

Article 3 : La demeure de toute personne habitant le territoire français est inviolable ; il n'est permis d'y pénétrer que selon les formes et dans les cas prévus par la loi.

Article 4 : Nul ne sera distrait de ses juges naturels. Il ne pourra être créé de commissions et de tribunaux extraordinaires, à quelque titre et sous quelque dénomination que ce soit.

Article 5 : La peine de mort est abolie en matière politique.

Article 6 : L'esclavage ne peut exister sur aucune terre française.

Article 7 : Chacun professe librement sa religion, et reçoit de l'État, pour l'exercice de son culte, une égale protection. — Les ministres, soit des cultes actuellement reconnus par la loi, soit de ceux qui seraient reconnus à l'avenir, ont le droit de recevoir un traitement de l'État.

Article 8 : Les citoyens ont le droit de s'associer, de s'assembler paisiblement et sans armes, de pétitionner, de manifester leurs pensées par la voie de la presse ou autrement. L'exercice de ces droits n'a pour limite que les droits ou la liberté d'autrui et la sécurité publique. La presse ne peut, en aucun cas, être soumise à la censure.

Article 9 : L'enseignement est libre. La liberté d'enseignement s'exerce selon les conditions de capacité et de moralité déterminées par les lois, et sous la surveillance de l'État. — Cette surveillance s'étend à tous les établissements d'éducation et d'enseignement, sans aucune exception.

Article 10 : Tous les citoyens sont également admissibles à tous les emplois publics, sans autre motif de préférence que leur mérite, et suivant les conditions qui seront fixées par les lois. Sont abolis à toujours tout titre nobiliaire, toute distinction de naissance, de classe ou de caste.

Article 11 : Toutes les propriétés sont inviolables. Néanmoins l'État peut exiger le sacrifice d'une propriété pour cause d'utilité publique légalement constatée, et moyennant une juste et préalable indemnité.

Article 12 : La confiscation des biens ne pourra jamais être rétablie.

Article 13 : La Constitution garantit aux citoyens la liberté du travail et de l'industrie. La société favorise et encourage le développement du travail par l'enseignement primaire gratuit, l'éducation professionnelle, l'égalité de rapports entre le patron et l'ouvrier, les institutions de prévoyance et de crédit, les institutions agricoles, les associations volontaires, et l'établissement, par l'État, les départements et les communes, de travaux publics propres à employer les bras inoccupés; elle fournit l'assistance aux enfants abandonnés, aux infirmes et aux vieillards sans ressources, et que leurs familles ne peuvent secourir.

Article 14 : La dette publique est garantie. Toute espèce d'engagement pris par l'État avec ses créanciers est inviolable.

Article 15 : Tout impôt est établi pour l'utilité commune. Chacun y contribue en proportion de ses facultés et de sa fortune.

Article 16 : Aucun impôt ne peut être établi ni perçu qu'en vertu de la loi.

Article 17 : L'impôt direct n'est consenti que pour un an. Les impositions indirectes peuvent être consenties pour plusieurs années.

DÉCLARATION UNIVERSELLE DES DROITS DE L'HOMME
(10 décembre 1948)

PRÉAMBULE

Considérant que la reconnaissance de la dignité inhérente à tous les membres de la famille humaine et de leurs droits égaux et inaliénables constitue le fondement de la liberté, de la justice et de la paix dans le monde,

Considérant que la méconnaissance et le mépris des droits de l'homme ont conduit à des actes de barbarie qui révoltent la conscience de l'humanité et que l'avènement d'un monde où les êtres humains seront libres de parler et de croire, libérés de la terreur et de la misère, a été proclamé comme la plus haute aspiration de l'homme,

Considérant qu'il est essentiel que les droits de l'homme soient protégés par un régime de droit pour que l'homme ne soit pas contraint, en suprême recours, à la révolte contre la tyrannie et l'oppression,

Considérant qu'il est essentiel d'encourager le développement de relations amicales entre nations,

Considérant que dans la Charte les peuples des Nations Unies ont proclamé à nouveau leur foi dans les droits fondamentaux de l'homme, dans la dignité et la valeur de la personne humaine, dans l'égalité des droits des hommes et des femmes, et qu'ils se sont déclarés résolus à favoriser le progrès social et à instaurer de meilleures conditions de vie dans une liberté plus grande,

Considérant que les États Membres se sont engagés à assurer, en coopération avec l'Organisation des Nations Unies, le respect universel et effectif des droits de l'homme et des libertés fondamentales,

Considérant qu'une conception commune de ces droits et libertés est de la haute importance pour remplir pleinement cet engagement,

L'ASSEMBLÉE GÉNÉRALE
proclame
LA PRÉSENTE DÉCLARATION UNIVERSELLE DES DROITS DE L'HOMME comme l'idéal commun à atteindre par tous les peuples et toutes les nations afin que tous les individus et tous les organes de la société, ayant cette Déclaration constamment à l'esprit, s'efforcent par l'enseignement et l'éducation, de développer le respect de ces droits et libertés et d'en assurer par des mesures progressives d'ordre national et international, la reconnaissance et l'application universelles et effectives, tant parmi les populations des États Membres eux-mêmes que parmi celles des territoires placés sous leur juridiction.

ARTICLE PREMIER. — Tous les êtres humains naissent libres et égaux en dignité et en droits. Ils sont doués de raison et de conscience et doivent agir les uns envers les autres dans un esprit de fraternité.

Art. 2. — Chacun peut se prévaloir de tous les droits et de toutes les libertés proclamés dans la présente Déclaration, sans distinction aucune notamment de race, de couleur, de sexe, de langue, de religion, d'opinion politique ou de toute autre opinion, d'origine nationale ou sociale, de fortune, de naissance ou de toute autre situation.

De plus, il ne sera fait aucune distinction fondée sur le statut politique juridique ou international du pays ou du territoire dont une personne est ressortissante, que ce pays ou territoire soit indépendant, sous tutelle, non autonome ou soumis à une limitation quelconque de souveraineté.

Art. 3. — Tout individu a droit à la vie, à la liberté et à la sûreté de sa personne.

Art. 4. — Nul ne sera tenu en esclavage ni en servitude, l'esclavage et la traite des esclaves sont interdits sous toutes leurs formes.

Art. 5. — Nul ne sera soumis à la torture, ni à des peines ou traitements cruels, inhumains ou dégradants.

Art. 6. — Chacun a le droit à la reconnaissance en tous lieux de sa personnalité juridique.

Art. 7. — Tous sont égaux devant la loi et ont droit sans distinction à une égale protection de la loi. Tous ont droit à une protection égale contre toute discrimination qui violerait la présente Déclaration et contre toute provocation à une telle discrimination.

Art. 8. — Toute personne a droit à un recours effectif devant les juridictions nationales compétentes contre les actes violant les droits fondamentaux qui lui sont reconnus par la constitution ou par la loi.

Art. 9. — Nul ne peut être arbitrairement arrêté, détenu ou exilé.

Art. 10. — Toute personne a droit, en pleine égalité, à ce que sa cause soit entendue équitablement et publiquement, par un tribunal indépendant et impartial, qui décidera, soit de ses droits et obligations, soit du bien-fondé de toute accusation en matière pénale dirigée contre elle.

Art. 11. — 1) Toute personne accusée d'un acte délictueux est présumée innocente jusqu'à ce que sa culpabilité ait été légalement établie au cours d'un procès public où toutes les garanties nécessaires à sa défense lui auront été assurées. — 2) Nul ne sera condamné pour des actions ou omissions qui, au moment où elles ont été commises, ne constituaient pas un acte délictueux d'après le droit national ou international. De même, il ne sera infligé aucune peine plus forte que celle qui était applicable au moment où l'acte délictueux a été commis.

Art. 12. — Nul ne sera l'objet d'immixtions arbitraires dans sa vie privée, sa famille, son domicile ou sa correspondance, ni d'atteintes à son honneur et à sa réputation. Toute personne a droit à la protection de la loi contre de telles immixtions ou de telles atteintes.

Art. 13. — 1) Toute personne a la droit de circuler librement et de choisir sa résidence à l'intérieur d'un État. — 2) Toute personne a le droit de quitter tout pays, y compris le sien, et de revenir dans son pays.

Art. 14. — 1) Devant la persécution, toute personne a le droit de chercher asile et de bénéficier de l'asile en d'autres pays. — 2) Ce droit ne peut être invoqué dans le cas de poursuites réellement fondées sur un crime de droit commun ou sur des agissements contraires aux buts et aux principes des Nations Unies.

Art. 15. — 1) Tout individu a droit à une nationalité. — 2) Nul ne peut être arbitrairement privé de sa nationalité, ni du droit de changer de nationalité.

Art. 16. — 1) À partir de l'âge nubile, l'homme et la femme, sans aucune restriction quant à la race, la nationalité ou la religion, ont le droit de se marier et de fonder une famille. Ils ont des droits égaux au regard du mariage, durant le mariage et lors de sa dissolution. — 2) Le mariage ne peut être conclu qu'avec le libre et plein consentement des futurs époux. — 3) La famille est l'élément naturel et fondamental de la société et a droit à la protection de la société et de l'État.

Art. 17. — 1) Toute personne, aussi bien seule qu'en collectivité, a droit à la propriété. — 2) Nul ne peut être arbitrairement privé de sa propriété.

Art. 18. — Toute personne a droit à la liberté de pensée, de conscience et de religion; ce droit implique la liberté de changer de religion ou de conviction ainsi que la liberté de manifester sa religion ou sa conviction seule ou en commun, tant en public qu'en privé, par l'enseignement, les pratiques, le culte et l'accomplissement des rites.

Art. 19. — Tout individu a droit à la liberté d'opinion et d'expression, ce qui implique le droit de ne pas être inquiété pour ses opinions et celui de chercher, de recevoir et de répandre, sans considérations de frontières, les informations et les idées par quelque moyen d'expression que ce soit.

Art. 20. — 1) Toute personne a droit à la liberté de réunion et d'association pacifiques. — 2) Nul ne peut être obligé de faire partie d'une association.

Art. 21. — 1) Toute personne a le droit de prendre part à la direction des affaires publiques de son pays, soit directement, soit par l'intermédiaire de représentants librement choisis. — 2) Toute personne a droit à accéder, dans des conditions d'égalité, aux fonctions publiques de son pays. — 3) La volonté du peuple est le fondement de l'autorité des pouvoirs publics; cette volonté doit s'exprimer par des élections honnêtes qui doivent avoir lieu périodiquement, au suffrage universel égal et au vote secret ou suivant une procédure équivalente assurant la liberté du vote.

Art. 22. — Toute personne, en tant que membre de la société, a droit à la sécurité sociale; elle est fondée à obtenir la satisfaction des droits économiques, sociaux et culturels indispensables à sa dignité et au libre développement de sa personnalité, grâce à l'effort national et la coopération internationale, compte tenu de l'organisation et des ressources de chaque pays.

Art. 23. — 1) Toute personne a droit au travail, au libre choix de son travail, à des conditions équitables et satisfaisantes de travail et à la protection contre le chômage. — 2) Tous ont droit, sans aucune discrimination à un salaire égal pour un travail égal. — 3) Quiconque travaille a le droit à une rémunération équitable et satisfaisante lui assurant ainsi qu'à sa famille une existence conforme à la dignité humaine et complétée, s'il y a lieu, par tous autres moyens de protection sociale. — 4) Toute personne a le droit de fonder avec d'autres, des syndicats et de s'affilier à des syndicats pour la défense de ses intérêts.

Art. 24. — Toute personne a droit au repos et aux loisirs et notamment à une limitation raisonnable de la durée du travail et à des congés payés périodiques.

Art. 25. — 1) Toute personne a droit à un niveau de vie suffisant pour assurer sa santé, son bien-être et ceux de sa famille, notamment pour l'alimentation, l'habillement, le logement, les soins médicaux ainsi que pour les services sociaux nécessaires : elle a droit à la sécurité en cas de chômage, de maladie, d'invalidité, de veuvage, de vieillesse ou dans les autres cas de perte de ses moyens de subsistance par suite de circonstances indépendantes de sa volonté. — 2) La maternité et l'enfance ont droit à une aide et à une assistance spéciales. Tous les enfants, qu'ils soient nés dans le mariage ou hors mariage, jouissent de la même protection sociale.

Art. 26. — 1) Toute personne a droit à l'éducation. L'éducation doit être gratuite, au moins en ce qui concerne l'enseignement élémentaire et fondamental. L'enseignement élémentaire est obligatoire. L'enseignement technique et professionnel doit être généralisé ; l'accès aux études supérieures doit être ouvert en pleine égalité à tous en fonction de leur mérite. — 2) L'éducation doit viser au plein épanouissement de la personnalité humaine et au renforcement du respect des droits de l'homme et des libertés fondamentales. Elle doit favoriser la compréhension, la tolérance et l'amitié entre toutes les nations et tous les groupes raciaux ou religieux, ainsi que le développement des activités des Nations Unies pour le maintien de la paix. — 3) Les parents ont, par priorité, le droit de choisir le genre d'éducation à donner à leurs enfants.

Art. 27. — 1) Toute personne a le droit de prendre part librement à la vie culturelle de la communauté, de jouir des arts et de participer au progrès scientifique et aux bienfaits qui en résultent. — 2) Chacun a droit à la protection des intérêts moraux et matériels découlant de toute production scientifique, littéraire ou artistique dont il est l'auteur.

Art. 28. — Toute personne a droit à ce que règne, sur le plan social et sur le plan international, un ordre tel que les droits et libertés énoncés dans la présente Déclaration puissent y trouver plein effet.

Art. 29. — 1) L'individu a des devoirs envers la communauté dans laquelle seul le libre et plein développement de sa personnalité est possible. — 2) Dans l'exercice de ses droits et dans la jouissance de ses libertés, chacun n'est soumis qu'aux limitations établies par la loi exclusivement en vue d'assurer la reconnaissance et le respect des droits et libertés d'autrui et afin de satisfaire aux justes exigences de la morale, de l'ordre public et du bien-être général dans une société démocratique. — 3) Ces droits et libertés ne pourront, en aucun cas, s'exercer contrairement aux buts et aux principes des Nations Unies.

Art. 30. — Aucune disposition de la présente Déclaration ne peut être interprétée comme impliquant pour un État, un groupement ou un individu un droit quelconque de se livrer à une activité ou d'accomplir un acte visant à la destruction des droits et libertés qui y sont énoncés.

PRÉAMBULE DE LA CONSTITUTION DE LA Ve RÉPUBLIQUE
(5 octobre 1958)

Le Peuple français proclame solennellement son attachement aux Droits de l'Homme et aux principes de la souveraineté nationale tels qu'ils sont définis par la Déclaration de 1789, confirmée et complétée par le préambule de la Constitution de 1946.

En vertu de ces principes et de celui de la libre détermination des peuples, la République offre aux territoires d'outre-mer qui manifestent la volonté d'y adhérer des institutions nouvelles fondées sur l'idéal commun de liberté, d'égalité et de fraternité et conçues en vue de leur évolution démocratique

PRÉAMBULE DE LA CONSTITUTION DE LA IVe RÉPUBLIQUE

(27 octobre 1946)

Au lendemain de la victoire remportée par les peuples libres sur les régimes qui ont tenté d'asservir et de dégrader la personne humaine, le peuple français proclame à nouveau que tout être humain, sans distinction de race, de religion ni de croyance, possède des droits inaliénables et sacrés. Il réaffirme solennellement les droits et les libertés de l'homme et du citoyen consacrés par la déclaration des droits de 1789 et les principes fondamentaux reconnus par les lois de la République.

Il proclame, en outre, comme particulièrement nécessaires à notre temps, les principes politiques, économiques et sociaux ci-après :

La loi garantit à la femme, dans tous les domaines, des droits égaux à ceux de l'homme.

Tout homme persécuté en raison de son action en faveur de la liberté a droit d'asile sur les territoires de la République.

Chacun a le devoir de travailler et le droit d'obtenir un emploi. Nul ne peut être lésé, dans son travail ou son emploi, en raison de ses origines, de ses opinions ou de ses croyances.

Tout homme peut défendre ses droits et ses intérêts par l'action syndicale et adhérer au syndicat de son choix.

Le droit de grève s'exerce dans le cadre des lois qui le réglementent.

Tout travailleur participe, par l'intermédiaire de ses délégués, à la détermination collective des conditions de travail ainsi qu'à la gestion des entreprises.

Tout bien, toute entreprise, dont l'exploitation a ou acquiert les caractères d'un service public national ou d'un monopole de fait, doit devenir la propriété de la collectivité.

La nation assure à l'individu et à la famille les conditions nécessaires à leur développement.

Elle garantit à tous, notamment à l'enfant, à la mère et aux vieux travailleurs, la protection de la santé, la sécurité matérielle, le repos et les loisirs. Tout être humain qui, en raison de son âge, de son état physique ou mental, de la situation économique, se trouve dans l'incapacité de travailler a le droit d'obtenir de la collectivité des moyens convenables d'existence.

La nation proclame la solidarité et l'égalité de tous les Français devant les charges qui résultent des calamités nationales.

La nation garantit l'égal accès de l'enfant et de l'adulte à l'instruction, à la formation professionnelle et à la culture. L'organisation de l'enseignement public gratuit et laïque à tous les degrés est un devoir de l'État.

La République française, fidèle à ses traditions, se conforme aux règles du droit public international. Elle n'entreprendra aucune guerre dans des vues de conquête et n'emploiera jamais ses forces contre la liberté d'aucun peuple.

Sous réserve de réciprocité, la France consent aux limitations de souveraineté nécessaires à l'organisation et à la défense de la paix.

La France forme avec les peuples d'outre-mer une union fondée sur l'égalité des droits et des devoirs, sans distinction de race ni de religion.

L'Union française est composée de nations et de peuples qui mettent en commun ou coordonnent leurs ressources et leurs efforts pour développer leurs civilisations respectives, accroître leur bien-être et assurer leur sécurité.

Fidèle à sa mission traditionnelle, la France entend conduire les peuples dont elle a pris la charge à la liberté de s'administrer eux-mêmes et de gérer démocratiquement leurs propres affaires ; écartant tout système de colonisation fondé sur l'arbitraire, elle garantit à tous l'égal accès aux fonctions publiques et l'exercice individuel ou collectif des droits et libertés proclamés ou confirmés ci-dessus.

CHAPITRE III

Les institutions

La citoyenneté n'est pas une essence donnée une fois pour toutes, qu'il importerait de maintenir et de transmettre. C'est une construction historique. Les définitions qui en furent données ne se recouvrent pas, elles sont le produit de conflits et de compromis entre des conceptions diverses, entre des groupes sociaux opposés, selon les rapports de force qui s'établissaient entre eux. La définition a évolué au cours du temps et continue à le faire. Ses formes varient d'un pays à l'autre. Les mêmes principes proclamés ont été appliqués de manière différente selon les traditions historiques de chaque pays. On a vu que la conception du citoyen «à l'anglaise» n'était pas celle du citoyen «à la française». Une analyse du même type aurait pu être menée dans chacun des pays démocratiques.

La citoyenneté ne peut organiser la société que si elle s'incarne dans des règles juridiques et, plus généralement, dans un ensemble d'institutions et de pratiques sociales. La citoyenneté deviendrait formelle si elle ne se traduisait pas par les institutions qui organisent concrètement la vie commune. C'est pourquoi ces institutions n'ont cessé d'évoluer. Pourtant, malgré ces évolutions et ces diversités, il existe un trait commun à la citoyenneté moderne, sa vocation à l'universalité.

LA VOCATION UNIVERSELLE

Depuis Hume, on avait critiqué la Cité antique qui, fondée sur la distinction entre les hommes libres et les esclaves, excluait de fait la grande majorité de la population de la pratique démocratique. Les sociétés modernes ont progressivement conçu puis inscrit dans les institutions la vocation universelle de la citoyenneté.

Le sens du vote

Dans la mesure où le droit de vote est tout à la fois l'instrument privilégié et le symbole de la souveraineté des citoyens, l'histoire de l'universalisation progressive du droit de suffrage est révélatrice du sens de la citoyenneté moderne. L'élection est en effet le moyen pour les citoyens de choisir leurs représentants et d'organiser la vie politique en sanctionnant leur action. La répétition des élections amène les gouvernants, soumis régulièrement au suffrage des électeurs, à anticiper les réactions des gouvernés. L'élection contribue à résoudre les rivalités et les conflits entre les groupes sociaux par l'organisation de règles communes, de débats et de compromis, plutôt que par la violence.

Le vote démocratique n'a pas pour seules fonctions de choisir les dirigeants, de donner aux électeurs l'occasion de manifester leur confiance ou leur défiance à l'égard de la politique qu'ils ont suivie et de réguler les rapports entre la société et le pouvoir. Il est aussi le symbole du nouveau sacré, celui de la société politique elle-même, qui assure les liens sociaux et trace le destin de la collectivité. Par-delà même la consécration du lien social, le vote manifeste concrètement l'existence de l'espace politique abstrait, dans lequel, contrairement à toute expérience sociale réelle et observable, chaque citoyen est l'égal de l'autre. En traduisant en acte la vérité de la formule : « Un homme, une voix », les élections fondent à nouveau l'idée de l'égalité formelle de la citoyenneté et légitiment l'ordre politique.

Le suffrage universel est lié aux deux grandes caractéristiques qui fondent la spécificité des sociétés modernes : leur prétention à l'auto-institution et leur individualisme. La société n'est plus conçue comme un donné ou une nature, issue d'un projet divin ou naturel, qui appliquerait des règles de fonctionnement et des normes imposées par une instance qui lui serait extérieure. C'est un système qui se produit et se construit lui-même par le travail des hommes sur eux-mêmes. La société, d'autre part, est formée par une collection d'individus, elle ne constitue plus un *corps*. C'est à l'occasion de l'élection que cette collection d'individus isolés se constitue fugitivement et symboliquement comme « communauté des citoyens », source de la légitimité politique. Le suffrage universel est une sorte de sacrement de l'égalité des citoyens, la pratique de l'élection est le moment où la communauté des citoyens prend une forme concrète.

Ceux qui en furent privés ont conscience de cette signification. Aux États-Unis, l'article 1 de la Constitution avait donné au citoyen noir les trois cinquièmes du poids électoral d'un homme, c'est-à-dire d'un Blanc. Pendant un siècle après la fin officiellement proclamée de l'esclavage, les Blancs ont réussi à exclure de fait les Noirs de la pratique électorale. C'est dire que le droit de vote n'est pas en tant que tel négligeable — même s'il ne suffit évidemment à résoudre les problèmes du vivre ensemble. Les auteurs du manifeste de revendication du *Black Power* en 1967, Stokely Carmichael et Charles V. Hamilton, l'ont exprimé avec une belle éloquence. « L'acte même d'inscription sur les registres électoraux a plusieurs effets. En élargissant la participation de la base, il marque le commencement de la modernisation politique. Mais il a aussi une conséquence que les existentialistes connaissent : il donne le "sentiment d'être". Le Noir qui va s'inscrire dit "non" au Blanc. Il lui dit : "Tu avais décidé que je ne pouvais pas voter. Tu m'avais désigné ma place et je devais y rester. Tu m'avais entravé et moi, je dis 'non' à tes entraves. Je sors des limites que tu m'avais imposées. Je te dis 'non' et je me forge une existence meilleure. Je résiste à celui qui m'a entravé." Voilà le résultat du premier acte. Le

Noir commence à vivre. Il commence à vivre sa *propre* existence en disant “non” à celui qui l’opprime. Mais ce n’est évidemment pas assez. Une fois que le Noir s’est libéré de siècles de peur, une fois qu’il a acquis l’envie de résister, il s’agit de décider du meilleur usage à faire de son bulletin de vote. » La télévision nous a montré, lors des premières élections libres de l’Afrique du Sud sortant de l’apartheid, la ferveur avec laquelle votaient les Noirs qui disposaient pour la première fois d’un droit de vote libre et égal. Le vote peut être lourd de sens — même si, cela va de soi, il ne suffit pas par lui-même à régler les problèmes de la vie collective.

C’est que voter, c’est démontrer, en respectant un rituel, qu’on appartient à la communauté politique nationale. Chaque fois que l’on interroge la population sur ce qui distingue le national de l’étranger, c’est le droit de voter qui est immédiatement invoqué, plutôt que celui d’être élu, d’accéder à la fonction publique ou de faire son service militaire — d’où l’émotion et les débats que suscite la proposition d’accorder le droit de vote aux étrangers.

En France, les historiens, en étudiant comment ont évolué les procédures concrètes du vote pendant le XIXe siècle, ont montré que le caractère sacré de l’acte de voter s’est accentué. Le vote s’est progressivement transformé en cérémonie, avec ses rythmes et ses rites, sur le modèle implicite de la cérémonie religieuse. Cette évolution s’est achevée par la loi de 1913 qui exigeait l’isoloir, l’enveloppe et l’urne. Désormais, le vote se déroulait dans un bâtiment de la République (mairie, école), non dans la maison privée du maire. L'électeur avait l'obligation de passer dans l'isoloir, dans lequel on a pu voir une forme de « confessionnal laïque et obligatoire », il devait mettre son bulletin de vote dans une enveloppe. L'urne était présente au centre du bureau de vote, comme l'autel au centre de l'église. Cette évolution révèle le sens de la citoyenneté, « un principe d'expression électorale dans lequel l'individu est la seule unité pertinente au détriment de toute autre[1] ». On peut aussi à cette occasion retrouver, sous forme modernisée, la critique du caractère formel de la citoyenneté individuelle : « L'isoloir, planté dans une salle d'école ou de mairie est le symbole de toutes les trahisons que l'individu peut commettre envers les groupes dont il fait partie[2]. »

L'élargissement du droit de vote

La société de l'âge démocratique est fondée sur un principe d'inclusion potentiellement universelle : la citoyenneté est dans son principe ouverte à tous les individus, par-delà leurs différences historiques, sociales ou biologiques. L'ordre politique se donne pour ambition et pour justification, au nom des valeurs modernes, d'intégrer les populations par la citoyenneté en dépassant leurs

1. Alain Garrigou, « Le secret de l'isoloir », *Actes de la recherche en sciences sociales*, n° 71-72, mars 1988, p. 44.
2. Jean-Paul Sartre cité par Garrigou, *ibid.*, p. 45.

diversités concrètes, en transcendant leurs particularismes. Étant donné les préjugés antijuifs installés depuis des siècles dans la population, on peut admirer que les révolutionnaires aient été assez imprégnés de la valeur de leurs principes pour accorder la pleine citoyenneté aux juifs en septembre 1791. Lorsque San Martin proclama l'indépendance du Pérou en 1821 contre la domination espagnole, il affirma : « On ne donnera plus le nom d'indiens ou d'indigènes aux aborigènes ; ce sont des enfants et des citoyens du Pérou qu'on appellera des Péruviens. » Quelle que fût la suite de l'histoire, San Martin ne pouvait proclamer l'indépendance de la nation péruvienne sans affirmer en même temps la vocation universelle de la citoyenneté, même à l'égard des « indigènes » et des « aborigènes ».

Reste que ce principe s'est appliqué de manières fort différentes. La communauté des citoyens est historiquement née en France sous la forme d'une communauté des propriétaires et chefs de famille, alors seuls considérés comme autonomes et responsables, c'est-à-dire pleinement « humains ». Après avoir proclamé l'universalité du citoyen, les révolutionnaires français ont introduit la distinction entre la citoyenneté, accordée à tous, et l'*exercice* politique de la citoyenneté, réservé à certains. La Constitution de 1791 accorda la citoyenneté à 4,5 millions de personnes, alors que la France comptait 6 millions d'hommes âgés de plus de 25 ans. Le droit de suffrage était soumis à diverses conditions : il fallait être né ou être devenu français, être âgé de 25 ans accomplis, être domicilié dans la ville ou dans le canton depuis un an, payer dans un lieu quelconque du royaume une contribution directe au moins égale à la valeur de trois journées de travail, ne pas être dans un état de domesticité, c'est-à-dire de serviteur à gages, être inscrit dans la municipalité de son domicile au rôle des gardes nationales, avoir prêté le serment civique. La Constitution prévoyait en outre que les personnes en état d'accusation ainsi que les faillis et les insolvables étaient automatiquement privés de leurs droits civiques. Les premiers révolutionnaires ont ainsi élaboré la notion de « citoyens actifs », qui excluait du plein exercice de la citoyenneté — donc du droit de vote — les enfants, les insanes, les pauvres, les non-installés (domestiques, nomades ou vagabonds), les femmes, les étrangers et les esclaves (donc les Noirs des Antilles françaises). Tous ces « citoyens passifs » étaient renvoyés au statut de « sous-hommes ».

L'inclusion progressive de ces différentes catégories dans la communauté des citoyens a toujours constitué une épreuve dans la mesure où, dans chaque cas et de manière différente, l'ordre social, perçu comme naturel donc normal, apparaissait contradictoire avec l'ambition d'inclusion universelle. L'extension du droit de suffrage n'a été obtenu qu'à la suite des revendications des populations concernées. Le suffrage universel masculin a été acquis à la suite des révolutions de 1848. C'est grâce au combat féministe que les femmes disposent aujourd'hui de droits politiques égaux, qui leur furent accordés en France par le général de Gaulle en 1944.

Reste le fait essentiel. Même si le droit de suffrage ne fut pas immédiatement donné à tous, son principe même comporte une vocation à l'universel. En France, c'est bien au nom d'arguments à portée universelle que les ouvriers et les paysans en 1848, les femmes en 1944, les jeunes et les nouveaux naturalisés en 1974, ont obtenu le droit de vote, c'est-à-dire le droit au plein exercice de la citoyenneté. C'est aussi au nom de cette vocation universelle que les colonisés ont justement revendiqué les droits de la citoyenneté que proclamaient les colonisateurs mais qu'ils se réservaient à eux-mêmes. Cette extension révèle le sens de la citoyenneté dans la démocratie moderne. Même si, concrètement, dans les nations démocratiques modernes, la seule activité civique de la majorité des citoyens consiste à accomplir son devoir électoral (certains s'abstiennent ou ne s'inscrivent pas sur les listes électorales), même s'il existe des professionnels de la politique qui assurent dans les faits la gestion de la chose publique, tous les individus ont, en droit, vocation à être citoyens et à participer à la vie politique en tant qu'électeurs et en tant qu'élus.

Aujourd'hui, on pense volontiers la citoyenneté comme un principe d'exclusion des non-citoyens — symptôme de la crise que traverse l'idée de citoyenneté — au lieu de penser dans les termes d'une dialectique de l'exclusion et de l'inclusion. Il est vrai que toute organisation, politique ou non, par définition, inclut les uns et exclut les autres. L'État démocratique n'échappe pas à cette règle. Il est fondé sur un principe d'inclusion des citoyens et d'exclusion des non-citoyens des pratiques politiques. Il inclut les premiers en assurant leur égale participation à la vie politique par la citoyenneté, il exclut les seconds des pratiques directement liées à la citoyenneté, dont ils disposent dans une autre société. Juridiquement, tout individu a droit à une nationalité (article 15 de la Déclaration universelle des droits de l'homme de 1948) et aux droits civiques qui lui sont liés. Mais ce qui caractérise la citoyenneté moderne, par rapport à d'autres organisations politiques fondées sur des principes religieux, dynastiques ou ethniques, c'est son ouverture potentielle.

Parce qu'elle est définie en termes juridiques et politiques, la communauté des citoyens a pour vocation de s'ouvrir à tous ceux qui sont susceptibles de participer à la vie politique, quelles que soient leurs caractéristiques particulières. Le citoyen est, par définition, un individu abstrait, sans identification et sans qualification particulières, en deçà et au-delà de ses caractéristiques concrètes. Tous les individus concrets ont donc vocation à devenir des citoyens.

La société fondée sur la citoyenneté est, par définition, plus ouverte aux étrangers que les autres formes d'organisation politique. On peut acquérir la nationalité française, suisse ou allemande par naturalisation, même si les exigences imposées au candidat sont, dans chaque cas, différentes. Les sociétés théocratiques excluent par définition les individus qui n'appartiennent pas à la religion d'État. Les groupes historiques, qui ne sont pas constitués en entités politiques indépendantes, reposent sur l'appartenance liée à la naissance. On appartient au peuple corse, par exemple, par sa naissance, on ne peut pas devenir corse. Mais si la Corse était constituée en nation souveraine et démocratique, elle ne pourrait pas ne pas prévoir les modalités, juridiques et administratives, selon lesquelles certains individus pourraient acquérir la nationalité. Les rabbins rendent difficile l'entrée dans le peuple juif tel que le définit la tradition religieuse, mais l'État d'Israël, même s'il a été construit pour rassembler le peuple juif dispersé, a admis comme citoyens israéliens un grand nombre d'individus qui ne sont pas reconnus comme juifs par les tribunaux rabbiniques. Plus de 20 % de la population israélienne n'est pas juive au sens de la tradition rabbinique (Arabes, chrétiens, Druzes, juifs selon les normes des rabbins libéraux non acceptées par le rabbinat israélien, etc.).

Cette ouverture potentielle ne signifie pas qu'elle existe en fait. La citoyenneté est effectivement accessible selon des modalités variables en fonction des lieux, des temps et de l'intérêt de chaque nation tel que le perçoivent leurs dirigeants et les opinions publiques. C'est ce que traduisent les droits de la nationalité. Mais tout État national démocratique prévoit que l'étranger puisse se voir reconnaître le droit d'entrer dans la communauté politique, moyennant le respect d'un certain nombre de conditions fixées par le droit. Le droit a une dimension d'universalité.

Ces conditions varient d'un pays à l'autre : le droit de la nationalité des États-Unis, comme celui de la plupart des grandes nations d'immigration non européennes, applique le *jus soli* ou droit du sol simple : tout individu né sur le sol américain a la nationalité américaine à sa naissance. La naturalisation y est facile. La législation française, elle, applique un droit du sol sous conditions : les individus, nés en France de parents étrangers, ont droit à la nationalité française à leur majorité, s'ils ont résidé en France pendant les cinq ans précédant leur majorité (article 44 du Code de la nationalité). La plupart des autres pays européens, devenus depuis les années soixante de grands pays d'immigration, ont adopté des mesures comparables, en modifiant leur droit de la nationalité au cours des années quatre-vingt. En revanche, l'Allemagne ou la Suisse ont longtemps refusé de prendre en compte les droits des candidats à l'acquisition de la nationalité qui peuvent être liés à leur naissance dans le pays (ce qu'on appelle le droit du sol). Mais l'Allemagne a introduit, en mai 1999, des formes de droit du sol sous conditions. La Suisse, depuis 1992, a rendu plus facile la naturalisation des jeunes étrangers qui sont nés et ont été scolarisés en Suisse. Concrètement, dans tous les pays démocratiques, des facilités pour acquérir la nationalité sont accordées aux étrangers qui ont été scolarisés, c'est-à-dire socialisés dans le pays, et à ceux qui ont épousé un(e) national(e). La possibilité de la naturalisation est donnée à ceux qui ont été présents un certain temps sur le sol national et qui maîtrisent l'essentiel des instruments de la culture politique commune.

Si le droit de la nationalité est dans son principe ouvert, cela n'implique pas que la nationalité puisse être accordée sans conditions à tous les individus présents sur le sol national. Ce serait confondre le général et l'universel et nier la distinction entre les nationaux et les étrangers, entre la société politique et la société civile concrète, remettre en question l'idée même de communauté des citoyens qui fonde la légitimité politique (voir le chapitre V).

Citoyens et étrangers

Seuls les citoyens d'une nation démocratique se voient reconnaître la plénitude des droits politiques. Mais tous les étrangers en situation régulière, non citoyens, donc dépourvus des droits politiques liés à la citoyenneté, disposent désormais — selon une législation progressivement élaborée depuis la Seconde Guerre mondiale — des mêmes droits civils, économiques et sociaux que les nationaux. C'est la seconde dimension universelle de la citoyenneté moderne.

Les étrangers jouissent de toutes les libertés individuelles ou des droits civils. Ils ont le droit d'aller et venir, de se marier, d'être présumés innocents s'ils sont arrêtés par la police et présentés à la justice, d'avoir un avocat pour les défendre, etc. Aux droits civils s'ajoutent les droits économiques et sociaux. Les premières mesures de protection sociale avaient d'abord été réservées aux nationaux. En France, les grandes lois sociales de la IIIe République — sur les accidents du travail (1898), sur les vieillards et les indigents (1905) —

étaient destinées aux seuls Français. La loi sur les syndicats de 1884 excluait les étrangers des instances dirigeantes et la loi sur les prud'hommes leur interdisait de participer aux élections des délégués ouvriers. C'est progressivement, depuis la fin de la dernière guerre, que le statut juridique des étrangers en Europe a été progressivement assimilé à celui des nationaux en matière de salaires, de droit du travail et de protection sociale. L'ensemble de la législation sur les droits sociaux des étrangers a été consacré par la législation européenne au cours des années soixante. La Cour européenne de justice condamnerait, au nom de la Convention européenne des droits de l'homme, tout État dont les pratiques ne se conformeraient pas au principe de l'égalité des droits civils, économiques et sociaux de tous, nationaux et étrangers en situation régulière.

La législation qui affirme l'égalité des droits civils, économiques et sociaux repose en effet sur l'idée fondamentale et universelle que, en deçà ou par-delà les droits du citoyen nés de sa participation à une organisation politique particulière, il existe des droits de l'homme en tant qu'homme. L'étranger ne saurait en être privé puisque, cela va de soi, il n'est pas moins un homme que le national. Respecter les droits de l'étranger en tant qu'homme est d'une certaine façon réaffirmer les valeurs autour desquelles se sont construites les démocraties modernes, même si elles risquent toujours de trahir les valeurs dont elles se réclament, même si elles le font souvent. Les droits du citoyen ne se confondent pas avec les droits de l'homme, mais sans droits de l'homme, il ne saurait y avoir véritablement de droits du citoyen.

Serait-ce la suite normale de cette histoire que d'accorder désormais la nationalité à tous les individus, quelle que soit leur nationalité, qui résident sur le territoire national ? La « citoyenneté-résidence » serait-elle le couronnement de l'histoire de l'extension du suffrage universel ? On en discutera dans le dernier chapitre. Notons aussi que certains penseurs écologistes américains, qui se réfèrent aux théories de la *deep ecology*, suggèrent, dans la logique de la vocation universelle de la citoyenneté moderne, d'accorder le droit de vote aux enfants, aux malades mentaux et n'excluent pas non plus les animaux et les plantes, en arguant qu'eux aussi sont soumis aux décisions politiques et qu'en conséquence ils doivent participer au choix des gouvernants.

L'ORGANISATION DU DÉBAT

La proclamation de la souveraineté du citoyen n'aurait pas de sens si elle ne se traduisait pas dans des institutions politiques qui forment les citoyens et organisent le débat entre eux. La multiplicité des formes concrètes par lesquelles ce débat est institué démontre que les solutions apportées pour concilier les droits de l'individu-citoyen et les exigences de l'organisation collective ne sont jamais bonnes pour tous et une fois pour toutes.

L'École

Dans tous les cas, cependant, l'éducation est au cœur du projet démocratique. Les citoyens doivent disposer des moyens nécessaires pour exercer *concrètement* leurs droits. C'est ce qui fonde l'idéologie et le rôle de l'École dans la société des citoyens : elle doit donner à tous les capacités nécessaires pour participer réellement à la vie publique.

L'École, qu'elle soit directement organisée par l'État ou contrôlée par lui, est sans doute l'institution de la citoyenneté par excellence. Dans la démocratie grecque de l'Antiquité, l'absence d'école publique limitait la participation politique réelle aux citoyens riches : l'idée que chaque citoyen doit pouvoir exercer concrètement ses droits est liée à la démocratie moderne. C'est à partir de la Révolution que les maîtres d'école, en France, cessèrent d'être appelés des « régents », pour devenir des « instituteurs », parce qu'ils étaient désormais chargés d'instituer la « nation », au sens de l'article 3 de la Déclaration des droits de l'homme et du citoyen, source de la légitimité politique. Plus directement que dans d'autres pays, l'École est, en France, l'école du citoyen.

Tous les « républicains » ont voué un véritable culte à l'École. Ce fut le cas des hommes politiques des années 1880 en France qui ont mis systématiquement en place un système d'éducation. L'école de Jules Ferry a été un instrument politique au service de la construction de la République. En établissant les fondements de l'école publique, les républicains de 1880 se voulaient les fils de la Révolution et les héritiers de la philosophie du XVIIIe siècle. L'intérêt général ne se confondait pas avec la somme des intérêts particuliers, selon la conception rousseauiste. Il importait donc d'arracher l'individu à ses particularités pour en faire un citoyen abstrait destiné à incarner et à définir l'intérêt général. D'où cette organisation unique et centralisée du système d'enseignement, qualifiée de jacobine. L'École devait transformer en citoyens les membres des communautés restreintes et particulières pour les faire participer à l'universalité de la citoyenneté nationale.

C'est pourquoi l'École en France appartient pleinement au domaine public — ce qui explique la valeur symbolique qui est accordée au principe de la laïcité et la vigueur des conflits que suscite l'application du principe. Mais on trouve des conflits aussi violents, par exemple, en Israël, parce que, là comme chez nous, c'est la définition même de la citoyenneté qui est l'enjeu de l'organisation de l'école. Durkheim, lui-même républicain, insistait, en sociologue, sur « l'importance primordiale qui revient à l'École dans la formation morale du pays ». Les tenants de la tradition républicaine aujourd'hui continuent à entretenir le culte de l'École.

La République entendait émanciper le peuple, au nom de l'égalité de tous les citoyens, et assurer la promotion des meilleurs. Donner l'éducation à tous, c'était offrir aux futurs citoyens des chances égales de promotion et, en conséquence, faire disparaître avec l'ignorance les sources fondamentales de la misère, des injustices et de la lutte des classes. L'École était chargée d'assurer la promotion des plus méritants des fils du peuple ou, dans des termes plus modernes, de lutter contre les inégalités, de permettre la mobilité sociale et de favoriser l'égalité des chances. D'où le rôle essentiel, réellement et symboliquement, des bourses qui permettaient aux enfants les plus doués, quelle que fût leur origine sociale, de connaître la promotion que légitimaient leurs dons.

Il faut insister sur le fait que l'École a une double fonction. D'une part, elle dispense une langue, une culture, une idéologie nationale et une mémoire historique communes par le contenu de l'enseignement. Ceux qui ont été scolarisés dans la même école partagent non seulement la même langue mais tout un ensemble de connaissances et de références, explicites et implicites. D'autre part, et plus profondément peut-être, l'École forme un espace fictif à l'image de la société politique elle-même. Dans l'école, les élèves, quelles que soient leurs origines historiques, leurs appartenances à une Église et leurs origines sociales, sont traités de manière égale. C'est un lieu, au sens matériel et abstrait du terme, qui est construit contre les inégalités réelles de la vie sociale, pour résister aux mouvements de la société civile. L'ordre de l'École est donc analogue à l'ordre de la citoyenneté. Il est, comme la citoyenneté, impersonnel et formel. L'abstraction de la société scolaire doit former l'enfant à comprendre et à maîtriser l'abstraction de la société politique.

Les institutions politiques

Les démocraties ont élaboré des systèmes fondamentalement proches par leurs principes de légitimité, mais extrêmement divers dans l'agencement des pouvoirs et des manières d'organiser la représentation. Aucune formule ne s'impose par elle-même, indépendamment de l'histoire de la société nationale. L'application du principe de citoyenneté prend, dans chaque cas, des formes concrètes particulières : les partis politiques, les modes de scrutin, les traditions parlementaires, les relations entre l'État central et les pouvoirs locaux sont chaque fois singulières. C'est que la modernité politique a réinterprété des institutions anciennes. La naissance du citoyen « à la française » ne tient pas seulement à la rupture révolutionnaire, mais aussi à l'histoire de l'absolutisme royal, à la concentration des pouvoirs, à l'élaboration séculaire des institutions étatiques par le Roi. Les révolutions les plus radicales ne repartent pas de zéro, comme l'a montré Tocqueville en soulignant la continuité sociale de l'Ancien Régime à la Révolution. L'histoire de la nation et de la centralisation politique, des influences politiques et intellectuelles rend chaque démocratie singulière [1].

Pour s'en tenir aux seules démocraties européennes, toutes sont des régimes parlementaires : le gouvernement est responsable devant une

1. Hugues Portelli, *Les régimes politiques européens*, Paris, Le Livre de poche, 1994.

Chambre des représentants élue au suffrage universel. Mais les formes du parlementarisme varient. Il est, le plus souvent, moniste : le chef de l'État ne dispose que d'une magistrature d'influence et d'autorité morale, c'est le cas de l'Italie, de la Belgique, de l'Espagne ou de l'Allemagne. Mais il est dualiste dans la France de la Ve République, où le chef de l'État dispose d'un véritable pouvoir. Dans tous les pays, on observe une tendance au monocaméralisme, le rôle de la seconde Chambre ne cessant de diminuer. Mais cela n'est pas vrai pour l'Allemagne, régime fédéral, où la seconde Chambre, le *Bundesrat*, représente les États, les *Länder*. Le Sénat français, élu par les représentants des collectivités locales, garde un pouvoir de blocage. Sa suppression ou sa profonde réforme, plusieurs fois envisagées, n'ont pour l'instant pas abouti. On a déjà évoqué la réticence traditionnelle des Britanniques pour organiser un référendum. Or, celui-ci est régulièrement utilisé en Suisse et en Italie, où 26 référendums ont été organisés depuis 1974, au Danemark, où les traités avec l'Europe ont été soumis à plusieurs reprises au référendum. Le rôle des Cours constitutionnelles diffère, même si le modèle de la Cour de Karlsruhe a influencé l'Espagne, l'Italie et le Portugal. On trouvera une illustration de cette diversité dans le tableau des institutions politiques des pays européens en annexe de ce chapitre.

On peut faire la même analyse en ce qui concerne les modes de scrutin. Au XIXe siècle, le scrutin majoritaire, qui assure des majorités fortes, avait dominé, il s'agissait alors de donner la priorité au choix des gouvernants. Le choix de la représentation proportionnelle, qui rend mieux compte de la diversité des opinions des électeurs mais risque de rendre difficile la formation de gouvernements stables, est lié au développement de la démocratie. À l'exception de la France et du Royaume-Uni, elle fut introduite à la fin de la Première Guerre mondiale dans les pays européens, avec d'innombrables modalités d'application. Son adoption était liée à la fois à l'accroissement du rôle des partis et à l'exigence de démocratisation. Or, le mode de scrutin est en même temps cause et effet du nombre et du rôle des partis politiques, qui organisent la compétition pour le pouvoir et formulent les débats collectifs. Le système britannique est incompréhensible si l'on oublie que le scrutin majoritaire à un tour organise la vie politique par la rivalité des deux principaux partis. Chaque pays européen connaît, de ce point de vue, une tradition spécifique.

Prenons pour dernier exemple de la diversité européenne le rapport entre le pouvoir central et les pouvoirs locaux. Trois grands modèles dominent en Europe, qualifiés de modèles « français », « allemand » et « britannique ». Selon le modèle français, qui s'applique également à la Belgique, aux Pays-Bas, au Luxembourg et avec des nuances importantes en Espagne, au Portugal, en Italie, le territoire est divisé en circonscriptions administratives dotées de compétences, de statuts et de règles identiques. Le régime est centralisé, les pouvoirs locaux sont soumis à la tutelle de l'État, les collectivités locales sont nombreuses et petites, Hugues

Portelli parle d'« atomisation » (plus de 36 000 communes en France). Le modèle allemand (Allemagne, Autriche, Suisse) institue un régime fédéral. Dans des nations qui furent tardivement formées, les *Länder* allemands ou les Cantons suisses, qui existaient avant l'État central, disposent de la compétence législative de droit commun et sont associés en tant que tels au pouvoir fédéral par l'intermédiaire de la Chambre haute. L'application du principe de subsidiarité — le gouvernement central ne dispose que des pouvoirs qui lui sont explicitement confiés et tout ce qui peut être fait au niveau local reste du ressort des gouvernements locaux — leur permet de garder un véritable pouvoir, même si le droit fédéral s'impose aux droits des *Länder* allemands et des Cantons suisses. Dans la tradition du Royaume-Uni, formé de plusieurs « nations » (Angleterre, Écosse, Irlande, pays de Galles), les autorités locales sont chargées de la mise en œuvre des politiques gouvernementales et disposent de larges compétences qui leur sont déléguées en matière d'éducation, de logement et de protection sociale. On peut noter toutefois une évolution de l'organisation française à la suite de la loi de décentralisation de 1982 et une évolution inverse au Royaume-Uni où Mme Thatcher, au cours des années quatre-vingt, a limité l'indépendance financière des pouvoirs locaux. La variété de l'organisation dans les différents pays reste grande, pourtant, comme en témoigne le nombre des niveaux d'organisation locale (de un à cinq). L'Allemagne, à elle seule, comprend quatre modes différents de gouvernement local. Les pays du Sud n'ont pas procédé à la réduction du nombre des communes, comme l'ont fait les pays du Nord au cours des dernières années.

La politique moderne, on l'a vu, est née de l'idée de représentation. Mais sa vocation démocratique, c'est-à-dire son extension à tous, n'est pas sans susciter des conflits nouveaux. L'élargissement des droits politiques peut se trouver en contradiction avec l'idée de la représentation. L'autre ne peut jamais me « représenter », si je suis irremplaçable et souverain. L'individualisme démocratique remet en question le fondement même de la tradition représentative. C'est en ce sens que la « république » — régime politique organisé par le principe de la citoyenneté — ne se confond pas avec la « démocratie » — extension à tous des principes républicains.

Les institutions parlementaires qui ont organisé la représentation des citoyens apparaissent en crise, ce dont témoigne, entre autres indices, la hausse continue de l'abstention lors des élections, particulièrement forte parmi les plus jeunes, parmi ceux qui sont faiblement diplômés, qui appartiennent à des catégories sociales modestes, qui n'ont pas d'emploi stable. Pour ceux qui maîtrisent mal les compétences politiques, les élections ne constituent-elles pas, en conséquence, « un mécanisme d'occultation du rapport des forces sociales et/ou politiques » ? Les mécanismes politiques ne contribuent-ils pas ainsi « à la reproduction des rapports sociaux », ne sont-ils pas « un élément essentiel de la dissimulation des rapports sociaux, même s'ils en permettent également l'expression[1] » ? Les politistes modernes ont ainsi renouvelé la réflexion critique sur la tension, analysée depuis 1789 et portée en particulier par les penseurs marxistes, entre l'égalité proclamée du citoyen et la réalité des inégalités sociales. Selon eux, pour beaucoup de citoyens culturellement et socialement modestes, dominés dans le rapport des « forces sociales », la citoyenneté continue à être formelle et à avoir pour fonction et pour effet d'occulter les véritables rapports de force et le système de domination.

Le rôle des manifestations par lesquelles sont contestées des décisions, légitimement prises par des gouvernements légitimes, constitue un autre exemple de la remise en cause de l'idée de représentation. Étant donné la multiplication des manifestations qui regroupent un petit nombre de personnes, la plupart d'entre elles sont peu efficaces et leurs effets sont de fait « illusoires », selon la formule de Pierre Favre. Mais, d'autres, en particulier celles qui ont été déclenchées à propos de l'école (en 1968, en 1984, en 1986, en 1993, par exemple), ont eu des effets politiques certains. La possibilité de déclencher une grande manifestation par des projets de réforme ou des propos jugés « inadmissibles » est un élément pris en compte par tous les ministres de l'Éducation nationale.

1. Daniel Gaxie, *Le cens caché*, Paris, Seuil, 1978, p. 248, 250.

La démocratie d'opinion ?

La pensée contre-révolutionnaire avait souvent évoqué le danger d'un système politique fondé sur l'opinion du peuple, par définition instable et mal déterminée. Tocqueville redoutait le despotisme qui pourrait naître du règne anonyme de l'opinion et du conformisme de la majorité. Le développement des communications de masse et des sondages d'opinion a réactivé cette interrogation. L'opinion est-elle manipulée par des journalistes et des sondeurs tout-puissants et ces derniers ne sont-ils pas eux-mêmes manipulés par les forces économiques ? Dans ce cas, l'opinion ne serait-elle pas créée de toutes pièces par les sondages, qui loin de mesurer les opinions des sondés — donc du corps électoral — les fabriqueraient par leurs techniques ?

On reconnaîtra dans ces interrogations la critique de Pierre Bourdieu, affirmant en 1972 que « l'opinion publique dans l'acception implicitement admise par ceux qui font des sondages d'opinion ou ceux qui en utilisent les résultats, je dis simplement que cette opinion-là n'existe pas [1] ». On savait déjà, depuis les travaux d'Alain Lancelot, que la participation électorale était d'autant plus forte que les individus étaient mieux intégrés à la vie sociale. Le fait de voter ou de formuler des opi-

1. Pierre Bourdieu, « L'opinion publique n'existe pas » (1972), reproduit dans *Questions de sociologie*, Paris, Éditions de Minuit, 1980, p. 235.

nions politiques est inégalement réparti selon le sexe, le niveau social et culturel (mesuré par le diplôme). En ce qui concerne les opinions politiques que recueillent les sondages, il est vrai que la réponse des sondés se déclarant « sans opinion » est souvent plus significative que le choix entre deux opinions ou deux candidats. Il est également vrai que les sondages impliquent que tous ont une « opinion politique » et que nombre de citoyens n'en ont pas — ce qui est une forme d'opinion. Cette critique des sondages est juste, elle n'est pas inconnue des professionnels les plus réfléchis. Elle est d'autant plus fondée que, depuis vingt ans, les catégories sociales les plus marginales, les jeunes, les plus modestes socialement, les moins diplômés votent de moins en moins, que la participation électorale générale ne cesse de baisser, élection après élection (en comparant les élections de même nature).

Il ne faut pourtant pas en rester là. Depuis les années quarante, des recherches ont montré que le public n'est pas seulement passif devant les médias et simplement manipulé par eux, qu'il garde une possibilité de choix et une capacité de critique. « Il existe une *réelle marge de manœuvre*[1]. » Personne ne reçoit passivement un message écrit, audio ou audiovisuel. Tout spectateur est actif, parce qu'il filtre et sélectionne les messages qui lui sont transmis. Ce qui signifie également qu'il ne suffit pas de recevoir le même message pour établir l'égalité entre tous les consommateurs de médias. Le spec-

1. Dominique Wolton, *Penser la communication*, Paris, Flammarion, 1997, p. 124 (souligné par l'auteur).

tateur n'est pas une *tabula rasa*. La faveur que les journalistes manifestent à l'égard d'Arte n'a pas étendu son audience au-delà de 2 % du public. Les chaînes de télévision n'imposent pas son vote à l'électeur. Le choix que la chaîne la plus regardée en France, TF1, avait fait en faveur de la candidature d'Édouard Balladur n'a pas suffi pour le faire élire président de la République.

Les relations entre les hommes des médias et le public ne sont pas à sens unique. Les journalistes tiennent compte de leur public. Soumises aux contraintes de la concurrence commerciale et aux résultats de l'audimat, les grandes chaînes de TV, répondant aux attentes du public le plus nombreux, sont d'ailleurs de plus en plus informatives et de moins en moins partisanes. Les faits divers, les sports et les chansons y prennent une place croissante. La presse écrite d'information s'est imposée aux dépens de la presse partisane, à peu près disparue. Sondeurs et journalistes amplifient ou dramatisent les changements d'opinions, mais ils ne les créent pas. L'hostilité quasi unanime des journalistes au parti de Jean-Marie Le Pen a sans doute été moins directement efficace que la rivalité entre deux chefs à volonté hégémonique et la découverte progressive de la réalité de ce qu'était le Front national.

La simplification et la personnalisation qui sont « les lois d'airain de la communication » s'opposent sans doute à la complexité de l'analyse intellectuelle, ce à quoi les intellectuels sont par nature sensibles, mais elles s'opposent aussi à l'ignorance. Les médias donnent à tous une forme de familiarité avec les hommes politiques, ils sont parfois des révélateurs de leur personnalité. Il n'y pas de démocratie sans communication généralisée qui passe par les moyens techniques modernes. Comment la majorité des citoyens pourraient-ils être informés autrement ? Benedict Anderson voit dans l'invention de l'imprimerie, premier média de masse, la condition de l'existence de la nation, c'est-à-dire d'une entité politique dans laquelle les individus ne peuvent plus être en relation directe les uns avec les autres. Les médias sont aussi des instruments de la démocratie.

Le fonctionnement des sociétés démocratiques est fondé sur l'idée même de la capacité critique du citoyen qui est aussi, par ailleurs, consommateur de « médias ». Le lecteur de la presse et le téléspectateur doivent être, comme le citoyen, en position critique. Les techniques n'imposent pas par elles-mêmes une forme de société et ne résolvent pas les problèmes proprement politiques des manières de vivre ensemble et des échanges sociaux. Elles conduisent à reformuler et à réorganiser les moyens par lesquels les citoyens règlent leur vie commune.

Le rôle des sondeurs et des journalistes n'est d'ailleurs que l'un des éléments d'une modification plus profonde du politique dans la société démocratique. L'effet des médias et des sondages d'opinion ne saurait être isolé d'un ensemble de transformations de la vie collective. Bernard Manin avance une théorie des trois « âges » de la démocratie représentative[1]. On a d'abord connu

1. Bernard Manin, *Principes du gouvernement représentatif*, Paris, Calmann-Lévy, 1994, p. 247 *sq*.

la démocratie parlementaire et libérale, gérée par des notables, puis, dans un second âge, la démocratie des partis, liée à l'extension du suffrage universel. Aujourd'hui, nous sommes entrés dans la «démocratie du public». Elle se caractérise par la personnalisation du pouvoir et la «volatilité» (selon le terme de la science politique) de l'électeur, désormais plus sensible aux personnes qu'aux programmes politiques, plus indépendant dans ses préférences politiques. L'individualisme démocratique s'affirmant, les électeurs décident de leur vote sans suivre les conseils des hommes politiques professionnels qui, dans la période précédente, organisaient la vie politique par l'intermédiaire des partis. Avec la fin des grands débats qui, en France, ont longtemps organisé la vie publique autour de l'opposition droite-gauche — pour ou contre la république, pour ou contre le communisme, pour ou contre l'anticommunisme —, les électeurs sont devenus plus autonomes. Ils choisissent des personnes, en fonction de ce qu'elles sont et des épisodes les plus immédiats de la vie publique. Les mêmes qui sanctionnaient les socialistes à la fin du second septennat de François Mitterrand en votant pour un président de la République issu de la droite «républicaine» pouvaient choisir comme député, deux ans après, un candidat du parti socialiste. Dans les deux cas, l'enjeu n'était pas un «choix de société» fondamental.

Il ne faut pas penser qu'il existerait une opinion «pure» du peuple, qui précéderait sa formation. Les sondages et les présentations des journalistes de la presse écrite, de la radio ou de la télévision contribuent, chacun à leur façon, à la formation de l'opinion, à l'invention des formes nouvelles de la démocratie caractéristiques de sociétés ouvertes. Il est vrai qu'une manifestation n'est efficace que si elle est relayée, mise en forme et présentée par les médias et que tous les responsables savent qu'il faut avoir un « attaché de presse » pour organiser la fabrication de l'événement. Mais les journalistes ne sont pas en situation de monopole, c'est l'ensemble des instances de la vie collective qui contribue à la formation des opinions et de la conception même du politique.

Cette forme de démocratie n'est toutefois pas sans inconvénients ni sans risques. La communication de masse privilégie le superficiel et l'instantané, elle est par définition aveugle aux problèmes structurels et aux évolutions longues. Comment éviter que l'écume des choses, les événements immédiats soient trop souvent pris pour la réalité ? Le temps des opinions n'est pas le temps des institutions représentatives (élections tous les cinq ou sept ans) et, moins encore, des réformes de structure, dont les conséquences peuvent se dérouler sur plus d'une génération — fiscalité, protection sociale, retraites —, ou des décisions politiques sur la scène internationale. Les « hommes de la communication » tendent à réduire toute crise à un problème de « communication », comme si la rencontre entre deux personnes permettait de résoudre tous les problèmes, comme si toute décision politique et économique n'était qu'un problème de « communication » et n'avait pas de conséquences objectives, comme s'il n'existait pas de véritables conflits de pouvoir, de véritables conflits entre les nations. Il est vrai que « l'histoire, la politique et la société n'existent pas dans le même espace-temps que l'information[1] ».

La « démocratie du public » contribue, d'autre part, à la coupure que ressentent aujourd'hui les citoyens ordinaires entre le monde social dont ils ont l'expérience quotidienne et celui de l'élite politique et journalistique, unie par ses relations croisées et un ensemble de services rendus réciproques. Les élites politiques, quoi qu'elles en disent, sont plus sensibles aux sondages et aux messages des médias que le grand public. Il existe un risque sérieux que les journalistes et les sondeurs, alliés par leurs intérêts communs (créer des événements en réalisant et en diffusant des sondages), qui échappent aux sanctions du suffrage universel, prennent trop de poids dans la vie publique aux dépens des hommes politiques, qui sont, eux, soumis au jugement des citoyens. L'un des effets redoutables de la prééminence du monde de la communication est de déconnecter le monde de la politique soumis effectivement à l'opinion telle qu'elle est construite par les sondeurs et les journalistes du monde social et des expériences de leur électorat. Si les hommes de la communication prenaient la place des élus, des militants et des citoyens, l'idée de représentation, qui fonde la modernité politique, serait radicalement remise en question.

1. Wolton, *op. cit.*, p. 124.

La faible participation aux institutions traditionnelles de la démocratie représentative et la prééminence des hommes liés au monde de la « communication » ne font qu'illustrer et renforcer la tension qui existe entre les valeurs de la démocratie individualiste et l'idée même de représentation.

ANNEXE

INSTITUTIONS POLITIQUES DE PAYS EUROPÉENS
(au 15 avril 2000)

RÉPUBLIQUE FÉDÉRALE ALLEMANDE

Régime politique

Parlementarisme moniste.

Structure du Parlement

Parlement bicaméral :
— le *Bundestag*, représentation du peuple composée de 656 députés élus pour 4 ans ;
— le *Bundesrat*, représentation de la Fédération composée de 78 délégués désignés par les exécutifs des *Länder* (le *Bundesrat* a un pouvoir législatif égal au *Bundestag* pour tout ce qui concerne les *Länder* et dispose en la matière d'un droit de veto absolu, qui n'est que suspensif pour toutes ses autres compétences ; il n'intervient pas dans la désignation du chancelier ou la mise en cause de la responsabilité gouvernementale, mais tous les projets de loi du gouvernement lui sont soumis en première lecture).

Mode de scrutin aux élections générales

Chaque électeur dispose de 2 voix, ainsi la moitié du *Bundestag* est-elle élue au scrutin uninominal majoritaire de circonscription à un tour et l'autre moitié au scrutin de liste à la proportionnelle à la plus forte moyenne dans le cadre du *Land* (pour être représenté au *Bundestag*, un parti doit obtenir au moins 5 % à la proportionnelle ou au moins 3 mandats directs).

Résultats des dernières législatives (27 septembre 1998)

Taux de participation : 82,2 %

Répartition des sièges :

SPD (sociaux-démocrates)	298
CDU-CSU (chrétiens-démocrates)	245
Die Grünen (écologistes)	47
FDP (libéraux)	43
PDS (ex-communistes de l'ex-RDA)	36

Dissolution du Parlement et responsabilité gouvernementale

La dissolution du *Bundestag* est prononcée par le président si le candidat à la chancellerie ne parvient pas à obtenir la majorité (art. 63.4 de la Loi fondamentale). D'autre part, la dissolution peut être demandée au président fédéral par le chancelier s'il n'obtient pas la majorité absolue lors d'un vote de confiance (art. 68).

Le *Bundestag* ne peut renverser le chancelier qu'au moyen d'une « motion de défiance constructive », c'est-à-dire avec l'élection à la majorité absolue d'un nouveau chancelier (art. 67).

Structure administrative

État fédéral composé de *Länder* et leur confiant constitutionnellement des compétences, principalement l'éducation, la radio et la télévision, la police, le contrôle des collectivités locales (art. 70 et 72), ainsi que la « législation concurrente de la Fédération », en vertu du principe de subsidiarité (art. 74).

Ratification du traité de l'Union européenne signé à Maastricht

Procédure parlementaire :
2 décembre 1992 : le *Bundestag* approuve la ratification par 543 voix pour, 17 contre et 8 abstentions.
18 décembre 1992 : le *Bundesrat* l'approuve à l'unanimité.

Résultats des dernières élections européennes (juin 1999)

Taux de participation : 45,2 %

Répartition des sièges :	
CDU-CSU (chrétiens-démocrates)	53
SPD (sociaux-démocrates)	33
Die Grünen (écologistes)	7
PDS (ex-communistes de l'ex-RDA)	6

Relations avec les Églises

Relations conventionnelles entre l'État et les Églises :

L'article 140 de la Loi fondamentale de 1949 intègre les articles 136, 137, 138, 139 et 141 de la Constitution du 11 août 1919 («Constitution de Weimar») portant sur les religions et sociétés religieuses. «Il n'existe pas d'Église d'État» (art. 137.1 Weimar). Les Églises ont un «statut de collectivités de droit public» (art. 137.5 Weimar), perçoivent le *Kirchensteuer*, denier du culte intégré à l'impôt sur le revenu des personnes physiques déclarant se rattacher à une confession religieuse (art. 137.6 Weimar) et bénéficient de diverses aides publiques. Les aumôneries sont autorisées dans les casernes, les hôpitaux, les prisons et autres établissements publics (art. 141 Weimar). Les cultes et l'éducation relèvent de la compétence des *Länder* (art. 137 et 138 Weimar).

L'instruction religieuse, seule matière scolaire garantie constitutionnellement (art. 7.3 de la Loi fondamentale), est dispensée dans les écoles publiques. Son programme est établi par les autorités religieuses puis soumis à l'approbation des *Länder*. Cet enseignement est assuré essentiellement par des laïcs désignés par les autorités ecclésiastiques. Il est obligatoire en primaire et autorisé dans le secondaire ; le cours de religion peut être remplacé par un cours d'éthique à la demande des parents ou des élèves âgés d'au moins 14 ans (18 ans en Bavière).

Sources : Loi fondamentale de la République fédérale d'Allemagne adoptée le 8 mai 1949, publiée au Journal officiel fédéral du 23 mai 1949 ; Constitution du 11 août 1919 ; CIDIC-Documentation française.

ROYAUME D'ESPAGNE

Régime politique

Parlementarisme moniste.

Structure du Parlement

Parlement bicaméral : les *Cortes generales*, réunis exceptionnellement, en cas de succession royale, de déclaration de guerre, de ratification des traités, pour les propositions de nominations au Tribunal constitutionnel, au Conseil général du pouvoir judiciaire et à la Cour des comptes, sont élus pour 4 ans et formés par :

— le Congrès des députés, de 300 à 400 membres (art. 68.1 de la Constitution) ;

— le Sénat, « chambre de la représentation territoriale » (art. 69), dont les membres sont, pour partie, élus au suffrage universel direct et au scrutin majoritaire (4 sénateurs par province) et, pour une autre part, désignés par les assemblées législatives des communautés autonomes (1 sénateur pour un million d'habitants) (le Sénat a un pouvoir législatif équivalent à celui du Congrès, mais n'intervient pas dans l'élection du président du gouvernement, dispose toutefois d'un veto suspensif que le Congrès peut surmonter)

Mode de scrutin aux élections générales

Le Congrès des députés est élu au scrutin proportionnel à la plus forte moyenne de circonscription (province) avec répartition des sièges par la méthode de Hondt (scrutin de liste sans panachage, ni vote préférentiel).

Résultats des dernières législatives (12 mars 2000)

Taux de participation : 69,98 %

Répartition des sièges :

Partido Popular (centre droit)	183
Partido Socialista Obrero Español (socialistes)	125
Convergència i Unió (Catalans)	15
Izquierda Unida (ex-communistes)	8
Partido Nacionalista Vasco (Basques)	7
Coalición Canaria (Canariens)	4
Bloque Nacionalista Galego (Galiciens)	3
Esquerra Republicana de Catalunya (Catalans)	1
Eusko Alkartasuna (Basques)	1
Partido andalucista (Andalous)	1
Iniciativa per Catalunya Verds (écologistes catalans)	1
Chunta y Aragonesista (Aragonais)	1

Dissolution du Parlement et responsabilité gouvernementale

Sous sa seule responsabilité, le président du gouvernement peut proposer au roi la dissolution de l'une des assemblées ou des deux simultanément (art. 115). Par ailleurs, les *Cortes* sont automatiquement dissous en cas de crise ministérielle (art. 99.5).

« Le gouvernement est solidairement responsable de sa gestion politique devant le Congrès des députés » (art. 108). Le président du gouvernement peut déposer une motion de confiance au Congrès (art. 112) et son gouvernement démissionne en cas de rejet de cette motion (art. 114.1). Le Congrès peut mettre en jeu la responsabilité du gouvernement par une motion de censure votée à la majorité absolue (art. 113) ou par une motion de renvoi avec la proposition d'un successeur votée à la majorité absolue, du même type que la « censure constructive » allemande (art. 114.2).

Structure administrative

État décentralisé en communautés autonomes.

La Constitution proclame à la fois « l'unité indissoluble de la nation espagnole, patrie commune et indivisible de tous les Espagnols » et « reconnaît et garantit le droit à l'autonomie des nationalités et des régions » (art. 2). Elle prévoit aussi que « les provinces limitrophes ayant des caractéristiques historiques, culturelles et économiques communes, les territoires insulaires et les provinces ayant une entité régionale historique pourront se gouverner eux-mêmes et se constituer en communautés autonomes » (art. 143.1).

Les compétences de ces communautés sont définies constitutionnellement (art. 148). Le Tribunal constitutionnel est chargé des conflits de compétence avec l'État (art. 161.1c). Les assemblées des communautés peuvent proposer des lois au gouvernement (art. 87.2).

Ratification du traité de l'Union européenne signé à Maastricht

Procédure parlementaire précédée d'une révision constitutionnelle :

22 juillet 1992 : Le Congrès des députés, par 332 voix (majorité à 210), et le Sénat, par 236 voix (majorité à 153), adoptent la révision constitutionnelle (l'art. 8-B du traité était contraire à l'art. 13.2 de la Constitution).

27 août 1992 : Le roi signe la première révision de la Constitution espagnole.

29 octobre 1992 : Le Congrès, par 314 voix pour, 3 contre et 8 abstentions, approuve le projet de loi autorisant la ratification du traité d'Union européenne.

25 novembre 1992 : Le Sénat, par 225 voix pour, aucune contre et 3 abstentions, l'approuve.

Résultats des dernières élections européennes (juin 1999)

Taux de participation : 64,3 %

Répartition des sièges :

Partido Popular (centre droit)	27
Partido Socialista Obrero Español (socialistes)	24
Izquierda Unida (ex-communistes)	4
Convergència i Unió (Catalans)	3
Coalición Europea (régionalistes)	2
Coalición Nacionalista Europea de los Pueblos (régionalistes)	2
Bloque Nacionalista Galego (Galiciens)	1
Euskal Herritarrok (Basques)	1

Relations avec les Églises

Relations conventionnelles entre l'État et les Églises :

La Constitution de 1978 a mis fin au régime de religion d'État : « Aucune confession n'aura le caractère de religion d'État. Les pouvoirs publics tiendront compte des croyances religieuses de la société espagnole et entretiendront de ce fait des relations de coopération avec l'Église catholique et les autres confessions » (art. 16.3).

La loi organique 7/80 de 1980 sur la liberté religieuse porte notamment sur les relations entre l'État et les religions. Après avoir rappelé les principes de la liberté de conscience, cette loi prévoit que l'inscription auprès du ministère de la Justice des confessions religieuses constituées en association les doteront de la personnalité juridique, de l'autonomie et de la possibilité de relations avec l'État (art. 5). En vertu de cette reconnaissance, l'État tenant compte des croyances religieuses dans la société espagnole, établira, le cas échéant, des accords ou des conventions de coopération avec les Églises, les confessions et communautés religieuses inscrites, et notamment pourra leur accorder les avantages fiscaux prévus dans les ordonnances juridiques générales pour les entités à but non lucratif et de bienfaisance (art. 7). Enfin, il est prévu que les pouvoirs publics faciliteront l'assistance religieuse dans les établissements publics, militaires, hospitaliers, pénitentiaires et autres, sous leur juridiction, ainsi que la formation religieuse dans les centres d'enseignement publics (art. 3) ; c'est ainsi que, sur le mode allemand, une partie de l'impôt (0,5 %) peut être volontairement affectée par le contribuable à la confession de son choix. Seule l'Église catholique bénéficie pleinement de l'ensemble de ces dispositions.

L'instruction religieuse est garantie constitutionnellement : « Les pouvoirs publics garantissent le droit des parents à ce que leurs enfants reçoivent la formation religieuse et morale en accord avec leurs propres convictions » (art. 27.3 de la Constitution). Cet enseignement organisé par l'Église est considéré comme une matière optionnelle et financé par l'État dans le primaire et le secondaire.

Sources : Constitution du Royaume d'Espagne du 27 décembre 1978 ; loi organique 7/80 de 1980 sur la liberté religieuse ; CIDIC-Documentation française.

RÉPUBLIQUE DE FINLANDE

Régime politique

Parlementarisme dualiste.

Structure du Parlement

Parlement monocaméral :
Le Parlement (*Eduskunta*) formé par 200 députés élus pour 4 ans.

Mode de scrutin aux élections générales

Scrutin proportionnel de liste et de circonscription (à l'exception du député des îles Aaland élu au scrutin majoritaire).

Résultats des dernières législatives (21 mars 1999)

Taux de participation : 68,3 %

Suomen Sosialidemokraattinen Puolue (sociaux-démocrates)	51
Suomen Keskusta (centre)	48
Kansallinen Kokoomus (droite)	46
Vasemmistoliitto (ex-communistes)	20
Vihreä Liitto (écologistes)	11
Svenska Folkpartiet i Finland (minorité suédoise)	11

Suomen Kristillinen Liitto (droite protestante)	10
Remonttiryhmä (« parti de la Réforme »)	1
Perussuomalaiset (« Les vrais Finnois »)	1
Aaland (minorité suédoise d'Aaland)	1

Dissolution du Parlement et responsabilité gouvernementale

Sur initiative du Premier ministre, le président de la République peut dissoudre le Parlement (art. 27 Forme de gouvernement 1919).

Les ministres sont responsables devant le Parlement (art. 43). Le gouvernement est contraint de démissionner s'il n'a plus la confiance du Parlement (art. 36b).

La Constitution votée en 1999 et mise en vigueur le 1er mars 2000 confirme ces dispositions, tout en limitant les prérogatives présidentielles.

Structure administrative

État unitaire au sein duquel une région semi-autonome, l'archipel d'Aaland dispose d'un parlement et d'un exécutif (art. 52a).

Ratification du traité de l'Union européenne signé à Maastricht

La Finlande a adhéré à l'Union européenne postérieurement à l'entrée en vigueur du traité de Maastricht :

6 décembre 1992 : Le Premier ministre finnois annonce un référendum sur l'adhésion à la CEE.

16 octobre 1994 : Un référendum approuve l'adhésion de la Finlande à l'Union européenne avec 56,9 % pour et 43,1 % contre (taux de participation : 74 %).

18 novembre 1994 : L'*Eduskunta* adopte, par 152 voix contre 45, les résultats du référendum.

20 décembre 1994 : L'*Eduskunta* adopte, par 169 voix contre 3, la révision de l'article 33 de la Forme de Gouvernement visant à ce que le Premier ministre représente la Finlande aux sommets européens, le président de la République n'y participant que pour les questions de défense et de politique étrangère.

Résultats des dernières élections européennes (juin 1999)

Taux de participation : 30,1 %

Répartition des sièges :

Kansallinen Kokoomus (droite)	4
Suomen Keskusta (centre droit)	4
Suomen Sosialidemokraattinen Puolue (sociaux-démocrates)	3
Vihreä Liitto (écologistes)	2
Vasemmistoliitto (ex-communistes)	1
Svenska Folkpartiet i Finland (minorité suédoise)	1
Suomen Kristillinen Liitto (droite protestante)	1

Relations avec les Églises

Religion d'État :

L'Église évangélique luthérienne bénéficie des privilèges d'une Église d'État. Son statut est fixé par la loi (art. 83 Forme de gouvernement 1919) et des dispositions particulières s'appliquent aux débats parlementaires portant sur ladite loi (art. 31.3 loi organique Parlement 1928). Le président de la République nomme le chef de l'Église luthérienne, ainsi que le chef de l'Église orthodoxe (art. 90 Forme de gouvernement 1919). L'Église orthodoxe bénéficie de quelques privilèges, de même que les cultes minoritaires (pentecôtiste, baptiste, catholique, juif, musulman, etc.) qui peuvent recevoir des subventions.

Sources : Forme de gouvernement de la Finlande du 17 juillet 1919; loi organique relative au Parlement du 13 janvier 1928; CIDIC-Documentation française.

RÉPUBLIQUE FRANÇAISE

Régime politique

Parlementarisme dualiste.

Structure du Parlement

Parlement bicaméral (le Parlement se réunit en Congrès en cas de révision constitutionnelle) :

— l'Assemblée nationale est formée de 577 députés élus pour 5 ans ;

— le Sénat, « représentation des collectivités territoriales », formé de 321 élus au suffrage universel indirect (par les parlementaires, les conseillers généraux et régionaux et les délégués des conseils municipaux) pour 9 ans (assemblée renouvelable par tiers) dans le cadre du département (scrutin majoritaire à deux tours pour les départements élisant moins de 5 sénateurs et proportionnelle pour les autres).

Mode de scrutin aux élections générales

Scrutin majoritaire de circonscription à deux tours.

Résultats des dernières législatives (25 mai-1er juin 1997)

Taux de participation : 67,96 % (premier tour) ; 71,13 % (second)

Répartition des sièges (membres + apparentés) :

Parti socialiste (PS)	243 + 9
Rassemblement pour la République (RPR)	131 + 6
Union pour la Démocratie française (UDF) et Alliance	65 + 5
Démocratie libérale (DL) et Indépendants	43 + 1
Parti communiste français (PCF)	33 + 2
Radicaux-Citoyens-Verts	32
non inscrits	7

Dissolution du Parlement et responsabilité gouvernementale

Le président de la République, après consultation du Premier ministre et des présidents des assemblées, peut prononcer la dissolution de l'Assemblée nationale (art. 12 Constitution de 1958).

L'Assemblée nationale peut mettre en cause la responsabilité du gouvernement par une motion de censure (art. 49.2). En cas d'adoption de la motion de censure ou de désapprobation du programme ou de la déclaration de politique générale du gouvernement, le Premier ministre est contraint de présenter la démission du gouvernement (art. 50).

Structure administrative

État unitaire décentralisé depuis les lois de mars 1982 (avec un statut particulier de la collectivité territoriale de Corse depuis la loi du 13 mai 1991).

Ratification du traité de l'Union européenne signé à Maastricht

Procédure référendaire précédée d'une révision constitutionnelle :

9 avril 1992 : Le Conseil constitutionnel décide d'une révision de la Constitution pour conformité aux dispositions du traité de Maastricht.

23 juin 1992 : Le Parlement réuni en Congrès approuve la révision constitutionnelle par 592 voix contre 73 et 14 abstentions.

20 septembre 1992 : Un référendum approuve la ratification du traité avec 51,04 % pour et 48,96 % contre (taux de participation : 69,68 %).

Résultats des dernières élections européennes (juin 1999)

Taux de participation : 46,7 %

Répartition des sièges :

PS-Parti radical de Gauche-Mouvement des Citoyens	22
Rassemblement pour la France	13
RPR-DL	12
UDF	9
Verts	9
Chasse, pêche, nature et traditions	6
PCF	6
Front national	5
Lutte ouvrière-Ligue communiste révolutionnaire	5

Relations avec les Églises

— Séparation des Églises et de l'État en « France intérieure » :

La loi du 9 décembre 1905 portant séparation des Églises et de l'État, proclame : « La République ne reconnaît, ne salarie, ni ne subventionne aucun culte » (art. 2). Mais aussi, elle dispose que les édifices du culte, ainsi que les biens meubles qui en font partie (à l'exception des bâtiments construits après l'entrée en vigueur de la loi qui constituent des biens privés), sont dévolus aux collectivités publiques et laissés gratuitement à la disposition des associations cultuelles ou du ministre du culte (art. 18 à 24). Cette loi est complétée par deux textes, la loi du 2 janvier 1907 concernant l'exercice public des cultes et la loi du 13 avril 1908 autorisant les collectivités publiques à entretenir à leurs frais les édifices cultuels.

Les subventions publiques aux cultes sont donc interdites, sauf celles prévues par la loi (aumôneries militaires dont le statut est fixé par le décret du 1er décembre 1966, entretien des édifices, exemptions fiscales, subventions aux associations cultuelles).

Aucune instruction religieuse n'est autorisée dans les établissements de l'enseignement public. De plus, l'enseignement primaire est confié expressément à un personnel laïque (art. 17 de la loi du 3 octobre 1886).

— Relations conventionnelles entre l'État et les Églises en Alsace-Moselle :

Le régime concordataire établi sous Napoléon et certaines dispositions de la législation impériale allemande prises entre 1871 et 1919 ont été maintenus après 1919. La loi du 18 germinal an X (8 avril 1802) définit ainsi le régime des cultes. Quatre cultes — catholique, israélite, luthérien et réformé — sont reconnus, les autres sont séparés de l'État. Les ministres du culte sont rétribués par l'État et assimilés à la fonction publique. Ils sont nommés avec « agrément du gouvernement », ainsi les évêques catholiques et inspecteurs ecclésiastiques luthériens sont nommés par le président de la République française. Toutefois, le mariage religieux n'a pas de valeur civile et l'état civil est tenu par les maires.

Il existe des écoles confessionnelles publiques. Et une heure d'instruction religieuse est donnée en primaire à la demande des parents ; en cas de dispense d'enseignement religieux, un enseignement moral s'y substitue. L'enseignement secondaire comporte un enseignement religieux, optionnel. Les facultés de théologie catholique et protestante sont intégrées à l'université de Strasbourg.

— Relations conventionnelles entre l'État et les Églises, avec les régimes particuliers de la Guyane, de Mayotte et des territoires du Pacifique.

Sources : Constitution de la République française du 4 octobre 1958 ; loi du 9 décembre 1905 portant séparation des Églises et de l'État ; loi du 2 janvier 1907 concernant l'exercice public des cultes ; loi du 13 avril 1908 concernant l'entretien des édifices cultuels ; loi du 3 octobre 1886 ; CIDIC-Documentation française.

ROYAUME UNI DE GRANDE-BRETAGNE ET D'IRLANDE DU NORD

Régime politique

Parlementarisme moniste.

Structure du Parlement

Parlement bicaméral :

— Chambre des communes, formée de 659 membres élus pour 5 ans ;

— Chambre des lords, assemblée consultative, formée d'environ 1 200 lords temporels (788 pairs du Royaume ou lords héréditaires — le Parlement a voté, en octobre 1999, une loi prévoyant l'extinction progressive de la pairie héréditaire — et environ 350 pairs à vie nommés par la Couronne), 26 lords spirituels (les 2 archevêques et 24 évêques) et 11 lords légistes (*Lords of Appeal in Ordinary*) (les pouvoirs de la Chambre des lords ont été limités par les *Parliament Acts* de 1911 et de 1949 : elle a un rôle législatif restreint, dispose d'un veto suspensif d'un an sur les textes votés par les Communes ; ne peut s'opposer aux lois de finances, ni mettre en cause la responsabilité gouvernementale).

Mode de scrutin aux élections générales

Scrutin uninominal de circonscription à un tour.

Résultats des dernières législatives (1er mai 1997)

Taux de participation : 71,5 %

Répartition des sièges :

Labour Party (travaillistes)	419
Conservative Party (conservateurs)	165
Social Liberal Democratic Party (libéraux)	46
Ulster Unionist Party (unionistes protestants)	10
Scottish National Party (nationalistes écossais)	6
Plaid Cymru (nationalistes gallois)	4
Social Democratic and Labour Party (socialistes catholiques d'Ulster)	3
Sinn Féin (nationalistes irlandais)	2
Ulster Democratic Unionist Party (unionistes protestants d'Ulster)	2
United Kingdom Unionist (unionistes protestants d'Ulster)	1
Indépendant	1

Dissolution du Parlement et responsabilité gouvernementale

La dissolution peut être décidée par le premier ministre.

Les Communes peuvent mettre en cause la responsabilité du gouvernement.

Structure administrative

État unitaire avec dévolution de compétences internes au pays de Galles, à l'Écosse et à l'Irlande du Nord (référendum écossais, 11 septembre 1997 ; entrée en vigueur du *Scotland Act*, fin 1998 ; parlement et exécutif écossais, été 1999 ; référendum gallois 18 septembre 1997 ; élection du parlement gallois en mai 1999) ; depuis décembre 1999, l'Irlande du Nord est dotée d'un gouvernement semi-autonome). Par ailleurs, les comtés et districts sont chargés de la mise en œuvre de la politique gouvernementale et, d'autre part, disposent de compétences déléguées (éducation, logement, affaires sociales) par le législateur.

Ratification du traité de l'Union européenne signé à Maastricht

Procédure parlementaire :

6 mai 1992 : Le gouvernement Major annonce un projet de loi, l'*European Communities Amendment Bill*, destiné à incorporer le traité de Maastricht dans la législation britannique.

20-21 mai 1992 : Ce projet de loi est voté aux Communes en seconde lecture après deux jours de débats par 336 voix contre 92.

2 juin 1992 : Le résultat négatif du référendum danois suscite un nouveau vote de principe sur le traité avant le retour du texte en commission. Par 319 voix pour contre 313, est repoussé l'amendement travailliste considérant qu'il n'y avait pas lieu de délibérer et 319 voix contre 316 approuvent la motion gouvernementale autorisant le gouvernement à réintégrer le projet dans le calendrier parlementaire. Le débat est suspendu jusqu'en novembre 1992.

1er décembre 1992-22 avril 1993 : les Communes consacrent 23 séances au traité de Maastricht.

22 avril 1993 : La proposition des eurosceptiques pour l'organisation d'un référendum est repoussée par 363 voix contre 124.

20 mai 1993 : Le projet de loi portant ratification est voté en troisième lecture aux Communes par 292 voix contre 112.

22-23 juillet 1993 : La ratification est approuvée par les Communes par un vote de confiance au gouvernement de 339 voix contre 299.

2 août 1993 : La ratification devient définitive après le rejet par la Haute Cour d'une requête contre la procédure adoptée par le Parlement.

Résultats des dernières élections européennes (juin 1999)

Taux de participation : 23,1 %

Répartition des sièges :

Conservative Party (conservateurs)	36
Labour Party (travaillistes)	29
Liberal Democrat Party (libéraux)	10
United Kingdom Independence Party (antieuropéeens)	3

Greens (écologistes)	2
Scottish National Party (nationalistes écossais)	2
Plaid Cymru (nationalistes gallois)	2
Ulster Democratic Unionist Party (unionistes protestants d'Ulster)	1
Social Democratic and Labour Party (socialistes catholiques d'Ulster)	1
Ulster Unionist Party (unionistes protestants)	1

Relations avec les Églises

Religion d'État :

Deux religions « établies » : l'Église anglicane depuis Henri VIII, 1534, en Angleterre et l'Église presbytérienne depuis 1707 en Écosse. Chef de l'Église anglicane, « défenseur de la Foi », le monarque nomme les archevêques et évêques, le premier ministre choisissant l'un des deux candidats proposés par l'Église à chacune de ces fonctions ; les archevêques, Cantorbéry et York, et les évêques sont membres de droit de la Chambre des lords ; le Parlement est compétent en matière de législation ecclésiale ; l'Église anglicane est une personne juridique liée à la Couronne. Le blasphème contre l'Église anglicane et la religion chrétienne est ainsi un délit. Et, paradoxalement, en Irlande du Nord seulement, la discrimination religieuse est légalement interdite.

La liberté religieuse, accordée aux protestants en 1689, aux catholiques en 1829, est étendue depuis aux religions non chrétiennes. Les confessions non anglicanes n'ont donc aucun lien avec l'État et ne sont pas définies comme religions mais comme associations caritatives, *Charities*, bénéficiant d'avantages fiscaux.

Selon la loi sur l'éducation de 1987, l'Angleterre est un pays de tradition chrétienne : la prière qui commence la journée d'école et l'instruction religieuse qui est donnée dans les écoles primaires et secondaires (les parents peuvent en faire dispenser leurs enfants) doivent être chrétiennes. Des écoles confessionnelles, généralement catholiques, reçoivent sous certaines conditions des subventions. En ce qui concerne les observances de l'Islam, certaines autorités scolaires locales autorisent le port du voile en classe, la séparation des sexes durant les cours de natation et de sport, le respect des interdits alimentaires, les restrictions dans les cours de danse ou d'éducation sexuelle.

Sources : Magna Carta *de 1215;* Bills of Rights *de 1628 et de 1689;* Parliament Acts *de 1911 et de 1949; CIDIC-Documentation française.*

RÉPUBLIQUE HELLÉNIQUE

Régime politique

Parlementarisme moniste

Structure du Parlement

Parlement monocaméral :
Chambre des députés, de 300 membres, élue pour 4 ans.

Mode de scrutin aux élections générales

Scrutin proportionnel à effet majoritaire.

Résultats des dernières législatives (9 avril 2000)

Taux de participation : n. c. (vote obligatoire)

Répartition des sièges :

PASOK / Panellino Socialistiko Kinima (socialistes)	158
Nea Dimokratia (centre droit)	125
KKE / Kommounistiko Komma Elladas (communistes)	11
Synapsismos tis aristeras kai tis proodou (coalition de gauche)	6

Dissolution du Parlement et responsabilité gouvernementale

La révision constitutionnelle de 1986 a limité la dissolution de la Chambre aux cas prévus explicitement par la Constitution. La dissolution est automatique en cas de non-élection du président de la République au 3e tour (art. 32.4 de la Constitution), de crise ministérielle (art. 37.3), de démission du Premier ministre s'il est le représentant du parti disposant de la majorité absolue à la Chambre (art. 38.1), d'instabilité gouvernementale (art. 41.1), pour renouveler le mandat d'un gouvernement possédant la confiance afin de faire face à une question exceptionnelle (art. 41.2).

Le gouvernement doit avoir obligatoirement la confiance de la Chambre (art. 84.1). Et la Chambre peut censurer le gouvernement (art. 84.2).

Structure administrative

État unitaire.

Ratification du traité de l'Union européenne signé à Maastricht

Procédure parlementaire :
31 juillet 1992 : Le Parlement grec, par 286 voix contre 8, approuve la ratification du traité.

Résultats des dernières élections européennes (juin 1999)

Taux de participation : 75,3 %

Répartition des sièges :

Nea Dimokratia (centre droit)	9
PASOK / Panellino Socialistiko Kinima (socialistes)	9
KKE / Kommounistiko Komma Elladas (communistes)	3
DIKKI / Dimokratiko kinoniko kinima (gauche populiste)	2
Synapsismos tis aristeras kai tis proodou (coalition de gauche)	2

Relations avec les Églises

Religion d'État :

« La religion prépondérante en Grèce est celle de l'Église orthodoxe orientale du Christ » (art. 3). L'Église orthodoxe est dotée d'un statut de droit public et bénéficie de subventions de l'État; son clergé est assimilé à la fonction publique. La Charte constitutionnelle de l'Église orthodoxe grecque de 1977 confirme l'intégration constitutionnelle de l'Église : « L'Église orthodoxe collabore avec l'État, au sujet des matières d'intérêt commun, comme l'éducation chrétienne de la jeunesse, l'aumônerie militaire, le rehaussement de l'institution du mariage et de la famille, la protection des nécessiteux, la sauvegarde des reliques sacrées et des édifices religieux, l'établissement de nouvelles fêtes religieuses, et demande la protection de l'État chaque fois que la religion sera offensée » (art. 2 Charte).

Le ministre de l'Éducation nationale et des Cultes assiste aux délibérations de la Hiérarchie consacrées à l'élection de l'archevêque. Les autorités ecclésiastiques participent à toutes les manifestations officielles de l'État en tant que pouvoir public. Le mariage religieux conserve une valeur juridique, le civil l'a acquis depuis 1982, toutefois les tribunaux civils sont devenus compétents pour le droit du mariage et du divorce, les tribunaux religieux le demeurant pour les matières religieuses.

L'instruction religieuse est obligatoire dans les écoles.

Si la liberté de conscience est formellement reconnue inviolable (art. 5 et 13 Constitution), le prosélytisme d'autres religions est interdit. Des réglementations spéciales concernent les juifs et les musulmans.

Sources : Constitution de la République hellénique du 9 juin 1975; Charte constitutionnelle de l'Église orthodoxe grecque de 1977; CIDIC-Documentation française.

RÉPUBLIQUE ITALIENNE

Régime politique

Parlementarisme moniste.

Structure du Parlement

Parlement bicaméral (le Parlement se réunit en session commune pour l'élection et la prestation de serment du président de la République, la mise en accusation du président ou des ministres, l'élection au Conseil supérieur de la magistrature et à la Cour constitutionnelle) :

— Chambre des députés, formée de 630 membres ;

— Sénat, formé de 315 membres ;

(les deux Chambres sont élues au suffrage universel direct pour un mandat de 5 ans, toutefois seuls les électeurs de plus de 25 ans élisent les sénateurs).

Mode de scrutin aux élections générales

Chaque électeur dispose de 2 voix, ainsi 75 % de la Chambre des députés est-elle élue au scrutin uninominal majoritaire de circonscription à un tour et les 25 % restants au scrutin de liste à la proportionnelle de circonscription (pour être représenté à la Chambre, un parti doit obtenir au moins 4 % des suffrages au plan national) (loi n° 227 du 4 août 1993 modifiant la loi du 30 mars 1957 adoptée par le référendum du 18 avril 1993).

Résultats des dernières législatives (21 avril 1996)

Taux de participation : 82 %

Répartition des sièges :

L'Ulivo (coalition centre gauche : PDS-Lista Dini-PPI-SVP-PRI-UD-Prodi-Verdi)	284
Polo Per Le Libertà (coalition centre droit et droite : Forza Italia-AN-CCD-CDU)	246
Lega Nord (régionalistes)	59
Progressisti-Rifondazione Comunista (extrême gauche)	35
Divers	6

Dissolution du Parlement et responsabilité gouvernementale

Le président de la République peut dissoudre le Parlement ou l'une de ses Chambres (art. 88 de la Constitution).

Le gouvernement doit obtenir la confiance des deux Chambres et chacune des Chambres peut voter une motion de censure (art. 94)

Structure administrative

État décentralisé (art. 114).

Les régions disposent d'une large autonomie (art. 115), leurs compétences sont définies constitutionnellement (art. 117, 118 et 119). Elles disposent de l'autonomie législative, ainsi que fiscale (loi n° 158 du 14 juin 1990). Sur les 20 régions italiennes, 5 (Sicile, Sardaigne, Trentin-Haut Adige, Val d'Aoste, Frioul-Vénétie julienne) sont à statut spécial, disposant d'un domaine législatif exclusif garanti constitutionnellement (art. 116 Constitution, lois constitutionnelles du 26 février 1948 et du 31 janvier 1963). Les régions à statut ordinaire ont été instaurées en mai 1970.

Ratification du traité de l'Union européenne signé à Maastricht

Ratification parlementaire :

16 octobre 1992 : La Chambre des députés, par 423 voix contre 46, approuve la ratification du traité d'Union européenne.

26 octobre 1992 : Le Sénat, par 176 voix contre 16, l'approuve.

Résultats des dernières élections européennes (juin 1999)

Taux de participation : 70,8 %

Répartition des sièges :

Forza Italia (droite)	22
Partito Democratico della Sinistra (centre gauche)	15
Alleanza Nazionale-Patto Segni (postfascistes et centre droit)	9
Lista Emma Bonino (gauche pro-européenne)	7
I Democratici (centre gauche)	7
Lega Nord (régionalistes)	4
Partito Populare Italiano (centre droit)	4
Rifondazione Comunista (communistes)	4
Centro Cristiano Democratico (chrétiens-démocrates)	2
Cristiani Democratici Unitari (chrétiens-démocrates)	2
Socialisti Democratici Italiani (gauche)	2
Comunisti Italiani (communistes)	2
Federazione dei Verdi (écologistes)	2
Movimento Sociale Italiano (néo-fascistes)	1
Unione Democratici Europei (centre droit)	1
Rinnovamento Italiano-Dini (gauche)	1
Partito pensionati (catégoriel)	1
Liberali (libéraux)	1

Relations avec les Églises

Relations conventionnelles :

« L'État et l'Église catholique sont, chacun dans son ordre particulier, indépendants et souverains » (art. 7 de la Constitution) : tout en reprenant le principe de Cavour, « *libera Chiesa in libero Stato* », la Constitution reconnaît des relations privilégiées avec l'Église catholique par l'approbation des accords de Latran du 11 février 1929. Ces accords instaurent notamment l'instruction religieuse dans l'enseignement public, prévoient un financement public de l'Église et lui donnent des prérogatives de droit public, ainsi qu'en matière familiale. Ce dernier aspect est caduc *de facto* depuis 1970 et 1978. La révision du concordat entrée en vigueur le 3 juin 1985 a confirmé notamment ces évolutions et apporté de nouvelles dispositions : les mariages religieux conservent toutefois leur valeur civile ; l'État doit assurer l'enseignement de la religion catholique, car élément de la culture commune et religion de la majorité ; un impôt religieux volontaire sur le modèle allemand est introduit. Le contribuable italien peut ainsi déduire 8 ‰ de son impôt au profit de l'Église catholique, ou des adventistes du Septième Jour, des Témoins de Jéhovah et des Assemblées de Dieu (les vaudois et les juifs ont rejeté cette facilité).

Les écoles privées confessionnelles, de même que les universités catholiques, sont financées partiellement et contrôlées par l'État. L'instruction religieuse facultative dans les établissements scolaires publics est assurée par des enseignants de religion nommés par l'évêque, formés par l'Église et payés par l'État.

Sources : Constitution de la République italienne publiée à la Gazzetta Ufficiale *n° 298 du 27 décembre 1947 ; CIDIC-Documentation française.*

CHAPITRE IV

L'individualisme démocratique

« L'individualisme est d'origine démocratique et il menace de se développer à mesure que les conditions s'égalisent [...]. Non seulement la démocratie fait oublier à chaque homme ses aïeux, mais elle lui cache ses descendants et le sépare de ses contemporains ; elle le ramène sans cesse vers lui seul et menace de le renfermer enfin tout entier dans la solitude de son propre cœur » (Tocqueville). La Révolution ne fondait pas seulement une nouvelle légitimité politique. Elle suscitait à terme d'autres liens entre les hommes. C'est ce que symbolisa, pendant la Révolution, le remplacement de tous les termes d'adresse hiérarchisés — monseigneur, monsieur, madame — par le terme unique de « citoyen » ou l'adoption du tutoiement révolutionnaire. Elle substituait aux liens religieux et dynastiques qui unissaient les hommes dans les sociétés hiérarchiques de l'Ancien Régime le lien abstrait de la citoyenneté égalitaire. Nous n'avons pas fini de constater les conséquences de ce bouleversement sur l'intégration sociale et sur les formes de la vie en commun, dans la vie publique, mais aussi dans la famille, le travail, la religion ou le style des relations entre les individus.

L'INTÉGRATION SOCIALE

La citoyenneté, on l'a dit, constitue la source du lien social. C'est en exerçant les droits et les pratiques de la citoyenneté que les individus forment une société. Mais la conciliation entre les droits de l'individu-citoyen et les exigences du collectif n'est pas moins problématique dans la vie sociale que dans la vie politique.

Le développement des droits subjectifs

Les grandes évolutions du droit sont significatives des effets de l'individualisme démocratique. Le droit n'est pas seulement un outil de gestion ou de police, il a également une fonction instituante. Il ne traduit pas simplement les valeurs collectives, il contribue également à les former. Or, on observe ce que Jean Carbonnier appelle la «montée» récente des droits subjectifs — ou droits des individus — aux dépens des droits objectifs — liés aux exigences de la vie collective. C'est vrai à tous les niveaux. En reconnaissant les droits des personnes, le droit européen contribue également à construire une personnalité juridique plus «déliée», plus «élective», «moins soumise aux origines ethniques ou aux parentèles, soucieuse d'affirmer ses opinions et ses choix, sa capacité à agir et sa responsabilité[1] ».

Contre la philosophie du droit résumée par Léon Duguit au début de ce siècle, qui niait l'existence de droits subjectifs, ces derniers ont été en effet redécouverts et développés depuis la fin de la Seconde Guerre mondiale. On réagissait ainsi contre les drames engendrés par le nazisme. La Constitution de 1946 a pour préambule une Déclaration des droits subjectifs, dits de la seconde génération, ou droits-créances. En 1948, l'ONU adopta une Déclaration universelle des droits de l'homme. L'effet de ces principes se traduisit au cours des décennies suivantes par l'adoption de nouvelles dispositions, qui faisaient une place accrue aux droits des individus.

Prenons-en quelques exemples empruntés à Jean Carbonnier. Le Code civil avait placé l'immeuble au centre du contrat de location. La loi du 6 juillet 1989 place désormais le droit au logement des individus, déclaré dans l'article premier droit « fondamental », au centre de ce contrat. La jurisprudence avait utilisé la responsabilité du fait des choses pour assurer la réparation des accidents de la route. La loi du 5 juillet 1985 pose que, désormais, c'est le droit de la victime à être indemnisée qui justifie la réparation. La présomption d'innocence, inscrite dans la Déclaration des droits de l'homme, a été complétée par la loi du 4 janvier 1993, qui donne à chaque individu « un droit au

1. Jacqueline Costa-Lascoux, « Une citoyenneté au-delà du sol et du sang », communication au colloque du CERI, 1988.

respect de la présomption d'innocence». Le Code pénal de 1994 parle des *atteintes* à des droits subjectifs, atteinte à la vie privée, à la liberté, au secret professionnel, etc. On ne parle plus de meurtre, d'assassinat ou de parricide mais d'« atteintes volontaires à la vie d'autrui ». Pour évaluer l'obligation de compenser le dommage causé à autrui en fonction de l'article 1382 du Code civil, le Conseil constitutionnel s'est placé du point de vue de la victime et il a présenté le droit à réparation comme l'un des droits fondamentaux de l'homme. La victime de l'acte d'un dément ou d'un enfant a désormais droit à une réparation, même quand il n'y a pas eu de « faute », selon le terme de l'article 1382. Toute personne a le droit de saisir la justice pour faire valoir ses droits. L'État reconnaît le droit de l'enfant à ce que son opinion soit entendue et prise en compte dans toute procédure le concernant.

Le développement des droits subjectifs est aussi un facteur d'inflation du droit, phénomène particulièrement visible dans le cas des États-Unis, où la judiciarisation de la vie sociale est obsédante : les procès en responsabilité, dont ceux qui concernent les professions de santé sont les plus célèbres, multiplient le nombre des conflits portés devant les tribunaux. L'inflation des textes juridiques ne traduit-elle pas un affaiblissement du droit ? La passion du droit ne traduit-elle pas « la projection désordonnée d'une infinité de passions individuelles, en rivalité entre elles, *ego contre ego*[1] » ?

1. Jean Carbonnier, *Droit et passion du droit sous la Ve République*, Paris, Flammarion, 1996, p. 124.

Les droits subjectifs, d'autre part, fragilisent le droit objectif, parce qu'ils ont des « fondements incertains ». Le risque, en effet, existe que tout besoin — et les besoins des hommes sont illimités — soit redéfini en termes de droit subjectif : droit au travail, droit au bonheur, droit à l'enfant, etc. Aux États-Unis, le droit à l'avortement est un droit constitutionnel. On verra que les transformations du droit de la famille depuis une vingtaine d'années vont dans le sens du renforcement des droits des individus aux dépens de l'institution du mariage et de la prééminence de la famille légitime, qu'avait établies en son temps le Code civil. Enfin, les droits subjectifs vident le droit objectif de son contenu mais ils ne le remplacent pas. Ils n'ont pas la force immédiate des règles de droit. Il leur faut s'accommoder quand ils sont en concurrence et affronter les aléas de l'action en justice. Le droit au respect à la présomption d'innocence, droit subjectif, est plus susceptible d'abus et de contestations devant les tribunaux que la présomption inconditionnelle d'innocence.

L'inflation du droit et des droits subjectifs a conduit à la multiplication des droits particuliers, dont la connaissance est impossible, ce qui risque de rendre plus opaque le fonctionnement de la vie sociale. Seuls des spécialistes peuvent être compétents en droit électoral, droit fiscal, droit de la construction, droit de la famille, droit du travail, droit de la Sécurité sociale, droit de la nationalité, etc. Dès lors, la publicité des débats publics, principe lié à la souveraineté de l'individu et à l'organisation de la vie publique démocratique, risque d'apparaître illusoire.

S'ils ne nient évidemment pas le sens et la valeur des droits subjectifs, certains juristes s'interrogent sur les limites qui devraient leur être apportées et se demandent s'il ne faudrait pas aussi définir « ce minimum de raison d'État auquel l'État le moins autoritaire ne saurait renoncer sans disparaître [1] ». Cette évolution démontre, en tous les cas, la force de la poussée individualiste.

Les instances de l'intégration nationale

C'est également l'individualisme qui affaiblit les institutions nationales par lesquelles était traditionnellement assurée l'intégration de la société. La crise de la légitimité ne concerne pas seulement les institutions politiques mais toutes les instances sociales. Qu'il s'agisse de l'École, de l'Église, des syndicats, ou des grands services de la nation, aucune institution n'exerce plus une autorité qui s'impose par elle-même.

La baisse de fréquentation des manifestations religieuses traditionnelles, les difficultés de recrutement des syndicats et des partis politiques, l'affaiblissement de la transmission des valeurs nationales et patriotiques par l'École ou l'Armée sont autant de signes de cette remise en cause des institutions par lesquelles s'était constituée la société nationale. Or, les institutions fortes, dans la mesure où

1. *Ibid.*

elles protègent les faibles, contribuent à former et à intégrer les populations les plus modestes et les plus marginales. Un système d'enseignement peu structuré et peu exigeant favorise les enfants des classes déjà favorisées qui bénéficient d'une socialisation familiale d'un niveau culturel élevé. Le militantisme spontané en dehors de tout syndicat et de tout parti, l'adhésion à des groupes religieux provisoires n'ont pas le même effet que le respect des rites collectifs qu'assuraient les institutions nationales, universelles par leurs références et la population à laquelle elles s'adressaient.

L'autorité n'est jamais acquise, elle est toujours à conquérir. Chaque individu juge légitime d'en appeler à ses droits naturels et à ses convictions personnelles et n'accepte pas, sans la soumettre à son propre jugement, l'autorité des institutions religieuses, politiques ou morales. C'est pourquoi, en même temps qu'une « crise » générale de la représentation, on évoque la « crise » de l'enseignement, la « crise » des syndicats, la « crise » des Églises, la « crise » de la justice, la « crise » de telle ou telle profession liée aux relations entre les hommes, qu'il s'agisse des travailleurs sociaux, des médecins, des magistrats, etc. Les individus se donnent le droit de ne pas accepter les institutions en tant que telles, d'apprécier leur légitimité, de juger au cas par cas si les normes qu'elles établissent doivent être obéies. Les mouvements de révolte de 1968 étaient symboliques de cette explosion de l'individualisme aux dépens des institutions et de toute forme d'autorité. L'École, à tous les niveaux, en a été marquée définitivement.

À travers son discours ou son humeur « anti-institutionnelle », l'individu justifie désormais ses comportements par son besoin d'épanouissement personnel et par son jugement autonome.

L'émiettement des sources normatives traditionnelles a provoqué, en compensation, la multiplication de comités d'experts « moraux » ou de « Sages », recrutés à des titres divers : représentants des Églises et des courants de pensée, tels les francs-maçons et les libres penseurs, personnalités appartenant à des professions prestigieuses, en particulier médecins et biologistes. On leur demande de redéfinir, au nom de la morale et de la science, des valeurs communes que l'Église, l'École, l'Armée, le monde syndical et les hommes politiques ne savent plus comment formuler et transmettre.

L'absence apparente de normes et la fluidité de la vie sociale liées à l'individualisme ne signifient pas pour autant l'absence de toute intégration. Il se crée de nouvelles formes de relations entre les hommes. La légitimité s'est fragmentée sous l'effet de l'individualisme. Le dialogue et le compromis sont devenus le fondement des relations sociales. Le lien social est devenu moins le produit du contrôle autoritaire et de la conformité aux normes établies par les institutions nationales que de l'invention commune par les individus de nouvelles normes collectives. Il reste toutefois que la possibilité de négocier dans la vie sociale est inégalement répartie dans la population. Le salarié peu qualifié est mieux protégé par une convention collective, il n'a pas les moyens sociaux et intellectuels de négocier son contrat de travail. Les institutions fortes protègent les plus faibles. La pleine participation à la vie collective risque toujours, ce qui peut apparaître paradoxal — et, à long terme, dangereux — pour une société démocratique, d'être limitée aux plus actifs et aux plus entreprenants et de marginaliser les plus modestes, socialement et culturellement.

Affirmative action *ou discrimination positive*

La passion de l'égalité des individus rend insupportables les inégalités que l'on observe inévitablement dans la vie sociale et que l'institution de l'État-providence n'a, par définition, que partiellement compensées. Mais la critique des inégalités économiques qu'avait portée la critique marxiste est aujourd'hui relayée par la critique des inégalités d'origine « ethnique » ou « raciale » aux États-Unis, ou des inégalités nées des phénomènes de la discrimination « raciste » dans les pays européens. Ces inégalités ne justifient-elles pas que l'État intervienne ? Le traitement formellement égal n'a-t-il pas d'ailleurs eu pour effet pervers de consacrer les inégalités « ethniques » ou « raciales » ? Aux États-Unis, les inégalités selon les « groupes ethniques » ou les « groupes raciaux » ne renforcent-elles pas les inégalités de l'ordre économique et social ?

Il est vrai qu'aux États-Unis, dans un pays divisé en collectivités historiques fortement différenciées — les divers immigrés venus d'Europe ou d'Asie et les descendants d'Africains transportés comme esclaves —, la seule affirmation de l'égalité des droits, sans intervention de la puissance publique pour que le principe fût effectivement appliqué dans la vie sociale, s'est révélée inopérante. Jusque dans les années soixante, l'abstention de l'État eut pour effet que l'égalité proclamée des « Noirs » resta théorique. Cet échec justifia que des politiques spéciales fussent alors adoptées pour que les valeurs collectives cessassent d'être violées. Mais comment peut-on intervenir en faveur de certaines populations sans pour autant remettre en question l'égalité des citoyens ?

Il existe deux politiques publiques, différentes par leurs ambitions et leurs effets. La première consiste à s'efforcer, par une législation particulière, de faire appliquer effectivement le principe de l'égalité de tous dans la vie sociale. C'est ce que font, par exemple, les divers pays européens lorsqu'ils adoptent une législation antiraciste, lorsqu'ils luttent contre toutes les formes de discrimination devant l'école, devant l'emploi et le logement, lorsqu'ils prennent des mesures sociales en faveur des plus défavorisés économiquement. Ces derniers sont aussi souvent ceux qui sont victimes de discriminations en fonction de leurs origines. C'est la politique de l'égalité des chances (appelée en langue anglaise *equal opportunity*). Elle consiste, dans le prolongement de l'État-providence, à lutter pour que la vie sociale soit effectivement aussi conforme que possible aux valeurs proclamées de l'ordre politique. C'est donc une politique universaliste qui s'efforce de donner à tous les individus les mêmes chances dans la vie sociale. Elle n'est pas destinée à certaines populations définies par leur origine ethnique ou nationale, même si des dispositions prises en faveur des « pauvres » s'appliquent de manière privilégiée à des « immigrés » ou à des « minorités ethniques ou culturelles », surreprésentés parmi les « pauvres ». Cela n'exclut pas, on le voit, que des mesures particulières soient prises en faveur de certaines populations, mais c'est pour que les individus obtiennent réellement l'égalité des chances.

La seconde politique consiste à adopter des mesures de « quotas » ou de « discrimination positive » (appelée en anglais *reverse discrimination* ou *affirmative action* ou *fair shares policy*). Si les termes pour la désigner diffèrent, ils désignent tous une politique par laquelle on accorde des droits dérogatoires au droit commun à des populations qui ont été victimes de discriminations dans le passé et qui continuent à l'être aujourd'hui. On avance que, dans leur cas, la politique d'égalité des chances ne suffit pas. Il faut leur donner plus qu'aux autres pour qu'ils disposent des mêmes chances que les autres. On a adopté des politiques de ce type aux États-Unis en faveur des Afro-Américains, de certains Asiatiques, des *Hispanics*. C'est une politique destinée à compenser les handicaps hérités du passé et toujours présents. Elle vise à obtenir non pas l'égalité entre les individus mais entre les groupes. Un certain nombre de postes dans les universités, les entreprises ou l'administration, par exemple, ont été réservés aux membres des groupes sociaux qui ont souffert de discriminations dans le passé, les Afro-Américains, mais aussi les femmes, les Indiens ou les *Hispanics*.

Ces deux politiques ont un sens et des effets différents. La première reste dans la perspective de la citoyenneté individuelle, corrigée par la reconnaissance des droits-créances. L'État, par sa politique d'intervention, vise à donner un sens aussi « réel » que possible à l'égalité civile, juridique et politique des citoyens. Cette politique s'inscrit à l'intérieur du principe de la citoyenneté individuelle. La seconde adopte une philosophie différente et se réfère non plus seulement à l'égalité mais à l'équité. Critiquant l'égalité formelle, qui ne peut que consacrer les inégalités réelles, elle propose l'intervention de l'État pour assurer l'égalité réelle des groupes, éventuellement en rompant avec les dispositions qui assurent l'égalité formelle des individus.

Aucune de ces deux politiques n'est sans défauts ni sans effets pervers. La politique universaliste ne peut que viser à l'égalité, elle n'aboutira jamais à l'égalité réelle. La société fondée sur la citoyenneté affirme le traitement politique égal de tous les individus dans l'espace public mais elle n'assure pas l'égale répartition des ressources collectives entre eux. L'égalité des chances n'est pas l'égalité des résultats. Les gouvernants mènent une politique de régulation et d'application de la loi pour assurer l'égalité politique et une politique de redistribution compensatrice partielle et non proportionnelle. C'est le sens de l'État-providence. Ses effets ne peuvent être immédiats, ils sont inévitablement limités.

La politique d'*affirmative action* comporte

d'autres contradictions et des effets pervers que l'exemple américain a permis d'analyser. Les droits donnés à des groupes sont souvent contradictoires avec les droits des individus. Admettre à l'université un candidat dont la note est faible parce qu'il appartient à un groupe qui fut longtemps discriminé, aux dépens d'un candidat dont la note est élevée, parce que lui vient d'une famille d'immigrés européens est contradictoire avec l'égalité de tous les citoyens devant la loi. Donner des droits aux groupes en tant que tels, d'autre part, tend à cristalliser l'existence de ces groupes. Certaines personnes ont désormais intérêt à « appartenir » à l'un des groupes qui bénéficient de privilèges compensatoires, alors même que leur conscience « ethnique » est faible et qu'elle disparaîtrait d'elle-même, ou prendrait une tout autre forme, à la génération suivante. Les groupes n'existent pas une fois pour toutes, la mobilité et les échanges entre populations multiplient les références de chaque individu à plusieurs groupes, les uns religieux, les autres nationaux et chacun recompose sa personnalité à partir de ces diverses références ou identifications. Ces contradictions ont rendu problématique la politique d'*affirmative action* qui avait été adoptée dans certains États des États-Unis, en faveur des Afro-Américains et des *Hispanics*. Beaucoup d'entre eux ont progressivement renoncé à l'appliquer devant les protestations qui se sont élevées au nom de l'égalité des citoyens. On assistait aussi à une « ethnisation » accrue de la vie publique : on ne cessait d'interroger les Américains sur leur groupe « ethnique » ou

« racial » pour appliquer la politique d'*affirmative action*, ce qui renforçait la conscience « ethnique » ou « raciale » de tous.

On ne saurait, dans le cas américain, en rester à ces critiques, même si elles sont justes. Il est également vrai que les dispositions liées à la politique d'*affirmative action* ont offert, à un moment donné de l'histoire des États-Unis, une chance pour accélérer la mobilité ascendante d'une partie de la population afro-américaine et débloquer une contradiction fondamentale de la démocratie américaine, qui pendant un siècle a brutalement refusé de faire leur juste place à certains groupes « ethniques » ou « raciaux ». Il paraît toutefois dangereux d'adopter une législation permanente de discrimination positive, qui viendrait cristalliser l'existence de groupes particuliers, titulaires de droits particuliers, à l'intérieur de la société nationale, au lieu de viser, avant toute chose, à unir les hommes autour des valeurs et des règles communes qui permettent de former une société démocratique.

LA VIE COLLECTIVE

« Le mouvement social qui rapproche du même niveau le fils et le père, le serviteur et le maître, et, en général, l'inférieur et le supérieur, élève la femme, et doit de plus en plus en faire l'égale de l'homme [...] Il y a des gens en Europe qui, confondant les attributs divers des sexes, prétendent faire de l'homme et de la femme des êtres non seulement égaux, mais semblables. Ils donnent à l'un comme à l'autre les mêmes fonctions, leur imposent les mêmes devoirs et leur accordent les mêmes droits ; ils les mêlent en toutes choses, travaux, plaisirs, affaires. On peut aisément concevoir qu'en s'efforçant d'égaler ainsi un sexe à l'autre, on les dégrade tous les deux. » Cette citation de Tocqueville illustre l'une des dérives possibles de la vie collective démocratique : doit-on redouter que l'égalité de tous les citoyens conduise à l'indistinction des individus ?

L'individualisme familial

Le Code civil avait organisé la famille comme une « société naturelle ». En consacrant la division entre le public et le privé, il entendait d'abord protéger la famille légitime. La femme mariée était irresponsable. L'adultère était un délit. L'enfant légitime était protégé. Le père ne pouvait reconnaître l'enfant adultérin, la femme célibataire séduite ne pouvait engager de procédure pour faire reconnaître son enfant. Cette législation condamnait l'enfant naturel au statut social de « bâtard ». Le nom et l'héritage ne sortaient pas de la famille légitime.

Les modifications considérables apportées au droit de la famille depuis les années soixante ont consisté à reconnaître les droits des individus aux dépens de l'institution familiale, telle que l'avait construite le Code civil. Le droit a consacré et accéléré le changement des mœurs et des valeurs. On a rendu égaux les droits de l'homme et de la femme, on a accordé des droits égaux à tous les enfants, qu'ils fussent nés dans une famille légitime ou non. Désormais les droits de l'individu — chacun des membres du couple, l'enfant — priment sur l'intérêt de l'institution — la famille.

L'autonomie juridique des femmes fut, en France, acquise tardivement. Les femmes n'obtinrent le droit d'ester en justice qu'en 1938. La tutelle maritale dura jusqu'en 1965. L'autorité parentale remplaça l'autorité paternelle en 1970. Une femme eut le droit d'exercer une activité professionnelle sans l'autorisation de son mari en 1966. La déclaration de revenus conjointe fut établie en 1983. Le divorce par consentement mutuel, sans qu'une « faute » de l'un ou l'autre époux soit à démontrer, date de 1975.

À travers la législation, c'est la conception même du mariage qui s'est transformée[1]. Il est devenu un contrat libre, égalitaire entre un homme et une femme, dissoluble de la commune volonté des parties. La possibilité de la rupture est inscrite dans la décision de former un couple. De fait, un tiers des mariages — la moitié dans la région parisienne — se terminent par un divorce. L'instabilité des alliances explique que, depuis les années soixante-dix, on se marie moins, plus tard, on a moins d'enfants, les femmes sont plus âgées lors de la première naissance, on divorce plus, on se remarie moins souvent à la suite d'un divorce.

1. Irène Théry, *Le démariage*, Paris, Odile Jacob, 1993.

Le développement du concubinage révèle également la nouvelle conception de l'alliance. Vivre en concubinage, c'est choisir une vie commune, éventuellement décider d'avoir ensemble des enfants (35 % des naissances ont lieu en dehors d'un mariage légitime), tout en maintenant au sein du couple la perspective de ce qui fut appelé l'« union libre », c'est-à-dire l'affirmation d'un lien non statutaire, non institutionnel, laissé à la seule volonté et à la seule responsabilité des individus qui le construisent. Ce choix reflète la volonté de l'individu de refuser les institutions, de décider de sa vie et de ses obligations. La volonté de vivre et de vieillir ensemble doit reposer sur la certitude de l'amour et la seule morale que dictent les sentiments. Le sentiment amoureux est souverain. Les couples durent dans la mesure où chacun y trouve le moyen d'affirmer son authenticité et de développer sa recherche et son affirmation de soi.

Ce n'est plus le mariage qui est au centre du droit de la famille, mais la filiation. Le mariage ou le concubinage unissent deux individus susceptibles de se séparer, par le divorce ou par la séparation. C'est donc le lien filial qui a vocation à la permanence, quelle que soit la forme des familles, naturelle ou légitime. Le droit a consacré cette évolution. Le concubinage est reconnu comme une forme d'union, donnant les mêmes droits aux enfants issus de cette union qu'aux enfants nés d'un mariage. On a affirmé progressivement un principe de coparentalité dans toutes les situations.

La logique de l'État-providence est de protéger

les droits des individus. Sans doute l'évolution en ce sens comporte des retards qui sont l'objet de critiques, en particulier en ce qui concerne la succession et la fiscalité. Le droit successoral français continue à privilégier les droits des enfants — donc la transmission du bien de la famille — aux dépens des échanges entre conjoints. Les entraves à la liberté de tester — qui privilégie les enfants — apparaît de plus en plus décalée par rapport aux valeurs dominantes. Elle est illimitée aux États-Unis. La déclaration conjointe de revenus dans un couple, combinée avec la progressivité de l'impôt direct, défavorise ceux qui exercent deux activités professionnelles et disposent de deux salaires. Que la femme mariée non active bénéficie, en tant qu'« ayant droit », d'une protection sociale égale à celle de la femme qui a une activité professionnelle apparaît de plus en plus exorbitant. Ces survivances d'une politique familiale destinée à favoriser la fécondité, liée à l'histoire démographique de la France au XIXe siècle et à la crainte de la dépopulation, sont sans doute destinées à disparaître progressivement, comme c'est le cas dans les social-démocraties des pays du Nord de l'Europe.

Dans la société démocratique, passionnée d'égalité, toute distinction, même dans la vie privée et familiale, où les âges et les sexes sont différents, tend à être perçue comme discriminatoire. Le droit consacre un mouvement vers l'indistinction des rôles masculin et féminin : activité professionnelle pour l'un et pour l'autre, participation accrue des hommes aux soins des enfants. Ce n'est pas dire pour autant que l'égalité soit atteinte : 80 % des tâches ménagères continuent à être assurées par les femmes. À compétence égale, les salaires restent inégaux. Les femmes continuent à être pratiquement exclues des postes de pouvoir économique et politique, un «plafond de verre» invisible leur interdit l'accès aux positions sociales les plus élevées. Mais les transformations ont été considérables au cours de la dernière génération. La force des protestations qui s'élèvent contre ce qui reste de discrimination et de «domination masculine» révèle la force du mouvement non seulement vers l'égalité, mais aussi vers l'indistinction des individus et des situations, même s'il est encore loin d'avoir totalement abouti. La revendication du mariage homosexuel et de son alignement sur le mariage révèle le même mouvement de fond. Les partisans du mariage homosexuel arguënt que distinguer le couple homosexuel du couple hétérosexuel est en soi discriminatoire.

Les bricolages religieux

L'expression des sentiments religieux n'échappe pas aux effets de l'individualisme. Tocqueville avait déjà montré que la religion-morale plutôt que la religion dirigée vers la transcendance caractérisait la société démocratique. L'affaiblissement de l'Église catholique, à laquelle appartenait l'immense majorité de la population française, laisse la place à des formes spontanées et individuelles de croyances et de pratiques qui s'expriment souvent en dehors de toute institution établie. Dans toutes les religions, on observe la même évolution vers un moralisme monothéiste. Le rapport à l'Autre est devenu le critère essentiel de la moralité. Nous vivons dans l'ère de la religion de l'Autre et du privilège donné aux relations entre les hommes, dites horizontales, aux dépens de la relation au transcendant.

La crise de l'Église catholique en tant qu'institution se manifeste par la difficulté à recruter les membres du clergé et par la diminution des pratiques traditionnelles, en particulier de l'assistance à la messe. La chute des vocations, le vieillissement des prêtres et le retour à l'état laïque de beaucoup d'entre eux témoignent de l'affaiblissement de l'institution. 10 % seulement des catholiques sont des pratiquants réguliers. Certaines pratiques ont brusquement chuté jusqu'à disparaître : si le nombre des baptêmes et des mariages religieux baisse, celui des confessions s'effondre. Les individus font des choix, ils retiennent certaines pratiques, en rejettent d'autres. L'Église traditionnelle organisait en un discours unique croyances, valeurs et conduites : c'est ce lien qui est désormais distendu. La réinterprétation de sa foi et de ses pratiques par l'individu a fait éclater le message unique et unifié de l'institution ecclésiastique. Des formes de religiosité spontanées se développent en dehors de l'Église. L'individualisme moderne tend à éroder ou à détruire l'adhésion des individus aux institutions mais, en même temps, l'incertitude existentielle augmente et nourrit le besoin de croire des individus[1].

1. Danièle Hervieu-Léger, *Vers un nouveau christianisme ?*, Paris, Cerf, 1986.

Si le rôle social de l'Église en tant qu'institution chargée de contrôler les croyances et les conduites de la majorité de la population est désormais réduit, ce n'est pas à la fin des aspirations religieuses qu'on assiste mais à une recomposition des modes de croire et de pratiquer. Au nom de la valeur accordée à l'authenticité, les pratiques personnelles et multiples, le libre examen et la libre adhésion remplacent le respect des normes imposées par l'Église. On peut parler de protestantisation de l'Église catholique. Le protestantisme suscite d'ailleurs la sympathie par la liberté d'esprit, l'indépendance et les principes moraux qu'il invoque. Son organisation en plusieurs Églises très petites, comme les Églises évangélique et luthérienne, ou divisées, comme l'Église réformée, théâtre d'affrontement entre les tendances fondamentalistes et libérale, apparaît plus proche des valeurs modernes que l'organisation hiérarchique et centralisée de l'Église catholique romaine.

Dans les « bricolages religieux » que chacun compose, l'individu puise des éléments religieux à des sources diverses, le christianisme, les religions orientales, les traditions ésotériques occidentales ou le chamanisme, pour composer « sa » religion personnelle. Des groupes se forment. On y entre, on en sort au gré de son inspiration, sans démarche et sans contrôle. Chacun recompose ainsi à sa guise sa « religion du cœur ». Le bouddhisme adapté aux valeurs de la modernité suscite un intérêt vif. La multiplication des sectes, particulièrement forte aux États-Unis, où les prédicateurs sont nombreux, témoigne de la vigueur des mouvements religieux qui ne sont pas contrôlés par les Églises. Mais, en même temps, le nombre de ceux qui cherchent à faire des retraites dans des monastères est croissant et le pape a réuni autour de lui une jeunesse fervente à Paris au cours de l'été 1997. On constate, en particulier, le renouveau de la prière aux dépens de pratiques collectives comme l'assistance à la messe. Les groupes et sessions de prières, qui se donnent pour objet le renouveau spirituel, et les retraites se multiplient. Les prières toutes faites sont remplacées par des prières spontanées, inventées par l'orant. Chacun devient créateur de sa pratique, libéré des contraintes de l'espace, du temps, des circonstances et des formes institutionnelles. L'invention par chaque individu de nouveaux rituels traduit la volonté de substituer une religion de conviction, où chacun est créateur de sa foi et ses pratiques, à une religion d'appartenance. La relation avec Dieu doit être l'occasion de l'épanouissement de soi et de l'enrichissement des relations avec autrui.

Les pratiques de l'Église catholique elle-même s'adaptent aux valeurs individualistes. Les fidèles et les prêtres les plus modernes s'efforcent de subordonner les pratiques formelles à l'authenticité de la foi et au caractère personnel de l'engagement religieux. Les pratiques encouragées ou imposées par la hiérarchie sont progressivement influencées par la demande d'authenticité : les préparations pour le baptême ou pour le mariage, suggérées aux fidèles, s'efforcent de renouveler le sens des sacrements en ce sens.

Musulmans et juifs, qui n'ont pas d'Église,

adoptent le même rapport à la religion : ceux qui se disent religieux considèrent qu'il s'agit d'une affaire personnelle, leurs pratiques sont faibles, la référence à la tradition juive ou à l'islam est d'ordre identitaire et individuelle, morale plutôt que métaphysique. La dimension éthique a d'ailleurs toujours été centrale dans le judaïsme. De leur côté, les protestants, divisés entre des Églises concurrentes, tendent à s'autoréguler en dehors de toute organisation. Toutes les religions, sous l'effet de l'individualisme, connaissent des évolutions comparables. Les institutions ecclésiales s'affaiblissent. Le Christ est plus vu comme « idéal moral » que comme transcendance. Tous ceux qui affirment une forme de croyance en Dieu — une majorité de la population — finissent par se retrouver autour du fonds commun de valeurs que partagent toutes les grandes religions. L'adhésion unanime à un moralisme humanitaire, que peut résumer l'adhésion souvent revendiquée à la Déclaration des droits de l'homme, remplace la foi en un Dieu personnel et les pratiques contrôlées par les institutions religieuses.

L'autorité « démocratique » et les relations entre les hommes

La démocratisation se traduit aussi dans l'organisation du travail collectif. Le droit du travail fut progressivement élaboré pour défendre les droits du salarié, exploité pendant le premier âge de la révolution industrielle. Progressivement, le temps de travail et les conditions de l'exercice du métier furent garantis par la législation. Une autre étape fut franchie lorsque furent remis en cause, au cours des années trente, les principes du taylorisme, qui réduisait les ouvriers à des gestes automatiques à l'intérieur d'un système de décomposition des tâches. On a alors découvert que l'entreprise était un milieu social avant même d'être un milieu technique. Pouvait-on parler de rationalité si l'on considérait l'homme comme une machine ? Comment le citoyen souverain pouvait-il être traité dans son travail comme un automate, réduit à répéter un geste machinal ?

Les modes de gestion dans l'entreprise prennent désormais en compte les valeurs collectives et le style des relations entre les hommes démocratiques. Les entreprises pratiquent de plus en plus l'élargissement des tâches. Les équipes de travail se voient accorder les moyens d'organiser elles-mêmes la répartition et le rythme de leur travail. Elles ont le droit de ne pas voir leur travail réduit à appliquer passivement un ordre imposé par une autorité supérieure. La multiplication, à une certaine époque, des « cercles de qualité » ou des « groupes de progrès » qui concentraient les propositions des salariés sur la marche de l'atelier ou même de l'entreprise, a été une étape significative de ce mode de gestion. Toute une littérature managériale diffuse l'idée de la responsabilité personnelle du salarié, en invoquant les valeurs individualistes : autonomie, efficacité, capacité de jugement, sens de l'action et de la responsabilité, etc. L'appel à l'initiative de l'individu, l'autorité de style « démocratique », conformes aux valeurs collectives, se révèlent plus efficaces que la gestion autoritaire et hiérarchique. Il ne s'agit pas ici d'évaluer la réalité de cette « démocratie » à l'intérieur de l'entreprise et de se demander si elle n'est pas un moyen plus sournois et plus efficace de faire accepter l'autorité réelle, mais simplement de constater que la gestion des entreprises ne peut négliger les effets de l'individualisme démocratique sur les relations entre les hommes au travail.

Les seules relations qui donnent satisfaction aux individus sont en effet celles qui sont fondées sur l'égalité de dignité et cette volonté d'égalité se manifeste quotidiennement. Les termes de « monsieur », de « madame », plus encore de « mademoiselle », qui impliquait une distinction avec « madame », sont progressivement éliminés de l'usage courant et remplacés, comme aux États-Unis, par l'adoption immédiate et généralisée du prénom, qui met symboliquement tout le monde sur un pied d'égalité. La forme dite « de politesse » des termes d'adresse disparaît peu à peu de l'usage courant. L'anglais, langue de la modernité démocratique, ignore la distinction du « vous » et du « tu ». Le tutoiement s'impose de plus en plus en italien, en allemand et en français. Il est instantané parmi les jeunes, à l'intérieur de la même génération, dans les milieux qui se revendiquent « de gauche ». La presse nous a appris que Lionel Jospin et Daniel Cohn-Bendit se sont tutoyés lors de leur première rencontre, parce que le tutoiement appartient à la culture de gauche. Il commence à être adopté à la radio, au nom du

« naturel ». Lorsque, dans une relation entre deux personnes, l'un tutoie et l'autre vouvoie, cela choque. Le tutoiement est démocratique.

Tocqueville avait déjà annoncé que la société démocratique verrait la fin des services personnels et des serviteurs. « À chaque instant le serviteur peut devenir maître, et aspire à le devenir ; le serviteur n'est donc point un autre homme que le maître. Pourquoi le premier a-t-il le droit de commander, et qu'est-ce qui force le second à obéir ? L'accord momentané et libre de leurs deux volontés [...]. Dans les limites de ce contrat, l'un est le serviteur et l'autre le maître ; en dehors, ce sont deux citoyens, deux hommes. » Un film de Frank Capra, diffusé en France sous le nom de *L'Extravagant M. Ruggles*, montre cette transformation du serviteur anglais, lié à son maître comme son propre père avait été lié au père de son maître, en un homme pleinement humain, citoyen libre des États-Unis, créateur et responsable d'une entreprise de restauration. Les services domestiques ou éducatifs ont été effectivement professionnalisés. « Employés de maison » ou « agents de surface » exercent désormais un métier impliquant une « qualification » et défendu par une convention collective. À la nourrice ou au précepteur de l'ancien temps, installés dans la famille, éventuellement d'une génération à l'autre, ont succédé l'assistante maternelle agréée par les pouvoirs publics, la puéricultrice, l'infirmière et l'institutrice diplômées d'État, exerçant leur métier dans un bâtiment public. Les relations personnelles et, par définition, statutairement inégales entre maîtres et serviteurs sont remplacées par des échanges professionnels, qui garantissent l'égale dignité de celui qui assure un service qualifié et de celui qui en bénéficie, dans une relation juridiquement sanctionnée. En Australie, où les formes de la vie quotidienne sont particulièrement démocratiques, le passager d'un taxi s'assoit à côté du chauffeur.

On assiste également à la disparition des rituels de type aristocratique que la bourgeoisie avait recyclés : l'ordonnancement des repas et les règles du savoir-vivre à table, dans lesquelles Norbert Élias voyait le début du processus de civilisation ; l'adoption de certains costumes en fonction des circonstances et de l'heure de la journée. L'idée de l'égalité des hommes et des femmes a éliminé des gestes de la vie sociale : s'effacer pour laisser passer une femme, se lever à son entrée, lui céder la place assise, lui demander la permission de fumer, ou lui baiser la main... Les règles de conduite qui s'imposaient aux femmes bourgeoises jusqu'à la Seconde Guerre mondiale — ne pas sortir sans chapeau, sans gants, ne pas fumer dans la rue, ne pas s'afficher en public avec un autre homme que son mari ou son fiancé, ne pas recevoir seule un homme — n'ont pas résisté à l'alignement des comportements des hommes et des femmes et à la liberté des comportements sexuels des uns et des autres. Dans les campagnes les plus traditionnelles, les jeunes filles disposent de la même liberté de comportements : qui, même parmi les plus âgés, oserait encore se dire « choqué » par les nouvelles mœurs ? L'adoption à travers le monde entier, et dans toutes les classes sociales, d'un vêtement unique pour les deux sexes, le jean, a le même sens d'une poussée vers l'indistinction des sexes et la manifestation symbolique de l'égalité sociale.

L'usage d'un seul nom patronymique pour les deux époux, en usage jusque dans les années soixante-dix, reflétait encore la prééminence du couple. L'épouse, en adoptant dans la vie sociale le nom et même le prénom de son époux (madame *Pierre* Durand), se trouvait socialement définie par le statut de son époux, son statut personnel était celui d'« épouse ». Aujourd'hui, les femmes mariées, en continuant à utiliser leur nom dit de « jeune fille » dans leur vie professionnelle et même dans la vie sociale, manifestent qu'elles entendent garder leur identité personnelle. Ainsi s'affirme quotidiennement la prééminence de l'individu sur le couple. L'expression « madame *Pierre* Durand » se maintient dans un milieu mondain, de plus en plus réduit en nombre en France, où survivent des traces du monde aristocratique, elle est inconnue dans la plupart des autres pays démocratiques. L'alliance ne doit pas entraîner le sacrifice de l'autonomie de chacun des époux, elle implique l'union de deux autonomies égales.

Étant donné la passion égalitaire, même les différences de statut fondées sur l'âge, le sexe ou le mérite sont difficilement acceptées. Chacun a le droit d'avoir un jugement sur tous les sujets, y compris ceux qu'il ignore, à l'image du citoyen qui tranche légitimement par son vote de sujets sur lesquels il n'est pas nécessairement compétent. La connaissance, volontiers taxée d'académisme, n'est pas une valeur démocratique. Le travail intellectuel « lent et profond », selon la formule de Tocqueville, ne peut être que marginalement reconnu. Seule la compétence technique, aux effets immédiats, est respectée. Le droit de tous à porter des jugements se combine d'ailleurs, de manière chaque fois singulière, avec la foi, éventuellement aveugle, dans les « experts ». C'est en Allemagne que ces derniers sont sans doute le plus respectés et le plus souvent consultés.

Dans la société démocratique, les conditions s'égalisent et les mœurs s'adoucissent, analysait Tocqueville. « Le même homme qui est plein d'humanité pour ses semblables quand ceux-ci sont en même temps ses égaux, devient insensible à ses douleurs dès que l'égalité cesse. » Le démocrate éprouve une compassion générale et abstraite pour l'humanité tout entière. Il est doux. Mais il est guetté par la solitude et le narcissisme nés du souci exclusif de développer son moi.

ANNEXE

ALEXIS DE TOCQUEVILLE, «DE L'INDIVIDUALISME DANS LES PAYS DÉMOCRATIQUES»

J'ai fait voir comment, dans les siècles d'égalité, chaque homme cherchait en lui-même ses croyances ; je veux montrer comment, dans les mêmes siècles, il tourne tous ses sentiments vers lui seul.

L'*individualisme* est une expression récente qu'une idée nouvelle a fait naître. Nos pères ne connaissaient que l'égoïsme.

L'égoïsme est un amour passionné et exagéré de soi-même, qui porte l'homme à ne rien rapporter qu'à lui seul et à se préférer à tout.

L'individualisme est un sentiment réfléchi et paisible qui dispose chaque citoyen à s'isoler de la masse de ses semblables et à se retirer à l'écart avec sa famille et ses amis ; de telle sorte que, après s'être ainsi créé une petite société à son usage, il abandonne volontiers la grande société à elle-même.

L'égoïsme naît d'un instinct aveugle ; l'individualisme procède d'un jugement erroné plutôt que d'un sentiment dépravé. Il prend sa source dans les défauts de l'esprit autant que dans les vices du cœur.

L'égoïsme dessèche le germe de toutes les vertus, l'individualisme ne tarit d'abord que la source des vertus publiques ; mais, à la longue, il attaque et détruit toutes les autres et va enfin s'absorber dans l'égoïsme.

L'égoïsme est un vice aussi ancien que le monde. Il n'appartient guère plus à une forme de société qu'à une autre.

L'individualisme est d'origine démocratique, et il menace de se développer à mesure que les conditions s'égalisent.

Chez les peuples aristocratiques, les familles restent pendant des siècles dans le même état, et souvent dans le même lieu. Cela rend, pour ainsi dire, toutes les générations contemporaines. Un homme connaît presque toujours ses aïeux et les respecte ; il croit déjà apercevoir ses arrière-petits-fils, et il les aime. Il se fait volontiers des devoirs envers les uns et les autres, et il lui arrive fréquemment de sacrifier ses jouissances personnelles à ces êtres qui ne sont plus ou qui ne sont pas encore.

Les institutions aristocratiques ont, de plus, pour effet de lier étroitement chaque homme à plusieurs de ses concitoyens.

Les classes étant fort distinctes et immobiles dans le sein d'un peuple aristocratique, chacune d'elles devient pour celui qui en fait partie une sorte de petite patrie, plus visible et plus chère que la grande.

Comme, dans les sociétés aristocratiques, tous les citoyens sont placés à poste fixe, les uns au-dessus des autres, il en résulte encore que chacun d'entre eux aperçoit toujours plus haut que lui un homme dont la protection lui est nécessaire, et plus bas il en découvre un autre dont il peut réclamer le concours.

Les hommes qui vivent dans les siècles aristocratiques sont donc presque toujours liés d'une manière étroite à quelque chose qui est placé en dehors d'eux, et ils sont souvent disposés à s'oublier eux-mêmes. Il est vrai que, dans ces mêmes siècles, la notion générale du *semblable* est obscure, et qu'on ne songe guère à s'y dévouer pour la cause de l'humanité ; mais on se sacrifie souvent à certains hommes.

Dans les siècles démocratiques, au contraire, où les devoirs de chaque individu envers l'espèce sont bien plus clairs, le dévouement envers un homme devient plus rare : le lien des affections humaines s'étend et se desserre.

Chez les peuples démocratiques, de nouvelles familles sortent sans cesse du néant, d'autres y retombent sans cesse, et toutes celles qui demeurent changent de face : la trame des temps se rompt à tout moment, et le vestige des générations s'efface. On oublie aisément ceux qui vous ont précédé, et l'on n'a aucune idée de ceux qui vous suivront. Les plus proches seuls intéressent.

Chaque classe venant à se rapprocher des autres et à s'y mêler, ses membres deviennent indifférents et comme étrangers entre eux. L'aristocratie avait fait de tous les citoyens une longue chaîne qui remontait du paysan au roi ; la démocratie brise la chaîne et met chaque anneau à part.

À mesure que les conditions s'égalisent, il se rencontre un plus grand nombre d'individus qui, n'étant plus assez riches ni assez puissants pour exercer une grande influence sur le sort de leurs semblables, ont acquis cependant ou ont conservé assez de lumières et de biens pour pouvoir se suffire à eux-mêmes. Ceux-là ne doivent rien à personne, ils n'attendent pour ainsi dire rien de personne ; ils s'habituent à se considérer toujours isolément, ils se figurent volontiers que leur destinée tout entière est entre leurs mains.

Ainsi, non seulement la démocratie fait oublier à chaque homme ses aïeux, mais elle lui cache ses descendants et le sépare de ses contemporains ; elle le ramène sans cesse vers lui seul et menace de le renfermer enfin tout entier dans la solitude de son propre cœur.

De la démocratie en Amérique, IIe partie, chap. II, « De l'individualisme dans les pays démocratiques », Paris, Gallimard, 1995, p. 143-145.

CHAPITRE V

Citoyenneté et nation

Il existe un lien historique entre la citoyenneté et la nation. C'est dans le cadre de la nation que se sont construites la légitimité et les pratiques démocratiques. Dans tous les mouvements d'indépendance en Europe et en Amérique aux XVIIIe et XIXe siècles, en Afrique et en Asie au XXe, la revendication à l'indépendance nationale ne se séparait pas de l'affirmation de la citoyenneté. C'est au nom des valeurs de la citoyenneté que les peuples colonisés se sont révoltés contre la domination des colonisateurs européens. La démocratie est née sous forme nationale. Mais ce lien historique n'est ni logique ni nécessaire. Pourquoi la citoyenneté ne s'exercerait-elle pas au niveau infranational ou au niveau supranational ?

La réflexion sur le multiculturalisme et les droits infranationaux, d'un côté, et les conceptions nouvelles qui s'élaborent à partir de la construction européenne, d'un autre, ont en commun de remettre en question ce lien historique. L'interrogation sur la reconnaissance de droits culturels particuliers pour certaines populations à l'intérieur des nations peut d'ailleurs s'étendre à une réflexion de même nature sur la possibilité de reconnaître les droits culturels des nations historiques à l'intérieur de l'entité politique nouvelle que serait l'Europe de l'avenir.

MULTICULTURALISME ET DROITS CULTURELS

La société moderne née de l'affirmation des droits civils et politiques des individus-citoyens a su, grâce à l'instauration de l'État-providence, on l'a vu, faire leur place aux revendications légitimes du mouvement ouvrier et assurer à tous les citoyens, et aux étrangers légalement installés, des droits économiques et sociaux, portés par la société industrielle. Comment peut-elle — ou devrait-elle — tenir compte de la revendication imprécise mais forte de « droits culturels » qui s'expriment dans des sociétés qui sont aujourd'hui plus diverses, plus ouvertes et plus profondément démocratiques ? Après avoir intégré la critique des libertés « formelles » inspirée par les penseurs marxistes en faisant leur place aux libertés « réelles », ne doit-elle pas aujourd'hui intégrer la critique inspirée par les philosophes « communautariens », parmi lesquels on peut compter Michael Sandel, Charles Taylor, Alasdair MacIntyre, Michael Walzer ? Qu'est-ce au juste que l'appel au multiculturalisme ?

La critique de la citoyenneté classique

Il faut préciser les termes du débat. Toute société est par définition multiculturelle. Elle est formée de populations diverses par leur sexe, leur milieu social, leur religion de pratique ou de référence, leur origine régionale ou nationale. Selon les principes de la citoyenneté, ceux qu'on appelle en France les «républicains» entendaient gérer cette diversité en distinguant le public du privé : la citoyenneté est aussi un moyen de gérer les diversités culturelles. C'est un *principe* de tolérance, même s'il a été appliqué sans tolérance au temps de la constitution des nations, même si certains qui s'autoproclament «républicains» ne brillent pas par leur tolérance excessive. Au privé, la liberté des attachements ou des fidélités particulières, religieuses ou historiques. Les libertés publiques assurent la liberté d'association, le droit de pratiquer librement sa religion ou d'utiliser sa propre langue. Au public, l'unité des pratiques et des instruments de la vie commune, politiquement organisée autour de la citoyenneté. C'est aussi la position de ceux qu'on appelle les penseurs «libéraux» aux États-Unis — on parle dans ce cas d'«orthodoxie libérale» ou de libéralisme «procédural». Par cette distinction entre le public et le privé, «républicains» français et «libéraux» américains s'efforcent de conjuguer l'égalité civile et politique des citoyens avec le respect de leurs attachements historiques ou religieux particuliers, d'assurer en même temps l'unité de la société par la citoyenneté commune et la liberté des individus dans leurs choix existentiels.

Selon les principes de la citoyenneté, le multiculturalisme est donc un droit, puisque la séparation du domaine public et du domaine privé est fondatrice de l'ordre politique. Le multiculturalisme de la vie sociale et religieuse, dont on discute aujourd'hui dans les démocraties occidentales, n'est pas né des grandes migrations de travailleurs immigrés vers l'Europe depuis la Seconde Guerre mondiale, ni de la découverte de l'existence et de la valeur de l'*ethnicity* aux États-Unis ou de la reconnaissance du droit des minorités, qui avaient été longtemps persécutées, à obtenir des compensations. Il est inscrit dans le principe de la société fondée sur la citoyenneté. Il n'est devenu objet de réflexion collective, de revendications et de militantisme, depuis les années 1970-1980, qu'en raison de la remise en cause de l'idée et de la réalité nationales et de l'interrogation sur les formes que doit prendre la citoyenneté moderne.

La question que soulève le « multiculturalisme » revendiqué de ces dernières décennies est en effet la suivante : le multiculturalisme de fait doit-il désormais être, d'une manière ou d'une autre, publiquement reconnu et jusqu'à quel point ? Si l'on s'en tient à la citoyenneté « classique », la réponse aux interrogations sur ce que peut ou doit être le multiculturalisme est simple. Si les spécificités culturelles des groupes particuliers sont compatibles avec les exigences de la vie commune et les valeurs collectives — la liberté et l'égalité de toutes les personnes —, les citoyens et les étrangers régulièrement installés sur le sol national ont le droit de cultiver leurs particularités dans leur vie personnelle comme dans la vie sociale, à condition de respecter les règles de l'ordre public. Ce droit est inscrit dans les principes mêmes de l'État de droit et de la démocratie moderne. Mais, en même temps, ces spécificités ne doivent pas fonder une identité *politique* particulière, reconnue en tant que telle à l'intérieur de l'espace public qui doit rester le lieu de l'espace commun, des pratiques et de la langue de la citoyenneté.

Faut-il juger cette conception « classique » insuffisante et reconnaître aujourd'hui publiquement que les « droits culturels » font partie intégrante des droits individuels que la modernité politique entend assurer ? Là encore, il faut apporter une précision. Le débat ne porte pas sur les droits « culturels » au sens intellectuel du terme (droit à la lecture et à la connaissance scientifique, à la pratique ou la contemplation des œuvres d'art), mais au sens des « droits de l'individu à posséder et à développer, éventuellement en commun avec d'autres au sein d'un groupe défini par des valeurs et des traditions partagées, sa propre vie culturelle, correspondant à une identité culturelle distincte de celle d'autres individus ou d'autres groupes[1] ». Dès lors se pose le problème : comment concilier la liberté et l'égalité individuelle de tous les citoyens — principe que personne ne remet plus en cause — et la reconnaissance

1. Sylvie Mesure et Alain Renaut, *Alter ego. Les paradoxes de l'identité démocratique*, Paris, Aubier, « Alto », 1999, p. 261.

publique de leurs spécificités culturelles qui sont collectives ?

Les penseurs communautariens jugent que la gestion « classique » de la diversité est devenue inopérante pour assurer une véritable démocratie. Elle ne reconnaît pas, selon eux, le besoin des hommes de voir reconnaître leur dignité non pas seulement en tant que citoyens abstraits mais aussi en tant qu'individus concrets, porteurs d'une histoire et d'une culture singulières. Il faut, selon Charles Taylor, instaurer une politique de la « reconnaissance ». Leur critique porte sur la politique d'assimilation des populations qui fut, de fait, menée au nom de la citoyenneté. Ils relèvent, au nom des valeurs modernes, les abus auxquels a pu conduire dans le passé la politique d'assimilation, dite jacobine en France, qui consistait à assurer de manière trop autoritaire l'intégration sociale et politique par l'unité/égalité/universalité du domaine public — lieu de formation et d'exercice de la citoyenneté —, en marginalisant et, à long terme, en détruisant les fidélités religieuses ou historiques particulières.

La soi-disant neutralité de l'État, argumentent-ils, n'aboutit pas à une véritable abstention. Les pratiques et les valeurs du domaine public s'imposent en fait aux collectivités particulières, dont les coutumes et les valeurs sont marginalisées, folklorisées avant d'être éliminées. La langue officielle exclut de fait les autres langues, d'abord réduites à leur rôle familial, puis oubliées. Les fêtes nationales sont les fêtes de la majorité. Les valeurs du domaine public s'imposent à tous par l'intermédiaire de la scolarisation et de toutes les institutions publiques. Le « libéralisme » américain — ou la gestion « républicaine » des diversités — n'a pas su reconnaître le pluralisme culturel et s'y adapter. Il a imposé une culture unique. Il faut désormais reconnaître des droits qui ont toujours été niés pour que s'établisse une véritable démocratie

Les dangers du communautarisme

L'affirmation de droits particuliers comporte toutefois des risques qu'on résume par le terme de « communautarisme ». Le premier est d'être contradictoire avec la liberté des individus. Affirmer l'existence de droits particuliers risque d'enfermer les individus dans leur particularisme, de les assigner à un groupe, à l'encontre de leur liberté personnelle et de leur possibilité d'échanges avec les autres. Appartenir par sa naissance à un groupe reconnu par la législation est contradictoire avec la liberté de l'homme démocratique. Celui-ci n'« appartient » pas à un groupe réel, isolé des autres. La société moderne n'est pas formée de groupes juxtaposés auxquels « appartiendraient » les individus, mais de personnes dont les rôles sociaux sont multiples. Selon les circonstances historiques, ils choisissent, en fonction de leur passé individuel et collectif, des formes de références et d'identifications, qu'ils sont libres de réélaborer. Des droits reconnus viendraient contredire cette caractéristique profonde de la société individualiste.

Le second risque concerne l'intégration sociale. La reconnaissance publique des groupes particuliers risque de cristalliser et de consacrer les particularismes aux dépens de ce qui unit les citoyens, à organiser les replis des individus sur leur communauté d'origine au lieu de leur donner les moyens de la dépasser et d'entrer en relations avec les autres. Les groupes culturels ne sont pas non plus donnés une fois pour toutes, ils sont le produit d'une construction historique. En leur accordant à un moment donné des droits particuliers, la reconnaissance publique contribue à les faire exister de manière permanente. Elle risque de conduire à la fragmentation sociale en juxtaposant des « communautés », fermées les unes aux autres, sans échanges entre elles.

Comment, enfin, assurer l'égalité des divers groupes, si on leur donne des formes de citoyenneté différenciée ? La différence reconnue des droits ne conduit-elle pas nécessairement à des droits différents ? Comment inscrire à la fois l'égalité du citoyen et la reconnaissance de la diversité des droits des cultures dans des institutions politiques ?

Reconnaître des droits culturels ?

Les auteurs modérés qui entendent faire leur place aux droits culturels tiennent compte de ces risques. Will Kymlicka, par exemple, s'oppose nettement à l'idée d'une société plurale, qui serait fondée sur des groupes statutairement inégaux, comme on les trouvait dans les colonies européennes ou dans l'ancien Empire ottoman. Il s'oppose à un multiculturalisme sans contrôle démocratique, qui aboutirait à la fragmentation sociale et à l'ethnisation des populations minoritaires. Il ne nie pas que la seule juxtaposition de communautés qu'évoquent certains partisans d'un multiculturalisme absolu puisse conduire à faire éclater la société. Il n'ignore pas qu'absolutiser les appartenances ethniques risque également d'être contradictoire avec la liberté des individus. C'est pourquoi la reconnaissance publique des collectivités particulières qu'il prône ne saurait être inconditionnelle, elle ne doit pas conduire aux replis identitaires. Il met donc des conditions à l'instauration d'une « citoyenneté différenciée [1] ».

La première est que les individus ne devraient pas être autoritairement assignés à faire partie d'un groupe particulier. Ils doivent être libres d'y entrer ou d'en sortir, faute de quoi c'est leur liberté individuelle qui serait remise en question. La deuxième condition est qu'on ne doit reconnaître que des cultures qui ne comportent pas de traits incompatibles avec les droits de l'homme. Les normes internes au groupe ne doivent pas être contradictoires avec les valeurs globales de la société. Pour qu'un groupe culturel soit publiquement reconnu, il faudrait que ses traditions soient conformes aux valeurs démocratiques. On ne doit pas admettre, au nom d'un relativisme culturel absolu que prônent certains multiculturalistes amé-

1. Will Kymlicka, *Multicultural Citizenship. A Liberal Theory of Minority Rights*, Oxford University Press, 1995.

ricains extrêmes, que la tradition culturelle soit invoquée pour justifier l'inégalité statutaire des hommes et des femmes, l'excision des fillettes ou le droit des maris à battre leur femme. Enfin, il importe que les divers groupes soient égaux. La reconnaissance des droits des minorités ne doit pas aboutir à ce qu'un groupe se trouve dans la situation de dominer les autres. Sans égalité entre les groupes on risque de retrouver la situation de l'apartheid. Contre l'ethnisation et le séparatisme, Kymlicka vise donc à assurer une intégration dite « plurielle », plus authentique et plus efficace, donc plus démocratique. À condition de respecter ces conditions, on pourra, selon lui, instaurer cette « citoyenneté différenciée ».

D'autres auteurs, en particulier ceux qui sont réunis autour de l'Institut interdisciplinaire d'éthique et des droits de l'homme (université de Fribourg), retrouvent approximativement les mêmes conditions pour qu'on puisse reconnaître des droits culturels. Les individus ne doivent pas être assignés à une collectivité culturelle, ils doivent être libres de rester dans celles où ils sont nés ou d'en sortir, libres d'en choisir une autre. Les droits culturels doivent impérativement s'attacher aux *individus* et non aux groupes. On doit refuser absolument l'instauration de droits collectifs. On sait que les droits des individus sont contradictoires avec ceux du groupe. Enfin, le contenu des cultures ne doit pas être contraire aux droits de l'homme : pourrait-on reconnaître une culture qui admet l'esclavage, le travail des enfants et l'inégalité des droits de l'homme et de la femme, bref qui ne reconnaît pas la dignité de la personne humaine ?

On ne peut que souscrire à ces analyses, directement inspirées par les valeurs de l'individualisme démocratique. Comment nier que l'ordre démocratique se donne pour légitimité de donner à chacun les moyens de développer toutes ses capacités, de se révéler à lui-même et aux autres dans sa pure authenticité ? Comment nier que la société démocratique doit conjuguer l'égalité politique du citoyen avec les aspirations de l'individu concret enraciné dans une histoire et une culture particulières, en prenant en compte la justesse d'une partie de la pensée contre-révolutionnaire ? Mais, une fois acceptées ces réflexions, se pose le problème de savoir comment organiser concrètement la reconnaissance institutionnelle de ces droits culturels.

Il faut d'abord souligner que les penseurs communautariens modérés visent la même fin que les « libéraux » américains ou les « républicains » français : l'intégration démocratique des populations dans la même unité politique. Libéraux et communautariens, si on laisse de côté leur philosophie, s'opposent moins sur les objectifs que sur les stratégies politiques. Il importe donc de traiter de ces problèmes en termes d'institutions sociales et politiques et de se demander concrètement comment faire pour concilier *institutionnellement* des aspirations qui peuvent se révéler contradictoires.

Les critiques communautariens ont raison de souligner que l'État n'est jamais véritablement neutre et que la culture commune, instituée et garantie par les institutions publiques, s'impose aux cultures particulières. C'est en effet le prix à payer pour que tous les citoyens participent pleinement à la société nationale. Les Indiens des États-Unis les plus entreprenants renoncent aujourd'hui à leur statut spécial de *native Americans*, qui est protecteur mais aussi porteur d'inégalité. Il est vrai, également, que l'égalité du citoyen et la réalité de ses enracinements peuvent entrer en conflit. Mais, si l'on pense en termes d'institutions, comment peut-on instaurer une « citoyenneté différenciée » qui ne soit pas inégale ? Peut-on échapper à la contradiction entre la reconnaissance de la différence et l'égalité ? Comment, d'autre part, échapper à la cristallisation ou à la réification des appartenances particulières si on les reconnaît politiquement et juridiquement et, en conséquence, comment la reconnaissance publique des particularismes pourrait-elle ne pas induire un processus de revendications sans fin et en définitive déboucher sur la fragmentation sociale ?

Pour être encore plus concret, quel peut être le contenu de ces « droits culturels » ? La neutralité religieuse de l'État, inscrite dans la citoyenneté, organise la liberté religieuse. Mieux, elle constitue une protection des religions minoritaires. Les bouddhistes en France prospèrent depuis quelques années à l'abri des règles de la laïcité. Les pratiques intellectuelles sont libres pour tous. Chacun est libre de respecter des fêtes particulières et d'adopter les formes de la vie collective qui ne sont pas contradictoires avec les valeurs communes.

Reste le problème de la langue. Si chacun, cela

va de soi, parle la langue qu'il veut chez lui ou avec ses amis, doit-il aussi avoir le droit de la parler dans l'école, dans l'hôpital, devant la justice, dans les instances politiques ? Jusqu'à quel point un espace public commun peut-il être organisé sans que les citoyens communiquent par une langue publique commune ? La reconnaissance de droits culturels pourrait-elle aboutir, par exemple, à ce que tous les textes officiels, dont on s'accorde à constater l'inflation depuis les dernières décennies, soient traduits dans les vingt-sept langues qui, en France, pourraient légitimement revendiquer d'être reconnues au titre de la Charte européenne de protection des « langues régionales et minoritaires » ? On peut se demander si cela n'aboutirait pas, dans quelques décennies, à adopter l'anglais comme langue commune, comme c'est actuellement le cas dans la péninsule indienne. L'école commune, où s'apprennent la langue et le langage de la citoyenneté, peut-elle ne pas rester, avant tout, le lieu de l'apprentissage des valeurs et des pratiques démocratiques qui permettent de « faire société » ? Bien entendu, cela n'est pas contradictoire avec le projet, justifié par les valeurs collectives, de reconnaître pleinement la présence des populations minoritaires, de souligner leur contribution à la vie collective, de leur permettre plus libéralement d'apprendre leur langue d'origine, si elles le souhaitent et, plus généralement, de leur faire toute la place qui n'est pas contradictoire avec les valeurs communes.

La réinterprétation « démocratique », c'est-à-dire plus souple et plus tolérante, des principes de la citoyenneté ne serait-elle pas suffisante pour que les groupes particuliers aient le sentiment que leur dignité collective est reconnue ? En accordant des droits spéciaux mais provisoires aux immigrés, par exemple, on favoriserait sans doute un processus d'intégration moins brutal et douloureux. Il serait souhaitable, dans le même ordre d'idées, que les maîtres de l'école publique soient sensibles à la diversité des cultures des enfants qui leur sont confiés, qu'ils fassent leur juste place aux apports des autres pays à l'histoire universelle, à condition qu'ils continuent à se donner pour ambition première de leur enseigner la langue commune, celle de la citoyenneté, et les mathématiques, langue commune de la modernité technique. Les écoles juives, qui appliquent les programmes de l'Éducation nationale en les complétant par l'enseignement de la tradition juive, fournissent un exemple d'une forme possible de l'articulation entre culture commune et culture particulière, qui pourrait être généralisé. Il s'agit, dans tous les cas, d'adopter ce qu'on pourrait appeler une forme de « libéralisme modéré » — ou, en termes français, de « républicanisme tolérant » —, sensible aux conditions culturelles et sociales de la vie politique, mieux adaptée à la démocratie moderne que le républicanisme ou le libéralisme traditionnel, proposant des modes d'intégration plus souples et plus attentifs aux besoins des populations particulières.

Toute reconnaissance *juridique* des particularismes comporte en effet le risque d'entraîner dans une logique de revendications sans fin. Au nom de quoi reconnaître l'arabe ou le berbère et pas le chinois, l'une des branches du breton et pas les autres ? Pourquoi donner des droits collectifs à certains groupes, historiques ou culturels, et pas à d'autres ? Au nom de quels critères de justice choisir de reconnaître les uns plutôt que les autres ? La logique du particularisme a pour fin ultime l'individu. S'il est consacré par l'institution de « droits culturels », donc politiques, spécifiques, le pluralisme de la vie sociale, inévitable et souhaitable, risque de déboucher sur l'inégalité des statuts politiques. Le danger existe d'accentuer plutôt que d'affaiblir la fragmentation sociale, alors même que la logique économique et marchande, dans les sociétés démocratiques d'aujourd'hui, s'impose toujours plus aux dépens des liens civiques. Jusqu'à présent nous ne connaissons pas d'exemple de société moderne dans laquelle la reconnaissance institutionnelle du pluralisme culturel n'a pas conduit au pluralisme social et politique.

Si l'on respecte les conditions justement mises à l'instauration de droits culturels par les théoriciens d'un multiculturalisme modéré, on arrive à une situation qui n'est pas éloignée de ce « républicanisme tolérant », adapté aux valeurs collectives de la société démocratique. La citoyenneté n'a cessé de se redéfinir en fonction des sociétés et de leur évolution. Il faut donc prolonger son histoire et réélaborer de manière « démocratique » les pratiques de la citoyenneté avant de cristalliser par le droit des différences culturelles qui, elles aussi, ne cessent de se modifier. La situation varie surtout d'un pays à l'autre. Le droit des minorités peut être une solution à la coexistence de peuples différents dans les pays balkaniques où la tradition démocratique est faible. Le multiculturalisme du Canada, avec les peuples autochtones, les deux peuples fondateurs et les communautés d'immigrés, qui inspire les réflexions de Kymlicka, n'est pas de même nature qu'un « multiculturalisme » dans une nation unitaire comme la France. On ne peut négliger l'histoire de la formation de la nation et de la légitimité de l'ordre politique pour adopter des politiques de reconnaissance des droits culturels.

Notons enfin que le parallélisme entre la revendication de droits économiques et sociaux — qui a abouti à l'État-providence — et la revendication de droits culturels n'est pas entièrement convaincant. La culture n'est pas une réalité concrète au même titre que l'ordre économique.

PAR-DELÀ LA NATION

La construction de l'Europe pose un certain nombre de problèmes proprement politiques qu'on peut résumer en ces termes. Les pratiques de la citoyenneté se sont toujours exercées dans le cadre national ; les institutions de la citoyenneté ont toujours été nationales. À quelles conditions, donc, les pratiques démocratiques pourront-elles s'exercer au niveau de l'Europe, comment l'Europe pourra-t-elle ne pas être un simple marché mais garder et manifester une véritable volonté politique ? Il faut un lieu de l'expression démocratique, il faut un lieu de la décision proprement politique, où l'on décide de la répartition des ressources, où l'on décide de défendre, au besoin par les armes, la collectivité et ses valeurs.

Encore une fois, le principe de la citoyenneté ne se traduit pas de manière nécessaire au niveau de l'État-nation. Ce sont les nationalismes du XIXe siècle et la philosophie sociale qui les accompagnait qui ont posé le principe que la nationalité et la citoyenneté devaient être confondues. La citoyenneté peut parfaitement s'exercer au niveau infranational ou supranational. Entre la nation et la citoyenneté le lien n'est pas logique mais historique. Mais c'est un fait historique que nous ne pouvons juger sans importance et sans signification.

La « nouvelle » citoyenneté européenne

Pour l'instant, il n'existe pas de citoyenneté européenne indépendante de la citoyenneté nationale : c'est le fait d'être citoyen français ou allemand qui confère la citoyenneté européenne. Les droits politiques qui sont accordés après un temps de séjour, dans certains pays, aux étrangers venant d'un autre pays membre de l'Union européenne ne concernent que la vie politique locale. Même si la Communauté accorde les mêmes droits économiques et sociaux à travers tout l'espace communautaire non seulement aux citoyens des nations qu'elle regroupe mais aussi aux étrangers qui y sont régulièrement installés, la citoyenneté politique ne se déduit pas, pour l'instant, du fait qu'ils sont titulaires de ces droits civils et sociaux.

Il faut toutefois dépasser ce point de vue juridique et s'interroger sur le sens politique de la citoyenneté. Si tous les peuples européens se réfèrent au principe de citoyenneté, les pratiques et les institutions par lesquelles ce principe organise concrètement la vie politique varient, on l'a vu, d'un pays à l'autre selon l'histoire de la formation de l'État et de la nation. Tout ce qui donne une réalité concrète au principe de citoyenneté a toujours été et reste, pour l'instant, national. Chacun des peuples de l'Europe est normalement attaché aux institutions politiques qui organisent sa vie politique et sa vie collective. Chacun des pays qui construisent l'Europe est singulier. Il ne s'agit donc ni d'occulter ni d'éradiquer les spécificités nationales, mais d'analyser le défi qu'elles posent à l'organisation et à la légitimation d'un espace public européen.

L'élaboration d'une véritable citoyenneté européenne impliquerait que fût construit l'espace public européen, c'est-à-dire un espace public dans lequel les membres des sociétés européennes se reconnaîtraient comme citoyens. Il faudrait que les citoyens de l'Europe considèrent que les gouvernants élus au niveau européen sont légitimes et qu'ils jugent légitimes leurs décisions. Il faudrait que des enjeux, des débats et des institutions organisent un domaine politique commun à tous les citoyens de l'Europe. Concrètement cela signifie, par exemple, que des électeurs français votent pour des Italiens, des Allemands ou des Espagnols, non pas en fonction de leur appartenance nationale mais de leur proximité politique, parce qu'ils partagent la même vision du monde et les mêmes aspirations sociales, les mêmes valeurs. Cela impliquerait qu'ils considèrent comme légitimes les décisions prises par ce pouvoir légitimement élu. Il faudrait aussi que les Européens soient prêts à combattre pour défendre leur patrie commune. C'est là le véritable enjeu, pour que la citoyenneté prenne un sens « réel » et non simplement « formel ».

Même si l'on juge cet objectif souhaitable, on ne peut que constater qu'il n'est, pour l'instant, pas réalisé. Pourra-t-il l'être dans un avenir prévisible ? Quand les citoyens français accepteront-ils la légitimité des décisions prises au niveau européen, alors que des décisions, légitimement prises par le gouvernement français, aujourd'hui, sont souvent mal acceptées et remises en question par des manifestations de rue ? Quand accepteront-ils de servir dans une armée européenne pour défendre leurs valeurs ou leur société ? Nous connaissons une crise du fonctionnement de la citoyenneté en France, où l'on vote de moins en moins, où les voix pour les partis qui refusent le système politique sont de plus en plus nombreuses. Peut-on espérer que, dans un avenir proche, les décisions d'un pouvoir européen seront considérées comme légitimes ? Pour l'instant les élections européennes gardent une signification politique qui est d'abord nationale.

Pourtant, il est également vrai que nous assistons aux premières manifestations de cet espace public européen. Les manifestations lors de la fermeture de l'usine Renault de Vilvoorde ont dépassé le cadre national. Les élections en Grande-Bretagne et en Allemagne ont été commentées dans les médias français avec presque autant d'intérêt que des élections françaises — à juste titre, car il est vrai que les décisions prises par les gouvernements britannique et allemand ont des effets directs sur le destin des Français. Les représentants des agriculteurs français savent conjuguer avec maestria leurs interventions et leurs manifestations à Paris et à Bruxelles, auprès des autorités nationales et des autorités européennes. Le Parlement européen a contraint la Commission à la démission, en juin 1999, introduisant ainsi le début de la responsabilité de l'exécutif devant la représentation directe des citoyens européens. Quelques mois après, il a soumis à un véritable examen les nouveaux commissaires. Certains responsables de listes aux élections du 13 juin 1999 ont tenté de concentrer leur campagne autour de thèmes européens et d'en faire un enjeu européen et non purement national.

Nous avons raisonné jusqu'à présent dans le cadre de la citoyenneté « classique », celle qui s'est élaborée dans le cadre des nations. Mais l'Europe ne devrait-elle pas élaborer une nouvelle organisation politique, n'est-elle pas en train de le faire ? De nombreux auteurs aujourd'hui tentent de formuler, à propos de l'Europe, ce que pourrait être une « nouvelle » conception de la citoyenneté. Ils arguënt que la citoyenneté de l'Europe qui se construit n'est pas et ne peut pas être simplement l'élargissement au niveau de l'Europe de la citoyenneté nationale, que l'Europe ne pourra simplement être une « nation » plus grande, qu'elle est en train d'inventer une « nouvelle » citoyenneté.

Leurs théoriciens ou leurs partisans critiquent la notion de citoyenneté dite classique, à la fois sur le plan des faits et des valeurs. Ils constatent qu'elle est dévaluée. En même temps ils jugent cette évolution positive. Ils souhaitent que se développe une conception nouvelle de la citoyenneté, de nature économique et sociale, qui fonde une nouvelle pratique démocratique, qualifiée de participative. Pour eux, la citoyenneté ne se définit plus seulement par un ensemble de droits-libertés — définition politique — mais par les droits-créances ou, plus exactement, ce sont les droits-créances qui deviennent les véritables droits politiques. C'est cette conception qui serait en train de prendre corps au niveau européen. La nature purement politique de la citoyenneté était liée à l'âge des nationalismes et à la constitution des États-nations. Les révolutions de la fin du XVIIIe siècle avaient libéré les nouveaux citoyens des États nationaux des entraves héritées de la société féodale, devenue obsolète. Aujourd'hui, la construction de l'Europe est en train de libérer les acteurs économiques des restrictions imposées par les frontières et les législations héritées de l'âge des nations et des nationalismes. Dans la vie collective, c'est désormais la participation économique et sociale qui est devenue prépondérante.

La véritable appartenance à la collectivité ne se définit plus par la participation à la politique mais par l'activité économique.

La citoyenneté nationale n'est plus seule à donner un statut légal et des droits, les institutions européennes sont en train de construire une nouvelle citoyenneté. Les institutions européennes confèrent aux citoyens européens et aux étrangers légalement présents dans l'espace européen un statut social qui devient un véritable statut politique. Il existe donc désormais à la fois une citoyenneté nationale et européenne.

Les institutions européennes ont d'abord développé les instruments de l'unité économique, puis le droit social : elles définissent, par exemple, la qualité de « salarié » et les droits qui lui sont attachés, elles garantissent la liberté du travail, les droits sociaux des immigrés, l'égalité entre les sexes. Mais la constitution d'une unité économique a entraîné, par sa logique propre, l'unité politique : de la baisse des tarifs douaniers on est passé nécessairement au Marché commun, à la monnaie unique, qui va imposer une politique économique commune, donc au pouvoir politique commun. Des groupes d'intérêts transnationaux se forment qui agissent dans la même direction. Cette évolution est inscrite dans l'histoire même de la Communauté européenne.

Le droit communautaire européen est en train de faire naître une citoyenneté fondée sur une conception, commune à tous les Européens, de solidarité et de justice sociale. D'ailleurs, le citoyen européen peut plaider devant les deux Cours de justice européennes, éventuellement contre son propre État national. La France, par exemple, a été condamnée le 12 juillet 1999, pour « tortures », par la Cour européenne des droits de l'homme. La Convention européenne des droits de l'homme prime sur la loi nationale, elle est devenue une véritable Constitution européenne des droits de l'homme. Le traité de Maastricht a également donné des droits politiques locaux à tous les Européens, établi le principe d'un mode de scrutin uniforme, il donne le droit de pétition. L'Europe et les régions — et non plus l'État national — traitent désormais des problèmes de la pauvreté, de l'emploi, de l'éducation, de la rénovation urbaine et rurale, de l'égalité des sexes. Un Comité des régions auprès du Parlement européen va pouvoir accorder aux régions « un droit légitime à l'autodétermination ». Des identités multiples se construisent, ainsi que des droits et des devoirs divers qui s'expriment à travers des institutions de plus en plus nombreuses : une configuration nouvelle s'élabore dans laquelle les stratégies des instances politiques nationales, régionales et européennes, des groupes d'intérêts transnationaux se combinent de manière complexe. La nouvelle citoyenneté qui émerge à travers ces dispositions, ces institutions et ces actions n'est plus nationale ni cosmopolite mais multiple.

La citoyenneté-résidence

Des critiques plus radicales à l'égard de la citoyenneté classique sont formulées par d'autres auteurs qui avancent que la citoyenneté, dite classique, constitue un principe d'exclusion des non-citoyens et d'inégalité entre citoyens et non-citoyens qui est devenu insupportable, étant donné les valeurs des démocraties modernes. C'est d'ailleurs ce que montre, selon eux, le fait que les pays européens n'ont pas osé renvoyer les *Gastarbeiter*, c'est-à-dire les travailleurs immigrés venus louer leur force de travail en Allemagne selon un contrat provisoire. Malgré les termes de leur contrat qui permettaient de le faire, ils sont restés quand ils le souhaitaient : on avait le sentiment que, désormais, ils faisaient partie de la société où ils étaient installés. Il faut tirer toutes les conséquences de cette évolution. Donner le droit au séjour, garantir l'exercice des droits civils, économiques et sociaux sans accorder le droit de voter et de participer à la vie politique au sens étroit du terme, c'est faire naître des citoyens de seconde zone qui ne peuvent, comme les autres, défendre leurs droits et leurs intérêts par l'action politique. Les principes de l'égalité et de la liberté doivent s'appliquer à tous, étrangers compris : au nom de quoi justifier leur exclusion de la pleine citoyenneté et la discrimination dont ils sont ainsi les victimes ?

En conséquence, il faudrait dissocier la nationalité de l'exercice de la citoyenneté : la confusion de l'une et de l'autre caractérisait l'âge des États-nations. La participation de fait à une société doit donner droit par elle-même à la citoyenneté. Du moment que les individus sont là, c'est qu'ils sont intégrés : au nom de quoi exiger d'eux plus que ce qui permet de vivre dans une société donnée ? Il est indigne d'une véritable démocratie de mettre des conditions à l'obtention de la citoyenneté pour ceux qui souhaitent l'exercer. Un individu né ou arrivé jeune dans une société donnée doit avoir automatiquement droit à devenir citoyen, ainsi que tous ceux qui ont séjourné plus de cinq ans dans le pays, même illégalement : ils ont de fait participé à la société. Toute condition mise à l'acquisition de la nationalité, en particulier en ce qui concerne l'assimilation culturelle ou la volonté de participer à une collectivité historico-politique, est injustifiée. La seule résidence doit donc donner droit à la citoyenneté, à l'exclusion de toute autre exigence de conformité ou de volonté. Le mot même de « citoyen », avec sa connotation proprement politique, n'a plus de sens, le véritable acteur social serait désormais le « contribuable » ou l'« usager ».

Cette argumentation soulève des interrogations fondamentales sur l'organisation politique et sur le fondement de sa légitimité. Donner sans conditions la citoyenneté à tous ceux qui sont présents sur le sol national, avec l'argument qu'ils participent de fait à la société, impliquerait de remettre en cause le principe de transcendance par le politique, qui est au fondement de la citoyenneté. Les sociétés humaines, même démocratiques, même modernes ou postmodernes, peuvent-elles évacuer la dimension proprement politique ? Peuvent-elles être réduites aux seuls intérêts matériels, à la seule participation concrète à la vie économique, en évacuant toute transcendance et tout projet politiques ? Comment pourraient-elles, dans ce cas, arbitrer entre les intérêts des individus et des groupes qui sont par nature divergents ou opposés, mobiliser les énergies contre un péril extérieur ? Où et comment s'exprimerait la volonté démocratique, la volonté de se défendre ?

La citoyenneté postnationale

Autre théoricien de la « nouvelle citoyenneté », Jürgen Habermas propose une réflexion fondamentalement différente. Il se réfère à une conception essentiellement politique pour penser la citoyenneté « postnationale ». Pour lui, la citoyenneté doit garder tout son sens politique et traduire les valeurs communes aux démocraties européennes telles qu'elles s'expriment à travers l'adhésion aux droits de l'homme. Mais, à partir d'une autre analyse, il plaide également pour dissocier le lien entre la nationalité et la citoyenneté, en élaborant le « patriotisme constitutionnel ».

Il faudrait construire l'Europe en séparant l'idée nationale de la pratique de la citoyenneté qui s'exercerait au niveau de l'Europe. Il faudrait dissocier le patriotisme national — celui que ressentent les individus pour la France, l'Allemagne ou l'Angleterre — de l'exercice de la citoyenneté. Le patriotisme national pourrait ainsi se conjuguer avec le «patriotisme constitutionnel» de la citoyenneté européenne. Ce dernier devrait se référer à des principes abstraits, ceux que formulent les Déclarations des droits de l'homme. La «nation» (l'Allemagne, la France) resterait le «lieu de l'affectivité», le lieu du partage d'une même culture et d'une même histoire. L'espace public européen deviendrait le «lieu de la loi». On pourrait ainsi séparer l'identité nationale, avec ce qu'elle comporte de dimensions historique, ethnique et culturelle, de la participation civique et politique, fondée sur la rationalité de la loi et les droits de l'homme. Le sentiment patriotique ne serait plus seulement lié à une nation culturelle et historique particulière, mais aussi au principe même de l'État de droit. Ainsi conçu comme une pure pratique civique détachée de l'appartenance nationale, le «patriotisme constitutionnel» serait susceptible de refonder les identités nationales tout en assurant, au niveau européen, l'autorité de l'État de droit et les principes des droits de l'homme.

Peut-on construire au niveau européen une forme politique purement civique, comme la conçoit Habermas ? Est-il possible de le faire sans affaiblir la citoyenneté elle-même ? Les pratiques de la citoyenneté, quel que soit le niveau où elles sont organisées, impliquent qu'il existe des lieux, à la fois au sens abstrait et concret du terme, où citoyens, hommes politiques et experts puissent se parler, se comprendre et tenter de se convaincre sans utiliser la violence. C'est par ces échanges qu'ils peuvent traiter des problèmes de la vie commune, arbitrer les conflits entre les individus et les groupes, passer des compromis. Cela suppose que tous les membres partagent sinon une langue, du moins un langage, une culture et des valeurs communes. Sinon, comment organiser ce lieu de dialogue et de négociations qui définit la pratique démocratique ? Jusqu'à quel point l'adhésion intellectuelle, évidemment aussi raisonnable que souhaitable, à des principes abstraits — respect des droits de l'homme et de l'État de droit, « patriotisme constitutionnel » — peut-elle remplacer, en tous cas dans l'avenir prévisible, la mobilisation politique et affective que suscite l'intériorisation de la tradition politique et culturelle nationale ?

Les sociétés humaines ne sont pas constituées de sujets de droit ou de citoyens, mais d'individus concrets avec leurs passions et leurs fidélités particulières. Une société politique purement civique pourrait-elle mobiliser les peuples et leur permettrait-elle de former une société ? Peut-on intégrer les hommes par des idées aussi respectables que l'État de droit et le « patriotisme constitutionnel », mais aussi abstraites ? Peut-on concevoir dans un avenir proche une politique qui ne prenne pas sa source dans l'ensemble des valeurs, des traditions et des institutions spécifiques qui définissent une nation politique ? Ne risque-t-on pas de rendre encore plus fragiles des sociétés démocratiques qui sont de moins en moins politiques ?

La nation n'est pas, en effet, purement

«civique». Toute nation est à la fois civique et ethnique. Il faut sortir de la traditionnelle opposition que les historiens et les penseurs ont faite entre la «nation ethnique» (le *Volk* allemand) et la «nation civique» (la nation politique française) à la suite des conflits entre nationalismes du siècle passé. Cette opposition est historique et idéologique. Mais dans la réalité, toute nation démocratique est, de fait, à la fois «ethnique» et «civique». Toute société démocratique organisée comporte de manière indissoluble des éléments dits ethniques — une culture, une langue, une histoire commune et la conscience de partager cette culture et cette mémoire — et un principe civique, selon lequel les individus sont également citoyens par-delà leurs diversités et leurs inégalités. La participation sociale est concrètement fondée sur toutes sortes d'éléments particuliers et particularisants, qu'on peut qualifier d'ethniques ou de «communautaires»: la pratique d'une même langue (sauf cas exceptionnels), le partage par tous les nationaux d'une même culture et d'une mémoire historique singulière, la participation aux mêmes institutions, qu'il s'agisse de l'École ou de l'entreprise en passant par l'ensemble des pratiques strictement politiques. Sinon, comment pourrait-on «faire société»? La familiarité immédiate qui s'établit entre les nationaux, quelles que soient par ailleurs les différences qui les séparent, est le produit de cette socialisation spécifique et de la vie commune à l'intérieur d'une société nationale concrète. La société fondée sur la citoyenneté est un projet civique, donc à vocation universelle, on l'a vu. Mais c'est aussi une société historique, à la fois communauté de culture, lieu de mémoire collective et d'identité historique. La singularité de l'idée de la société démocratique par rapport aux autres modes d'organisation politique tient à ce que le lien civique et le principe de la citoyenneté doivent en dernière analyse avoir la prééminence sur tous les particularismes, historiques ou religieux, sur les solidarités domestiques ou claniques. Elle n'implique pas que ces particularismes soient éliminés — ce qui n'est ni possible ni souhaitable. Mais elle ne saurait négliger que les règles du fonctionnement démocratique ne peuvent fonctionner que dans certaines conditions sociales.

Plutôt donc que la séparation de l'« ethnique » et du « civique » prônée par la théorie du patriotisme constitutionnel, ne faudrait-il pas réfléchir à une articulation plus concrète de l'un et de l'autre à travers des institutions qui fassent leur place à l'un et à l'autre ? C'est peut-être sous une forme d'inspiration fédérale, comme le suggère Thierry Chopin, que pourrait alors s'organiser un espace public européen[1]. Ce ne serait pas la simple extension de l'espace public national mais une entité politique nouvelle qui prendrait pleinement en compte l'existence des nations historiques. C'est ce que firent, en leur temps, les *Founding Fathers* de la Constitution américaine : les États-Unis sont à la fois une communauté de citoyens et une fédération d'États.

1. Thierry Chopin, « Fédération et démocratie en Europe », *Commentaire*, n° 86, été 1999, p. 377-378.

Les sociétés démocratiques sont intégrées par la citoyenneté commune qui, jusqu'à présent, a été nationale. La solidarité entre les hommes vient du fait qu'ils forment une « communauté de citoyens ». Sinon, au nom de quoi seraient-ils prêts, éventuellement, à prendre des risques personnels pour la défendre ? Au nom de quoi certains acceptent-ils qu'une partie des richesses qu'ils produisent soient transférés à d'autres ? La construction de l'Europe permettra-t-elle d'élaborer de nouvelles formes de citoyenneté qui aient la même efficacité pour intégrer les hommes individualistes de l'âge démocratique ? La question se pose d'autant plus que la prééminence de la dimension économique et sociale de la vie collective conduit à la marchandisation des rapports sociaux. Il ne s'agit ni de condamner le marché, ni de refuser de voir son efficacité, ni de condamner le progrès économique, ce serait absurde. Mais il faut voir le risque de l'affaiblissement du civisme et de la politique dans des sociétés organisées autour de la production. La construction européenne, grand projet politique, comporte le risque de contribuer involontairement à dépolitiser les sociétés démocratiques. Pas plus que la citoyenneté, la défense n'est nécessairement nationale, mais la volonté de se défendre et d'affirmer les valeurs collectives doit exister, au niveau national ou au niveau européen. Dans l'histoire, les entités politiques qui n'ont pas affirmé leurs propres valeurs et ne se sont pas mobilisées pour les défendre, au besoin les armes à la main, ont connu des destins tragiques.

ANNEXES

CONVENTION EUROPÉENNE DE SAUVEGARDE DES DROITS DE L'HOMME ET DES LIBERTÉS FONDAMENTALES

CONVENTION[1]

Les Gouvernements signataires, Membres du Conseil de l'Europe,

Considérant la Déclaration universelle des Droits de l'Homme, proclamée par l'Assemblée Générale des Nations Unies le 10 décembre 1948;

Considérant que cette Déclaration tend à assurer la reconnaissance et l'application universelles et effectives des droits qui y sont énoncés;

Considérant que le but du Conseil de l'Europe est de réaliser une union plus étroite entre ses Membres, et que l'un des moyens d'atteindre ce but est la sauvegarde et le développement des droits de l'homme et des libertés fondamentales;

Réaffirmant leur profond attachement à ces libertés fondamentales qui constituent les assises mêmes de la justice et de la paix dans le monde et dont le maintien repose essentiellement sur un régime politique véritablement démocratique, d'une part, et, d'autre part, sur une conception commune et un commun respect des droits de l'homme dont ils se réclament;

Résolus, en tant que gouvernements d'États européens animés d'un même esprit et possédant un patrimoine commun d'idéal et de traditions politiques, de respect de la liberté et de prééminence du

1. Faite à Rome le 4 novembre 1950. Texte amendé conformément aux dispositions des Protocoles en vigueur au 31 décembre 1997.

droit, à prendre les premières mesures propres à assurer la garantie collective de certains droits énoncés dans la Déclaration universelle,

Sont convenus de ce qui suit :

Article 1

Les Hautes Parties Contractantes reconnaissent à toute personne relevant de leur juridiction les droits et libertés définis au Titre I de la présente Convention.

TITRE I

Article 2

1. Le droit de toute personne à la vie est protégé par la loi. La mort ne peut être infligée à quiconque intentionnellement, sauf en expédition d'une sentence capitale prononcée par un tribunal au cas où le délit est puni de cette peine par la loi.

2. La mort n'est pas considérée comme infligée en violation de cet article dans le cas où elle résulterait d'un recours à la force rendu absolument nécessaire :

a) pour assurer la défense de toute personne contre la violence illégale;

b) pour effectuer une arrestation régulière ou pour empêcher l'évasion d'une personne régulièrement détenue;

c) pour réprimer, conformément à la loi, une émeute ou une insurrection.

Article 3

Nul ne peut être soumis à la torture ni à des peines ou traitements inhumains ou dégradants.

Article 4

1. Nul ne peut être tenu en esclavage ni en servitude.

2. Nul ne peut être astreint à accomplir un travail forcé ou obligatoire.

3. N'est pas considéré comme travail forcé ou obligatoire au sens du présent article :

a) tout travail requis normalement d'une personne soumise à la détention dans les conditions prévues par l'article 5 de la présente Convention, ou durant sa mise en liberté conditionnelle;

b) tout service de caractère militaire ou, dans le cas d'objecteurs de conscience dans les pays où l'objection de conscience est reconnue comme légitime, un autre service à la place du service militaire obligatoire ;

c) tout service dans le cas de crises ou de calamités qui menacent la vie ou le bien-être de la communauté ;

d) tout travail ou service formant partie des obligations civiques normales.

Article 5

1. Toute personne a droit à la liberté et à la sûreté. Nul ne peut être privé de liberté, sauf dans les cas suivants et selon les voies légales :

a) s'il est détenu régulièrement après condamnation par un tribunal compétent ;

b) s'il a fait l'objet d'une arrestation ou d'une détention régulières pour insoumission à une ordonnance rendue, conformément à la loi, par un tribunal ou en vue de garantir l'exécution d'une obligation prescrite par la loi ;

c) s'il a été arrêté et détenu en vue d'être conduit devant l'autorité judiciaire compétente, lorsqu'il y a des raisons plausibles de soupçonner qu'il a commis une infraction ou qu'il y a des motifs raisonnables de croire à la nécessité de l'empêcher de commettre une infraction ou de s'enfuir après l'accomplissement de celle-ci ;

d) s'il s'agit de la détention régulière d'un mineur, décidée pour son éducation surveillée ou de sa détention régulière, afin de le traduire devant l'autorité compétente ;

e) s'il s'agit de la détention régulière d'une personne susceptible de propager une maladie contagieuse, d'un aliéné, d'un alcoolique, d'un toxicomane ou d'un vagabond ;

f) s'il s'agit de l'arrestation ou de la détention régulières d'une personne pour l'empêcher de pénétrer irrégulièrement dans le territoire, ou contre laquelle une procédure d'expulsion ou d'extradition est en cours.

2. Toute personne arrêtée doit être informée, dans le plus court délai et dans une langue qu'elle comprend, des raisons de son arrestation et de toute accusation portée contre elle.

3. Toute personne arrêtée ou détenue, dans les conditions prévues au paragraphe 1 *(c)* du présent article, doit être aussitôt traduite devant un juge ou un autre magistrat habilité par

la loi à exercer des fonctions judiciaires et a le droit d'être jugée dans un délai raisonnable, ou libérée pendant la procédure. La mise en liberté peut être subordonnée à une garantie assurant la comparution de l'intéressé à l'audience.

4. Toute personne privée de sa liberté par arrestation ou détention a le droit d'introduire un recours devant un tribunal, afin qu'il statue à bref délai sur la légalité de sa détention et ordonne sa libération si la détention est illégale.

5. Toute personne victime d'une arrestation ou d'une détention dans des conditions contraires aux dispositions de cet article a droit à réparation.

Article 6

1. Toute personne a droit à ce que sa cause soit entendue équitablement, publiquement et dans un délai raisonnable, par un tribunal indépendant et impartial, établi par la loi, qui décidera, soit des contestations sur ses droits et obligations de caractère civil, soit du bien-fondé de toute accusation en matière pénale dirigée contre elle. Le jugement doit être rendu publiquement, mais l'accès de la salle d'audience peut être interdit à la presse et au public pendant la totalité ou une partie du procès dans l'intérêt de la moralité, de l'ordre public ou de la sécurité nationale dans une société démocratique, lorsque les intérêts des mineurs ou la protection de la vie privée des parties au procès l'exigent, ou dans la mesure jugée strictement nécessaire par le tribunal, lorsque dans des circonstances spéciales la publicité serait de nature à porter atteinte aux intérêts de la justice.

2. Toute personne accusée d'une infraction est présumée innocente jusqu'à ce que sa culpabilité ait été légalement établie.

3. Tout accusé a droit notamment à :

a) être informé, dans le plus court délai, dans une langue qu'il comprend et d'une manière détaillée, de la nature et de la cause de l'accusation portée contre lui ;

b) disposer du temps et des facilités nécessaires à la préparation de sa défense ;

c) se défendre lui-même ou avoir l'assistance d'un défenseur de son choix et, s'il n'a pas les moyens de rémunérer un défenseur, pouvoir être assisté gratuitement par un avocat d'office, lorsque les intérêts de la justice l'exigent ;

d) interroger ou faire interroger les témoins à charge et obtenir la convocation et l'interrogation des témoins à décharge dans les mêmes conditions que les témoins à charge ;

e) se faire assister gratuitement d'un interprète, s'il ne comprend pas ou ne parle pas la langue employée à l'audience.

Article 7

1. Nul ne peut être condamné pour une action ou une omission qui, au moment où elle a été commise, ne constituait pas une infraction d'après le droit national ou international. De même il n'est infligé aucune peine plus forte que celle qui était applicable au moment où l'infraction a été commise.

2. Le présent article ne portera pas atteinte au jugement et à la punition d'une personne coupable d'une action ou d'une omission qui, au moment où elle a été commise, était criminelle d'après les principes généraux de droit reconnus par les nations civilisées.

Article 8

1. Toute personne a droit au respect de sa vie privée et familiale, de son domicile et de sa correspondance.

2. Il ne peut y avoir ingérence d'une autorité publique dans l'exercice de ce droit que pour autant que cette ingérence est prévue par la loi et qu'elle constitue une mesure qui, dans une société démocratique, est nécessaire à la sécurité nationale, à la sûreté publique, au bien-être économique du pays, à la défense de l'ordre et à la prévention des infractions pénales, à la protection de la santé ou de la morale, ou à la protection des droits et libertés d'autrui.

Article 9

1. Toute personne a droit à la liberté de pensée, de conscience et de religion ; ce droit implique la liberté de changer de religion ou de conviction, ainsi que la liberté de manifester sa religion ou sa conviction individuellement ou collectivement, en public ou en privé, par le culte, l'enseignement, les pratiques et l'accomplissement des rites.

2. La liberté de manifester sa religion ou ses convictions ne peut faire l'objet d'autres restrictions que celles qui, prévues par la loi, constituent des mesures nécessaires, dans une société

démocratique, à la sécurité publique, à la protection de l'ordre, de la santé ou de la morale publiques, ou à la protection des droits et libertés d'autrui.

Article 10

1. Toute personne a droit à la liberté d'expression. Ce droit comprend la liberté d'opinion et la liberté de recevoir ou de communiquer des informations ou des idées sans qu'il puisse y avoir ingérence d'autorités publiques et sans considération de frontière. Le présent article n'empêche pas les États de soumettre les entreprises de radiodiffusion, de cinéma ou de télévision à un régime d'autorisations.

2. L'exercice de ces libertés comportant des devoirs et des responsabilités peut être soumis à certaines formalités, conditions, restrictions ou sanctions, prévues par la loi, qui constituent des mesures nécessaires, dans une société démocratique, à la sécurité nationale, à l'intégrité territoriale ou à la sûreté publique, à la défense de l'ordre et à la prévention du crime, à la protection de la santé ou de la morale, à la protection de la réputation ou des droits d'autrui, pour empêcher la divulgation d'informations confidentielles ou pour garantir l'autorité et l'impartialité du pouvoir judiciaire.

Article 11

1. Toute personne a droit à la liberté de réunion pacifique et à la liberté d'association, y compris le droit de fonder avec d'autres des syndicats et de s'affilier à des syndicats pour la défense de ses intérêts.

2. L'exercice de ces droits ne peut faire l'objet d'autres restrictions que celles qui, prévues par la loi, constituent des mesures nécessaires, dans une société démocratique, à la sécurité nationale, à la sûreté publique, à la défense de l'ordre et à la prévention du crime, à la protection de la santé ou de la morale, ou à la protection des droits et libertés d'autrui. Le présent article n'interdit pas que des restrictions légitimes soient imposées à l'exercice de ces droits par les membres des forces armées, de la police ou de l'administration de l'État.

Article 12

À partir de l'âge nubile, l'homme et la femme ont le droit de se marier et de fonder une famille selon les lois nationales régissant l'exercice de ce droit.

Article 13

Toute personne dont les droits et libertés reconnus dans la présente Convention ont été violés, a droit à l'octroi d'un recours effectif devant une instance nationale, alors même que la violation aurait été commise par des personnes agissant dans l'exercice de leurs fonctions officielles.

Article 14

La jouissance des droits et libertés reconnus dans la présente Convention doit être assurée, sans distinction aucune, fondée notamment sur le sexe, la race, la couleur, la langue, la religion, les opinions politiques ou toutes autres opinions, l'origine nationale ou sociale, l'appartenance à une minorité nationale, la fortune, la naissance ou toute autre situation.

Article 15

1. En cas de guerre ou en cas d'autre danger public menaçant la vie de la nation, toute Haute Partie Contractante peut prendre des mesures dérogeant aux obligations prévues par la présente Convention, dans la stricte mesure où la situation l'exige et à la condition que ces mesures ne soient pas en contradiction avec les autres obligations découlant du droit international.

2. La disposition précédente n'autorise aucune dérogation à l'article 2, sauf pour le cas de décès résultant d'actes licites de guerre, et aux articles 3, 4 (paragraphe 1) et 7.

2. Toute Haute Partie Contractante qui exerce ce droit de dérogation tient le Secrétaire Général du Conseil de l'Europe pleinement informé des mesures prises et des motifs qui les ont inspirées. Elle doit également informer le Secrétaire Général du Conseil de l'Europe de la date à laquelle ces mesures ont cessé d'être en vigueur et les dispositions de la Convention reçoivent de nouveau pleine application.

Article 16

Aucune des dispositions des articles 10, 11 et 14 ne peut être considérée comme interdisant aux Hautes Parties Contractantes d'imposer des restrictions à l'activité politique des étrangers.

Article 17

Aucune des dispositions de la présente Convention ne peut être interprétée comme impliquant pour un État, un groupement ou un individu, un droit quelconque de se livrer à une activité ou d'accomplir un acte visant à la destruction des droits ou libertés reconnus dans la présente Convention ou à des limitations plus amples de ces droits et libertés que celles prévues à ladite Convention.

Article 18

Les restrictions qui, aux termes de la présente Convention, sont apportées auxdits droits et libertés ne peuvent être appliquées que dans le but pour lequel elles ont été prévues.

[...]

PREMIER PROTOCOLE ADDITIONNEL À LA CONVENTION[1]

Les Gouvernements signataires, Membres du Conseil de l'Europe,

Résolus à prendre des mesures propres à assurer la garantie collective de droits et libertés autres que ceux qui figurent déjà dans le Titre I de la Convention de sauvegarde des Droits de l'Homme et des Libertés fondamentales, signée à Rome le 4 novembre 1950 (ci-après dénommée « la Convention »),

Sont convenus de ce qui suit :

Article 1

Toute personne physique ou morale a droit au respect de ses biens. Nul ne peut être privé de sa propriété que pour

1. Fait à Paris le 20 mars 1952.

cause d'utilité publique et dans les conditions prévues par la loi et les principes généraux du droit international.

Les dispositions précédentes ne portent pas atteinte au droit que possèdent les États de mettre en vigueur les lois qu'ils jugent nécessaires pour réglementer l'usage des biens conformément à l'intérêt général ou pour assurer le paiement des impôts ou d'autres contributions ou des amendes.

Article 2

Nul ne peut se voir refuser le droit à l'instruction. L'État, dans l'exercice des fonctions qu'il assumera dans le domaine de l'éducation et de l'enseignement, respectera le droit des parents d'assurer cette éducation et cet enseignement conformément à leurs convictions religieuses et philosophiques.

Article 3

Les Hautes Parties Contractantes s'engagent à organiser, à des intervalles raisonnables, des élections libres au scrutin secret, dans les conditions qui assurent la libre expression de l'opinion du peuple sur le choix du corps législatif.

[...]

PROTOCOLE N° 4 RECONNAISSANT CERTAINS DROITS ET LIBERTÉS AUTRES QUE CEUX FIGURANT DÉJÀ DANS LA CONVENTION ET DANS LE PREMIER PROTOCOLE ADDITIONNEL À LA CONVENTION[1]

Les Gouvernements signataires, Membres du Conseil de l'Europe,

Résolus à prendre des mesures propres à assurer la garantie collective de droits et libertés autres que ceux qui figurent déjà dans le Titre 1 de la Convention de sauvegarde des Droits de l'homme et des libertés fondamentales, signée à Rome le 4 novembre 1950 (ci-après dénommée « la Convention ») et dans les articles 1 à 3 du premier Protocole additionnel à la Convention, signé à Paris le 20 mars 1952,

Sont convenus de ce qui suit :

1. Fait à Strasbourg le 16 septembre 1963.

Article 1

Nul ne peut être privé de sa liberté pour la seule raison qu'il n'est pas en mesure d'exécuter une obligation contractuelle.

Article 2

1. Quiconque se trouve régulièrement sur le territoire d'un État a le droit d'y circuler librement et d'y choisir librement sa résidence.

2. Toute personne est libre de quitter n'importe quel pays, y compris le sien.

3. L'exercice de ces droits ne peut faire l'objet d'autres restrictions que celles qui, prévues par la loi, constituent des mesures nécessaires, dans une société démocratique, à la sécurité nationale, à la sûreté publique, au maintien de l'ordre public, à la prévention des infractions pénales, à la protection de la santé ou de la morale, ou à la protection des droits et libertés d'autrui.

4. Les droits reconnus au paragraphe 1 peuvent également, dans certaines zones déterminées, faire l'objet de restrictions qui, prévues par la loi, sont justifiées par l'intérêt public dans une société démocratique.

Article 3

1. Nul ne peut être expulsé, par voie de mesure individuelle ou collective, du territoire de l'État dont il est le ressortissant.

2. Nul ne peut être privé du droit d'entrer sur le territoire de l'État dont il est le ressortissant.

Article 4

Les expulsions collectives d'étrangers sont interdites.

[...]

PROTOCOLE N° 6 CONCERNANT L'ABOLITION DE LA PEINE DF MORT[1]

Les États membres du Conseil de l'Europe, signataires du présent Protocole à la Convention de sauvegarde des Droits de l'Homme et des Libertés fondamentales, signée à Rome le 4 novembre 1950 (ci-après dénommée « la Convention »),

Considérant que les développements intervenus dans plusieurs États membres du Conseil de l'Europe expriment une tendance générale en faveur de l'abolition de la peine de mort ;

Sont convenus de ce qui suit :

Article 1

La peine de mort est abolie. Nul ne peut être condamné à une telle peine ni exécuté.

Article 2

Un État peut prévoir dans sa législation la peine de mort pour des actes commis en temps de guerre ou de danger imminent de guerre ; une telle peine ne sera appliquée que dans les cas prévus par cette législation et conformément à ses dispositions. Cet État communiquera au Secrétaire Général du Conseil de l'Europe les dispositions afférentes de la législation en cause.

Article 3

Aucune dérogation n'est autorisée aux dispositions du présent Protocole au titre de l'article 15 de la Convention.

Article 4

Aucune réserve n'est admise aux dispositions du présent Protocole au titre de l'article 64 de la Convention.

[...]

1. Fait à Strasbourg le 28 avril 1983.

PROTOCOLE N° 7[1]

Les États membres du Conseil de l'Europe, signataires du présent Protocole,

Résolus à prendre de nouvelles mesures propres à assurer la garantie collective de certains droits et libertés par la Convention de sauvegarde des Droits de l'Homme et des Libertés fondamentales, signée à Rome le 4 novembre 1950 (ci-après dénommée « la Convention »),

Sont convenus de ce qui suit :

Article 1

1. Un étranger résidant régulièrement sur le territoire d'un État ne peut en être expulsé qu'en exécution d'une décision prise conformément à la loi et doit pouvoir :

a) faire valoir les raisons qui militent contre son expulsion,

b) faire examiner son cas, et

c) se faire représenter à ces fins devant l'autorité compétente ou une ou plusieurs personnes désignées par cette autorité.

2. Un étranger peut être expulsé avant l'exercice des droits énumérés au paragraphe 1. *a, b* et *c* de cet article lorsque cette expulsion est nécessaire dans l'intérêt de l'ordre public ou est basée sur des motifs de sécurité nationale.

Article 2

1. Toute personne déclarée coupable d'une infraction pénale par un tribunal a le droit de faire examiner par une juridiction supérieure la déclaration de culpabilité ou la condamnation. L'exercice de ce droit, y compris les motifs pour lesquels il peut être exercé, sont régis par la loi.

2. Ce droit peut faire l'objet d'exceptions pour des infractions mineures telles qu'elles sont définies par la loi ou lorsque l'intéressé a été jugé en première instance par la plus haute juridiction ou a été déclaré coupable et condamné à la suite d'un recours contre son acquittement.

1. Fait à Strasbourg le 22 novembre 1984.

Article 3

Lorsqu'une condamnation pénale définitive est ultérieurement annulée, ou lorsque la grâce est accordée, parce qu'un fait nouveau ou nouvellement révélé prouve qu'il s'est produit une erreur judiciaire, la personne qui a subi une peine en raison de cette condamnation est indemnisée, conformément à la loi ou à l'usage en vigueur dans l'État concerné, à moins qu'il ne soit prouvé que la non-révélation en temps utile du fait inconnu lui est imputable en tout ou en partie.

Article 4

1. Nul ne peut être poursuivi ou puni pénalement par les juridictions du même État en raison d'une infraction pour laquelle il a déjà été acquitté ou condamné par un jugement définitif conformément à la loi et à la procédure pénale de cet État.
2. Les dispositions du paragraphe précédent n'empêchent pas la réouverture du procès, conformément à la loi et à la procédure pénale de l'État concerné, si des faits nouveaux ou nouvellement révélés ou un vice fondamental dans la procédure précédente sont de nature à affecter le jugement intervenu.
3. Aucune dérogation n'est autorisée au présent article au titre de l'article 15 de la Convention.

Article 5

Les époux jouissent de l'égalité de droits et de responsabilités de caractère civil entre eux et dans leurs relations avec leurs enfants au regard du mariage, durant le mariage et lors de sa dissolution. Le présent article n'empêche pas les États de prendre les mesures nécessaires dans l'intérêt des enfants.

[...]

PROTOCOLE N° 11 PORTANT RESTRUCTURATION DU MÉCANISME DE CONTRÔLE ÉTABLI PAR LA CONVENTION[1]

Les États membres du Conseil de l'Europe, signataires du présent Protocole à la Convention de sauvegarde des Droits de l'Homme et des Libertés fondamentales, signée à Rome le 4 novembre 1950 (ci-après dénommée « la Convention »),

Considérant qu'il est nécessaire et urgent de restructurer le mécanisme de contrôle établi par la Convention afin de maintenir et de renforcer l'efficacité de la protection des droits de l'homme et des libertés fondamentales prévue par la Convention, en raison principalement de l'augmentation des requêtes et du nombre croissant des membres du Conseil de l'Europe ;

Considérant qu'il convient par conséquent d'amender certaines dispositions de la Convention en vue, notamment, de remplacer la Commission et la Cour européenne des Droits de l'Homme existantes par une nouvelle Cour permanente ;

Vu la Résolution n° 1 adoptée lors de la Conférence ministérielle européenne sur les droits de l'homme, tenue à Vienne les 19 et 20 mars 1985 ;

Vu la Recommandation 1194 (1992), adoptée par l'Assemblée parlementaire du Conseil de l'Europe le 6 octobre 1992 ;

Vu la décision prise sur la réforme du mécanisme de contrôle de la Convention par les Chefs d'État et de Gouvernement des États membres du Conseil de l'Europe dans la Déclaration de Vienne du 9 octobre 1993,

Sont convenus de ce qui suit :

Article 1

Le texte des titres II à IV de la Convention (articles 19 à 56) et le Protocole n° 2 attribuant à la Cour européenne des Droits de l'Homme la compétence de donner des avis consultatifs sont remplacés par le titre II suivant de la Convention (articles 19 à 51) :

1. Fait à Strasbourg le 11 mai 1994.

«TITRE II
COUR EUROPÉENNE
DES DROITS DE L'HOMME

Article 19 — Institution de la Cour

Afin d'assurer le respect des engagements résultant pour les Hautes Parties contractantes de la présente Convention et de ses protocoles, il est institué une Cour européenne des Droits de l'Homme, ci-dessous nommée “la Cour”. Elle fonctionne de façon permanente. […]»

RAYMOND ARON,
« DE L'OBJECTION DE CONSCIENCE »

L'objection de conscience est le refus individuel du service militaire, soit en temps de paix, soit en temps de guerre. Elle pose un double problème philosophique : l'objecteur se révolte contre la société : peut-il justifier sa révolte et comment ? La société peut-elle admettre cette révolte ? Et à quelles conditions ?

I. L'objection de conscience ne se ramène pas à une forme quelconque de pacifisme : elle n'est pas une doctrine politique.

On rapproche communément objection de conscience et pacifisme. La motion des instituteurs « rend hommage aux convictions pacifistes » des objecteurs. On invoque le pacte Briand-Kellogg : les gouvernements ont solennellement condamné la guerre. Les citoyens tirent les conséquences logiques de cette décision : ils proclament leur droit à la paix. Puisque les pouvoirs sont d'accord pour mettre la guerre hors la loi, les citoyens refusent de participer à la préparation de ce crime collectif. Ou bien encore, plus ou moins confusément, on argumente ainsi : tout le monde reconnaît que la guerre est un crime et même une sottise. Personne ne nie les atrocités d'un conflit européen. Les objecteurs obéissent à la raison autant qu'à la morale lorsqu'ils « tirent de cette condamnation théorique les conclusions pratiques qu'elle comporte ». (Motion des instituteurs.)

Ces divers arguments, en apparence très forts, ne résistent pas à la critique : le pacte Briand-Kellogg admet les guerres de légitime défense (et, en fait, les cas assimilés : intérêts vitaux, honneur national). Les citoyens auraient donc tout au plus le droit de refuser leur concours à une guerre d'agression ou d'exiger que les pouvoirs leur démontrent le caractère défensif de la guerre. Mais l'administration de la preuve est-elle possible ? Une telle garantie est en réalité bien faible. Mais aussi, qui serait assez naïf pour penser que les gouvernements ont signé le pacte Kellogg à seule fin de développer l'antimilitarisme et de donner des arguments aux objecteurs ?

D'autre part, rapprocher l'objection du pacifisme, c'est accroître encore l'incertitude. Le pacifisme signifie au moins trois choses différentes : A. l'horreur de la guerre et le désir de la paix ; B. la condamnation morale de la guerre ; C. la volonté politique soit de maintenir la paix, soit de créer un système de politique internationale qui exclue l'hypothèse de la guerre.

Si on prend le mot aux sens A et B, les pays sont inégalement pacifistes. La France l'est à coup sûr beaucoup plus que l'Allemagne. Bien plus, les gouvernants français partagent, je crois, un pacifisme ainsi entendu. M. Herriot n'a guère moins horreur de la guerre que le Français moyen. Il la condamne moralement avec non moins d'énergie que lui. Mais un tel état d'esprit ne traduit pas seulement une révolte morale. Le mépris des valeurs nationales ou militaires s'y mêle au refus sincère de la barbarie, de la tuerie mécanique. Et l'intérêt renforce de tels sentiments : la France a tout à perdre, rien à gagner dans une nouvelle guerre. Cela, chaque Français le sent instinctivement. On refuse le sacrifice — qui serait catastrophe — du fils unique ou des deux enfants.

Et puis, surtout, la vraie question se pose à l'intérieur du sens C : comment le pouvoir peut-il passer du désir, si sincère soit-il, de la paix à un système international qui élimine toute éventualité de conflit ? En effet, à l'heure présente, une nation qui refuserait en toute circonstance la guerre renoncerait à jouer un rôle dans la politique mondiale. Aucun homme d'État ne sacrifiera à ses sentiments humains la « grandeur de la patrie ». Et que signifierait le refus de violence de la part d'un pays maître d'immenses colonies conquises par la violence et maintenues par la violence ?

Il reste à instaurer la paix par le droit. Mais *tout système juridique laisse entière la possibilité de conflits tant que l'arbitrage ne porte pas sur les traités eux-mêmes*. À l'heure actuelle, toute organisation juridique semble orientée vers le maintien du *statu quo*. Et quels seraient les principes d'équité qui permettraient d'arbitrer une révision des traités ? Comment harmoniser nécessités économiques et droits des nationalités, droits acquis et droits à la vie des pays surpeuplés[1] ?

Par suite, on ne saurait accuser d'hypocrisie le ministre qui condamne la guerre et la prépare. C'est là simplement la marque de l'opposition entre morale personnelle et politique réelle.

Le citoyen conserve théoriquement un suprême recours. Tous les peuples détesteraient la guerre qui serait créée artificiellement par les pouvoirs. Mais, en fait, des millions d'hommes se croient solidaires de ces rivalités traditionnelles. Les nations sont séparées par leurs passions autant que par leurs intérêts, et les guerres sont toujours de religion. Enfin, théoriquement, une doctrine qui se fonderait sur l'absence totale de solidarité entre citoyens et pouvoirs est impossible à formuler. Étendue au temps de paix, elle rendrait absurde le régime démocratique ; limitée au jour de la guerre, elle serait contradictoire. En tout cas, elle s'exprimerait exactement par la volonté de révolution et non par l'objection de conscience.

II. L'objection de conscience ne se justifie ni par des arguments de faits ni par des arguments de raison.

« Considérant que la guerre de nation à nation constitue le plus grand des crimes collectifs et tend à la destruction totale de l'humanité. Considérant qu'en l'état actuel des moyens techniques dont les armées disposent, on ne saurait prétendre défendre efficacement par la guerre les personnes ni les biens individuels ni le patrimoine collectif. » (Motion des instituteurs.)

De tels arguments sont aujourd'hui classiques : *sur le plan politique*, ils sont peut-être décisifs. Les calamités de la guerre hyperbolique rendent absurde cette manière traditionnelle de résoudre les litiges internationaux. Risquons pourtant une réserve : pratiquement une guerre victorieuse pourrait bien être utile à l'Allemagne. Sur un territoire agrandi, quatre-vingts millions d'Allemands trouveraient le moyen de vivre.

1. En Europe, il serait peut-être possible, en fait, de résoudre les conflits les plus irritants et les plus dangereux si l'on supposait de tous côtés la même volonté de paix et d'accord. Mais nous posons ici les seules questions de principe. (Note de R. Aron)

Qu'importe donc, si l'on ne considère que la fin suprême, la grandeur nationale, le sacrifice provisoire de quelque dix millions d'êtres ? La formule de Bertrand Russell n'est donc pas évidente : « Pas un seul des maux que l'on prétend éviter par la guerre n'est un mal aussi grand que la guerre elle-même ».

De plus, les hommes n'appliquent jamais à de tels problèmes des raisonnements dignes de l'*homo œconomicus*. Si l'on suppose que des valeurs authentiques, honneur, gloire nationale, sont engagées dans les conflits, toute comparaison des maux de la guerre et des maux qu'on prétend éviter par elle devient absurde : car un bien comme l'honneur ne se pèse ni ne se mesure.

Enfin, en tout cas, cette « objection de raison » ne saurait devenir « objection de conscience ». Elle devrait convaincre les pouvoirs responsables : pourquoi pas « une sainte alliance des grandes puissances » en faveur de la paix ? Mais, à supposer que la guerre éclate, le citoyen ne saurait invoquer de tels arguments pour justifier son refus. Même s'il a le droit d'accuser ses gouvernants, il n'a pas le droit de rompre le pacte social. Une minorité doit obéir à la loi de la majorité : la propagande en faveur du pacifisme intégral est légitime, non l'application individuelle d'une telle doctrine. Si le citoyen se demande s'il est conforme à la morale, à l'intérêt d'adopter telle ou telle attitude (paix ou guerre), il discute de politique, il se met à l'intérieur du groupe. Il doit donc, s'il veut rester logique avec lui-même, obéir à la loi, même s'il la juge absurde ou criminelle.

En d'autres termes :

III. L'objection de conscience ne peut se fonder que sur un impératif absolu de la religion ou de la conscience.

Cette proposition résulte avec évidence des réflexions précédentes. Elle n'aurait jamais dû être discutée. Est-il possible de préciser ce principe ? On a suggéré que le chrétien refusait la discipline militaire comme dégradante, indigne de la condition d'homme. Une telle argumentation, à mon avis, est inadmissible. La discipline militaire exigerait-elle la violation de commandements sacrés ? Serait-il impossible, comme soldat, de respecter les principes de la morale chrétienne ? Le chrétien ne saurait protester contre un régime sévère, s'il n'a qu'à obéir sans engager sa foi. L'ordre imposé, à la caserne ou dans la société, relève de César.

Au contraire, dès qu'intervient la fonction du soldat : combattre, donc tuer son frère, le chrétien a le droit d'invoquer le commandement premier : « Tu ne tueras point. » L'objection portera en ce cas directement sur la guerre et indirectement sur la vie militaire en tant qu'elle est une préparation à la fonction de massacre[1].

Si l'objection de conscience se fonde sur le refus de tuer, il en résulte que l'objecteur de conscience peut être soit chrétien, soit (disons pour abréger) kantien. Sans doute, un commandement religieux fondé sur une révélation se présente peut-être aux pouvoirs temporels avec un ascendant dont ne jouit pas un simple impératif de la conscience humaine. Pourtant, si l'on admet une philosophie comme le kantisme, où la loi morale est catégorique et première, l'interdiction du meurtre fondée sur la conscience sera pour l'individu aussi impérative que, pour le chrétien, la loi de son Dieu.

Le seul fondement de l'objection est-il le principe : « Tu ne tueras point » ? Il me semble que oui. Remarquons bien que le problème que nous posons n'a un sens que pour le chrétien, l'individu qui ne refuse pas en bloc une fois pour toutes l'ordre social. Que l'anarchiste soit logique avec lui-même en rejetant les obligations militaires, qui en douterait ? Bien plus, un chrétien qui aurait décidé que, pour lui, Dieu seul et la vie religieuse existent, qui ignorerait par principe toute discipline collective, un tel chrétien serait, peut-on dire, *a fortiori* objecteur de conscience : il aurait refusé auparavant bien des formes implicites de violence. La question ne se pose que pour le kantien ou le chrétien qui n'entendent pas se mettre entièrement hors de la vie en commun. Or, s'ils acceptent une place dans la cité, ils consentent involontairement, implicitement, aux injustices de toute société ; ils sont malgré eux solidaires des violences du capitalisme ou de la politique coloniale. Par suite, leur refus du service militaire en dépit de cette acceptation ne se justifie à mes yeux que par la différence

1. Il m'aurait paru inutile de préciser ce point, tant il me semble indiscutable, si M. Philip, avocat officiel et, en l'espèce, bien maladroit, des objecteurs, n'avait parlé du refus de la discipline militaire dégradante. (*Cahier des droits de l'homme*, octobre 1933, p. 619.) (Note de R. Aron).

entre solidarité indirecte et implicite et participation active. Devenir soldat et meurtrier, ils s'y refusent : la société en ce cas ne leur demande plus une obéissance physique qui, si dégradante soit-elle, laisse intacte la conscience, elle ne leur impose plus le seul consentement à un ordre injuste ; elle les contraint à violer directement, consciemment l'impératif premier qui interdit le meurtre de son semblable. Le refus absolu de la guerre n'est pas incompatible avec une acceptation relative de l'organisation sociale[1].

En revanche, *l'objection ne saurait devenir une volonté politique*. Encore une fois il s'agit là d'une proposition évidente. Et, pourtant, je me souviens d'avoir entendu un quaker, objecteur de conscience pendant la dernière guerre. Après avoir raconté ses souvenirs de captivité, il conclut : « Si la catastrophe devait revenir, je suis d'avis que, cette fois, l'objection de conscience ne suffirait plus, il faudrait lutter, se révolter. » De même Einstein, favorable à l'objection de conscience pendant des années, la répudie aujourd'hui, puisque « les fous nazis » gouvernent l'Allemagne[2].

Disons donc, au risque de multiplier les truismes, que l'objection de conscience ne saurait viser la guerre impérialiste ou la guerre entre républiques, mais la guerre en tant que telle, le meurtre qu'implique toute guerre. L'impératif qui fonde la révolte du citoyen ne peut être qu'inconditionnel : il doit s'appliquer directement à l'acte que la société exige du citoyen et que celui-ci refuse. Si, *entre l'impératif moral et la conduite s'intercale une étude de la réalité et des jugements probables, l'ordre de la conscience devient une opinion politique.*

Bien plus :

IV. L'objecteur de conscience ne saurait être ni socialiste ni communiste.

En effet, il doit refuser toute guerre, qu'elle soit entre nations ou entre classes[3]. Il est donc absurde de fonder l'ob-

1. Et, par suite, on peut concevoir que l'État reconnaisse cette objection. (Note de R. Aron.)

2. Il concevait peut-être l'objection de conscience simplement comme un moyen efficace contre la guerre. (Note de R. Aron.)

3. En fait, d'ailleurs, la guerre civile n'est certainement pas moins atroce que la guerre entre nations. (Note de R. Aron.)

jection de conscience sur les horreurs de la guerre moderne, contradictoire d'appartenir à un parti qui prépare la révolution (éventuellement violente) et de refuser d'obéir à la loi militaire au nom de la conscience.

Sans doute, c'est une opinion politique légitime entre d'autres que de préférer la révolution à la guerre. Mais une telle opinion, *qui peut se fonder sur des raisons d'ordre moral*, ne se ramène pas à un commandement moral.

En effet, celui qui désire la libération de l'individu ou la justice ne devient pas du même coup socialiste, communiste, révolutionnaire : il faut encore que, par observation du réel, il arrive à se convaincre que les perspectives les plus humaines sont du côté de la révolution. En d'autres termes, toute décision politique résulte toujours soit d'une confrontation de valeurs (patrie ou humanité, justice ou force et ordre ?), soit d'une analyse des faits, soit d'une anticipation de l'avenir. (Quelle classe a aujourd'hui une mission historique ou, encore, quel parti donne à ceux qui veulent la justice les plus grandes espérances ?) Je ne prétends pas que tous les hommes examinent le réel avant de prendre une attitude. Beaucoup passent directement d'une revendication morale au parti qui accepte celle-ci dans sa doctrine, sans examiner la situation concrète. Mais, logiquement, toute décision politique implique deux jugements (de valeur et de fait).

Dans ces conditions, *l'objecteur à la guerre impérialiste est non un moraliste, mais un révolutionnaire.* Tous ceux qui refusent une forme de guerre et en acceptent une autre sont, qu'ils le veuillent ou non, des politiciens et non des philosophes ou des chrétiens. Bien plus, un objecteur de conscience qui refuse de se préparer au massacre, doit *a fortiori* refuser sa participation aux partis révolutionnaires qui proclament sur la carte d'adhérent leur volonté de guerre civile.

Je ne prétends pas que guerre civile et guerre étrangère ne soient pas, en fait, très différentes. Mais leur identité sur un point suffit : elles impliquent l'une et l'autre qu'on viole le principe sur quoi se fonde l'objection de conscience : « Tu ne tueras point. »

V. Il n'y a donc pas d'intermédiaire entre le pacifisme chrétien et le pacifisme révolutionnaire.

On a pourtant cherché à formuler une doctrine de résistance

à la guerre, cas particulier de la révolte du citoyen contre les pouvoirs, qui n'impliquerait adhésion ni à la loi du Christ ni à la doctrine de révolution. Sans entrer dans le détail, je noterai les raisons générales qui, à mon sens, rendent impossible une pareille théorie. Le citoyen contre les pouvoirs, dans la philosophie d'Alain, obéissait et jugeait. Le pouvoir spirituel diffus créé par les individus libres, d'une part, limitait la tyrannie des gouvernants, d'autre part, permettait à chacun, en dépit de sa situation, de faire son salut. Mais, si le citoyen, au lieu de se contenter de mépriser, refuse d'obéir, il n'y a plus ni ordre dans la cité ni logique dans la doctrine. Pratiquement, l'idée d'une révolte passive contre la guerre sous forme d'une objection de conscience généralisée me paraît contradictoire et utopique. Pour avoir moralement le droit de refuser la guerre, il faudrait que les citoyens eussent d'abord refusé les avantages conquis par la violence et la guerre même. Et puis, la révolte contre la guerre viendrait d'un groupe, d'une minorité. Elle serait une volonté politique : cette révolte, pour se défendre, deviendrait révolution.

Par ailleurs, il est clair que :

VI. Le refus de l'objection de conscience ou le refus de la révolution n'impliquent nullement une adhésion morale à la guerre.

L'objection de conscience gagne aujourd'hui en popularité parce qu'on ne croit plus à la guerre du droit et de la civilisation, c'est-à-dire à la guerre juste. On dirait par exemple :

1. Il n'y a pas de guerre de légitime défense. Les citoyens sont toujours dupés par les pouvoirs. Ensuite, il est difficile de marquer les vrais responsables. Si l'on considère les seuls événements des *derniers jours* avant la crise, on accablera le plus maladroit ou celui que sa position stratégique obligeait à la plus grande rapidité. Si l'on recherche les causes profondes, sans doute on découvrira plus ou moins d'impérialisme, d'idéologie guerrière selon les pays. Mais comment distinguer entre le goût de l'héroïsme et l'intention belliqueuse ? Et, enfin, la volonté d'expansion ne serait toujours condamnable que si les richesses du monde étaient équitablement distribuées.

D'autre part, anticapitalisme et pacifisme tendent à se rejoindre. On attribue aux marchands de canons ou aux rivalités d'intérêts (qui ne touchent vraiment qu'une minorité de possédants) toute la responsabilité des guerres. On oublie que les prolétariats sont aujourd'hui solidaires de leurs bourgeoisies respectives, et que les prolétaires allemands ont souffert de la défaite comme les prolétaires français profité de la victoire[1]. On oublie aussi que les citoyens, par leurs passions, contribuent au moins à rendre possible cette guerre qu'ils exècrent. Il n'en reste pas moins que l'anticapitalisme aujourd'hui, à l'aide d'une interprétation plus ou moins vague du matérialisme historique, renforce et justifie le pacifisme.

Ainsi les valeurs nationales semblent compromises par leur solidarité avec des intérêts matériels. La défense de la patrie ne servirait plus qu'à couvrir la défense des coffres-forts, ou du moins on exigerait le sacrifice suprême non pour réaliser une valeur idéale, mais pour maintenir des institutions, c'est-à-dire des injustices.

On conclut souvent de là à une opposition absolue entre guerre civile et guerre étrangère. Celle-ci conserve les institutions, celle-là les détruit. Celle-ci contribue à faire durer les injustices, celle-là tend à la justice. Celle-ci, loin de se confondre jamais avec la légitime défense, est au service d'une réalité lointaine et abstraite, la patrie, contre des ennemis inconnus. Celle-là est au service d'un idéal ou d'un groupe contre des ennemis trop proches. Je ne veux pas nier ces différences, mais elles sont de degré, non de nature. La révolution détruit les institutions et s'efforce vers la justice, mais elle crée d'autres institutions : pour choisir, — sauf si, par principe, on est pour le nouveau contre l'ancien, — il faut comparer les institutions que la révolution créera à celles qui existent. Nationalistes et révolutionnaires combattent donc également pour des institutions, celles d'aujourd'hui ou celles de demain. D'autre part, le citoyen qui défend sa patrie n'embrasse pas cette collectivité immense comme il connaît sa famille. Mais le prolétaire ne saisit pas mieux le prolétariat international que la France. (Laquelle de ces deux idées correspond le plus à une réalité actuelle ?) De plus, la nation est une valeur idéale en même temps qu'une donnée de fait. Sans doute la justice semble un idéal supérieur, mais est-il équitable de comparer

1. Ce qui ne veut pas dire que la solidarité entre tous les prolétariats n'est pas plus forte que la solidarité de chacun d'eux avec sa nation. (Note de R. Aron.)

des valeurs réalisées à un idéal que le monde réel ne rejoindra jamais ? La défense de la grandeur nationale peut être pour certains individus une valeur suprême comme, pour d'autres, la justice. Enfin, on connaît, certes, le riche mieux que l'étranger. Vaut-il mieux tuer l'un ou l'autre ? Simple question de préférence personnelle.

Je ne vois pas entre ces formes de guerre une différence qui justifie *a priori* l'acceptation morale de l'une et le refus de l'autre. Il s'agit là d'un choix politique, non d'un commandement de la conscience. La doctrine du pacifisme intégral triomphe aisément de la théorie juridico-morale de la guerre de légitime défense, guerre juste absolument. Le système des relations internationales est fondé sur l'équilibre des forces et les codifications successives de cet équilibre. Pour affirmer le caractère juste d'une guerre, il faut donc n'envisager que le moment de crise et admettre *a priori* la valeur du *statu quo*. Que penserait-on, à l'intérieur d'un pays, d'une justice qui ne connaîtrait que des droits écrits et où les nobles déclareraient « agresseurs » les manants révoltés contre les privilèges, sans que « les nobles les aient le moins du monde provoqués » ?

Le citoyen qui désire une politique juste et qui ne consent pas à se mettre hors de la collectivité n'a-t-il donc pas de recours ? En vérité, ce problème rappelle simplement les conditions générales du choix politique trop souvent oubliées. Une doctrine politique est et doit être une philosophie du réel et non pas seulement une morale. L'individu doit commencer par choisir sa place dans la société, dans telle société ou en dehors d'elle (clerc, anarchiste, révolutionnaire ou citoyen). Une fois qu'il s'est situé dans son groupe et qu'il a situé son groupe parmi les autres, il lui reste à influer sur la politique de ce groupe selon ses convictions. Mais quand bien même la collectivité ne suivrait pas la politique que lui, citoyen, souhaite et réclame, quand bien même cette politique heurterait sa conscience, il ne saurait refuser d'obéir sans violer le serment qu'il s'est fait à lui-même en prenant sa place de citoyen. Sans doute le citoyen du IIe Reich a logiquement le droit de refuser le IIIe Reich. *Mais on n'a pas le droit d'être citoyen jusqu'à la guerre exclusivement.* Le citoyen ne peut ignorer qu'il entre dans une collectivité prête à se défendre (elle et sa situation et ses richesses) par les armes.

VII. L'État peut-il, oui ou non, reconnaître légalement l'objection de conscience?

Écartons d'abord une interprétation fausse : la reconnaissance de l'objection n'a rien à voir avec la liberté de conscience. Au moins jusqu'à ce jour on n'a jamais interprété le principe de liberté de manière assez large pour qu'il comprît le droit de refuser obéissance aux lois[1].

Il s'agirait donc d'étendre la liberté de conscience au-delà des limites traditionnelles, de reconnaître à l'individu, dans un cas déterminé, le droit de se soustraite à une obligation qui pèse sur tous[2].

La plus grave difficulté d'un tel projet est la suivante : si l'on admet une seule fois que certains citoyens ont le droit de réclamer un traitement particulier au nom de leur conscience, n'est-ce pas ouvrir la porte à toutes les protestations, à toutes les objections?

N'allons pas trop loin, pourtant : comparer l'objection de conscience et l'objection des contribuables est absurdité pure. Nulle charge pécuniaire, si lourde soit-elle, ne peut imposer à personne la violation d'une règle morale. À la rigueur le cas du chrétien qui refuserait son argent pour les écoles sans Dieu serait comparable. Sans nier tout à fait la portée de l'argument, il reste, je crois, une différence de nature : le chrétien qui accomplit son devoir de citoyen et de contribuable peut et doit faire campagne pour une répartition autre des fonds publics. Mais il ne saurait attendre, pour payer, que toutes les

1. Le principe de la liberté de conscience comprend la liberté de penser, d'écrire, de publier, de faire propagande, de célébrer les cultes. Il n'implique pour l'individu ni le droit de désobéir aux lois ni celui d'exiger un traitement spécial chaque fois que la loi faite par la majorité et imposée à tous contredit ses convictions. Il ne suffit donc pas, comme l'écrit M. Philip, que le refus du service se fonde sur une tradition pour que, au nom de la liberté, on doive le reconnaître. (Note de R. Aron.)

2. La reconnaissance de l'objection ne peut être conçue qu'en faveur d'une objection comprise comme nous venons de l'indiquer. *Tout membre d'un parti révolutionnaire* a priori *est exclu du nombre des objecteurs.* Si l'État soupçonne chez l'objecteur une volonté politique, il doit le traiter et le punir comme un anarchiste ou un révolutionnaire. (Note de R. Aron.)

lois lui plaisent. De telles contraintes sont banales dans l'ordre temporel. Sans doute, le service militaire a été exigé dans bien des sociétés et jamais la loi ne s'est arrêtée aux scrupules des individus. Malgré tout — sans que personne puisse invoquer l'exception en faveur d'autres objections — *l'État pourrait reconnaître que l'obligation de tuer entraîne pour le chrétien un conflit avec sa foi.*

Le service civil, selon la proposition même de M. Philip, devrait être plus long que le service militaire; seule manière de mettre à l'épreuve la sincérité de l'objecteur. Par ailleurs, la discipline des camps différerait peut-être assez peu de la discipline militaire (malheureusement ou heureusement, peu importe). Il subsisterait donc la seule différence essentielle : ou bien tuer (ou se préparer à tuer), ou bien travailler pour les autres, pour la vie.

Sur le plan politique les avantages de la reconnaissance légale de l'objection me paraissent les suivants : on n'infligerait plus à des hommes si parfaitement respectables un traitement qui révolte. D'autre part, on arrêterait peut-être l'« épidémie » d'objections. Si l'enrôlement dans le service civil ne comportait pas de trop grandes difficultés, s'il manquait l'attrait du martyre et de la protestation contre l'État, il se pourrait que le recrutement des objecteurs devînt de plus en plus difficile. L'objection perdrait son caractère de propagande antimilitariste et pacifiste. Enfin l'État, qui, *sans renoncer à se défendre par les armes*[1], reconnaîtrait la loi du Christ même en une seule circonstance, un tel État apparaîtrait à tous les yeux comme le modèle du libéralisme. Or, la valeur morale (au moins relative) du régime français est aujourd'hui un des soutiens de sa puissance.

Il faudrait comparer à ces avantages l'exception à la règle ordinaire selon laquelle les lois faites par la majorité sont impératives pour tous. D'autre part, ne serait-ce pas consacrer le mépris des vertus militaires, mettre en doute le devoir de tous les citoyens de contribuer à la défense du pays? Surtout le droit de critiquer les lois sociales au nom de la loi d'amour

1. Les objecteurs s'inspirent peut-être de la doctrine de non-résistance. Mais nous n'avons pas, à propos de l'objection, à discuter cette doctrine. (Note de R. Aron.)

n'est-il pas infiniment dangereux ? Quelle institution résisterait à une telle critique ? L'ordre social ne repose-t-il pas sur la même violence que le pouvoir ensuite exige du citoyen contre l'étranger ?

Chacun pèsera ces divers arguments (et beaucoup d'autres arguments possibles). Reconnaissons simplement que si les conclusions ne découlent pas immédiatement d'un principe, elles resteront des opinions probables : on n'atteint ainsi ni à des certitudes ni à des convictions entières.

Pour mon compte, tout me paraît préférable à l'actuelle confusion. Il n'y a pas tant de vrais fidèles du Christ : les obliger à se compter et les sauver de la prison, c'est soulager la conscience et peut-être même servir l'État.

«De l'objection de conscience», *Revue de métaphysique et de morale*, janvier 1934, reproduit dans *Commentaire*, n° 28-29, février 1985.

JÜRGEN HABERMAS,
« LE PATRIOTISME CONSTITUTIONNEL »

[...]

1945 a mis fin à une période, ne couvrant même pas soixante-quinze ans, qui fut de toute façon malheureuse, et pendant laquelle on chercha à unifier l'État national d'une manière de toute façon incomplète. Cela eut pour conséquence que l'identité culturelle des Allemands s'est séparée de la forme d'organisation politique que constitue l'État unitaire — comme cela s'était déjà produit plus tôt dans le cas de l'Autriche.

L'historien Rudolf von Thadden constate sans ressentiment que Kant demeure une part de l'histoire intellectuelle allemande quand bien même Königsberg s'appelle-t-elle aujourd'hui Kaliningrad — et ne se trouve par conséquent plus en territoire allemand, de l'Ouest ou de l'Est. L'identité culturelle se trouvant découplée de la constitution de la société et de la forme de l'État, la nationalité — devenue certes plus diffuse — cesse, de son côté, d'être associée à l'appartenance à un État, ouvrant ainsi la voie de l'identification politique avec ce que chaque population estime devoir être préservé pour le développement de son propre État, après-guerre. Dolf Sternberger a observé, en République fédérale, un certain patriotisme constitutionnel, donc la disposition à s'identifier avec l'ordre politique et les principes de la loi fondamentale.

Cette identité politique « dégrisée » rompt avec l'arrière-plan d'un passé centré sur l'histoire nationale. Le contenu universaliste d'une forme de patriotisme qui se cristallise autour de l'État démocratique constitutionnel, ne doit plus être rapporté aux continuités victorieuses ; il est incompatible avec cette naturalité brute — mais au second degré — qui caractérise une conscience historique demeurant obtuse quant à la profonde ambivalence de toute tradition ; quant à l'enchaînement de l'irréparable — l'aspect nocturne et barbare de toutes les conquêtes culturelles jusqu'à présent.

Le débat actuel montre toutefois que c'est là une version controversée. D'autres peuvent encore ne découvrir dans ces mêmes phénomènes qu'autant d'indices d'une pathologie qui touche une identité nationale blessée. D'une façon ou d'une autre, des préambules d'une identité postnationale, se référant à l'État constitutionnel, ne pouvaient à vrai dire se déployer et se stabiliser que dans le cadre de tendances excédant la République fédérale

[...]

Je me limiterai à quelques considérations triviales qui, sous nos latitudes, parlent en faveur d'une décrue de l'élément particulariste dans la forme de conscience du nationalisme.

a) [...] L'État national hérite de l'obligation antique de devoir mourir pour la patrie au nom d'une souveraineté qui est elle pensée en termes modernes, et il impose ainsi, sans que cela puisse être remis en question la préséance de la nation sur tous les biens terrestres quels qu'ils soient. Or ce qui constitue là le noyau forgeant la mentalité du nationalisme n'a pas résisté au développement technologique des armements. Aujourd'hui quiconque utilise effectivement les armes avec lesquelles il menace un autre pays, sait qu'il détruit dans le même instant son propre pays. L'objection de conscience quant au service armé est donc entre-temps devenue plus facile à justifier moralement que le service militaire lui-même, désormais devenu paradoxal.

b) Hannah Arendt a vu dans les camps la caractéristique la plus profonde symbolisant notre siècle. Elle ne pensait pas seulement aux camps d'extermination mais aux camps en général, qu'ils soient d'internement ou de réfugiés, d'accueil ou de transit, qu'ils soient destinés à des immigrants politiques, à des personnes expulsées, à des migrants économiques, à des travailleurs immigrés, etc. Ces gigantesques déplacements forcés de populations, qu'ils aient eu pour cause la guerre, l'oppression politique, la misère économique ou le marché international du travail, n'ont pratiquement laissé aucune des sociétés développées inchangées dans leur composition ethnique. Le contact avec le destin de personnes privées de leur droit, la confrontation quasi physique des autochtones avec des formes de vie, des religions et des races étrangères déclenche certainement des réactions de défense ; mais ces expériences donnent aussi une impulsion aux apprentissages, à la perception que l'on a des privilèges attachés à sa propre situation ; elles supposent qu'on s'oblige à relativiser ses propres formes de vie et requièrent qu'on prenne au sérieux les fondements universalistes de sa propre tradition.

c) À un niveau moins dramatique et d'une manière plutôt hypodermique, il y a aussi le retentissement obtenu par les mass-media et le tourisme de masse. Dans les deux cas, il y a transformation, que ce soit de la vision courte qui s'arrête à ce qu'elle voit, ou de la morale de groupe qui se cantonne à son pré carré. Ces phénomènes de masse habituent le regard à l'hétérogénéité des formes de vie et à la réalité des écarts qui peuvent exister entre les conditions de vie que l'on trouve chez nous et celles qui existent ailleurs. Le fait qu'on s'habitue est certes ambivalent : cela ouvre le regard et en même temps l'émousse. Nous ne pourrions pas vivre avec les images du Sahel si nous devions les voir tous les jours. Mais là encore, si nous ne pouvons pas nous en sortir sans refouler, c'est bien la preuve de la présence perturbante d'une société élargie au monde entier. Les épouvantails et les stéréotypes derrière lesquels on se protège de l'altérité étrangère y fonctionnent de moins en moins bien. Plus est importune la manière dont, dans leur multiplicité discordante, des formes de vie distinctes, concurrentes, s'exploitant mutuellement, exigent leur droit à la coexistence et à l'égalité de traitement, et plus il est clair qu'il n'y a plus d'autres solutions que l'extension de la conscience morale dans une direction universaliste.

d) Enfin, ont aussi changé les sciences servant de support à la remémoration de l'héritage culturel d'une nation. Au XIXe siècle, les sciences de l'esprit étaient, au sein de leurs frontières nationales, encore rattachées de plain-pied aux courant de communication propres au public cultivé et à la manière dont celui-ci s'appropriait la tradition dans un usage public. Ce lien s'est défait lorsque se sont désagrégées les couches de la bourgeoisie lettrée. Ensuite l'intégration internationale du système des sciences a aussi concerné les sciences de l'esprit, rendant perméables les traditions scientifiques nationales les unes aux autres. Enfin, il y eut encore le rapprochement des sciences sociales et des sciences de l'esprit qui engendra chez ces dernières une poussée de théorétisation, accélérant la différenciation entre recherche et représentation, entre savoir spécialisé et historiographie exotérique. D'une manière générale, la distance entre les sciences historiques et le processus de mise en œuvre publique de la tradition s'est accrue. La faillibilité du savoir et la concurrence des interprétations tendent plutôt à faire progresser une problématisation de la conscience de l'histoire que la constitution de l'identité et la fondation du sens.

Supposons désormais que ces tendances et d'autres analogues parlent effectivement en faveur d'une transformation formelle des identités nationales — du moins dans la sphère des sociétés industrielles occidentales —, comment faut-il alors se représenter, en somme, le rapport entre une conscience problématisée de l'histoire et une identité politique postnationale ? Toute identité qui fonde l'appartenance à un collectif et qui circonscrit la foule des situations dans lesquelles ceux qui appartiennent à ce collectif peuvent dire, dans un sens emphatique, « nous », apparaît bien devoir demeurer comme quelque chose de non questionné, soustrait à toute réflexion.

[...]

Un patriotisme envers la constitution [...] ne peut se déployer qu'une fois que la culture et la politique de l'État se sont plus fortement différenciées qu'elles ne le sont dans l'État national de première facture. En outre, les identifications avec les formes de vie propres et les traditions sont recouvertes par un patriotisme devenu abstrait, ne se référant plus à la totalité concrète d'une nation mais au contraire à des processus et des principes abstraits. Ceux-ci ont trait aux conditions présidant à la vie en commun et à la communication entre des formes de vie différentes, coexistant à égalité de droit — tant à l'intérieur que vers l'extérieur. L'attachement à ces principes supposé par le patriotisme constitutionnel doit en vérité se nourrir de l'héritage consonant à des traditions culturelles. Les traditions nationales continuent d'empreindre une forme de vie ayant un statut privilégié, mais quand cela serait, ce n'en est qu'une dans une hiérarchie de formes de vie ayant des portées différentes. Celles-ci à leur tour correspondent à des identités collectives qui se chevauchent les unes les autres, mais elles n'ont plus besoin d'un *centre* à partir duquel elles seraient agrégées et intégrées à l'identité nationale. Au lieu de cela c'est l'idée abstraite d'universalisation de la démocratie et des droits de l'homme qui constitue le matériau solide sur lequel vient se réfracter le rayonnement des traditions nationales — du langage, des traditions et de l'histoire de chaque nation propre.

Écrits politiques, trad. Christian Bouchindhomme et Rainer Rochlitz, Paris, Cerf, 1990, p. 232-238.

CHARLES TAYLOR,
«LA POLITIQUE DE RECONNAISSANCE»

Plusieurs courants politiques actuels tournent autour du besoin — parfois de l'exigence — de *reconnaissance*. Le besoin, peut-on dire, est l'une des forces à l'œuvre derrière les mouvements politiques nationalistes. Quant à l'exigence, elle vient au premier rang de bien des façons, dans la politique actuelle des groupes minoritaires ou subalternes, dans certaines formes de féminisme et dans ce que l'on appelle aujourd'hui la politique du «multiculturalisme».

Dans ce dernier cas, l'exigence de reconnaissance prend une certaine acuité du fait des liens supposés entre reconnaissance et identité, où ce dernier terme désigne quelque chose qui ressemble à la perception que les gens ont d'eux-mêmes et des caractéristiques fondamentales qui les définissent comme êtres humains. La thèse est que notre identité est partiellement formée par la reconnaissance ou par son absence, ou encore par la mauvaise perception qu'en ont les autres : une personne ou un groupe de personnes peuvent subir un dommage ou une déformation réelle si les gens ou la société qui les entourent leur renvoient une image limitée, avilissante ou méprisable d'eux-mêmes. La non-reconnaissance ou la reconnaissance inadéquate peuvent causer du tort et constituer une forme d'oppression, en emprisonnant certains dans une manière d'être fausse, déformée et réduite.

Certaines féministes ont ainsi avancé que les femmes, dans les sociétés patriarcales, ont été amenées à adopter une image dépréciative d'elles-mêmes. Elles ont intériorisé l'image de leur propre infériorité, de sorte que, même si certains des obstacles objectifs à leur progression disparaissent, elles peuvent être incapables de tirer parti de ces possibilités nouvelles. Au-delà, elles sont condamnées à subir la torture d'une mauvaise estime de soi. Une analyse analogue a été faite à propos des Noirs : depuis des générations, la société blanche a donné d'eux une image dépréciative à laquelle certains n'ont pas eu la force de résister. De ce point de vue, cette autodépréciation devient l'une des armes les plus efficaces de leur propre oppression. Leur premier objectif devrait être de se débarrasser de cette identité imposée et destructrice. Récemment, une analyse similaire a été faite pour les peuples indigènes et colonisés en général. On estime que, depuis 1942, les Européens ont donné d'eux une image inférieure et «non civilisée», et qu'ils ont été capables d'imposer cette image aux peuples subjugués par la force. Le personnage de Caliban symboliserait assez bien ce portrait méprisant des aborigènes du Nouveau Monde.

Dans ces perspectives, le défaut de reconnaissance ne trahit pas seulement un oubli du respect normalement dû. Il peut infliger une cruelle blessure, en accablant ses victimes d'une haine de soi paralysante. La reconnaissance n'est pas simplement une politesse que l'on fait aux gens : c'est un besoin humain vital.

[...]

On peut distinguer deux changements, dont la conjonction a rendu inévitable la préoccupation moderne d'identité et de reconnaissance. Le premier est l'effondrement des hiérarchies sociales qui avaient pour fondement l'*honneur*. J'emploie ici ce mot au sens de l'Ancien Régime, intrinsèquement lié aux inégalités. En ce sens, pour que certains aient de l'honneur, il est essentiel que tous n'en soient pas dotés. C'est en ce sens que Montesquieu l'emploie dans sa description de la monarchie[1]. C'est aussi le sens dans lequel on emploie le mot lorsque l'on parle d'«honorer» quelqu'un en lui donnant une

1. «La nature de l'honneur est de demander des préférences et des distinctions [...]» (Montesquieu, *De l'esprit des lois*, livre III, chap. VII, coll. G.-F. Flammarion, 1979, p. 149). (Note de C. Taylor.)

récompense publique, comme par exemple la Légion d'honneur en France. Il est clair que cette distinction n'aurait aucune valeur si l'on décidait de l'accorder à toute la population adulte du pays.

À côté de cette notion d'honneur, on a la notion moderne de dignité, utilisée à présent en un sens universaliste et égalitaire lorsque l'on parle de la « dignité inhérente à tout être humain » ou de la dignité de citoyen. Le principe sous-jacent est ici que chacun en est investi[1]. Il est évident que ce concept de dignité est le seul compatible avec une société démocratique, et que l'ancien concept d'honneur est inéluctablement dépassé. [...] La démocratie a inauguré une politique de reconnaissance égalitaire qui a pris différentes formes à travers les années, avant de revenir sous forme d'exigence pour l'égalité de statut des cultures et des sexes.

Toutefois, l'importance de la reconnaissance a été modifiée et intensifiée par la nouvelle conception de l'identité individuelle qui apparaît à la fin du XVIIIe siècle. On pourrait parler d'une identité *individualisée*, particulière à ma personne et que je découvre en moi-même. Cette notion apparaît en même temps qu'un idéal : être fidèle à moi-même et à ma propre manière d'être.

[...]

Il existe une certaine façon d'être humain qui est *ma* façon. Je suis appelé à vivre ma vie de cette façon, non à l'imitation de la vie de quelqu'un d'autre. Mais cette notion donne une importance nouvelle à la fidélité que je dois à moi-même. Si je ne le suis pas, je manque l'essentiel de ma vie ; je manque ce qu'être humain signifie pour *moi*.

Tel est le puissant idéal moral qui est parvenu jusqu'à nous. Il accorde l'importance morale à une sorte de contact avec moi-même, avec ma propre nature intérieure qu'il voit en danger d'être perdue, partiellement à cause des pressions vers la conformité extérieure, mais aussi parce que, en prenant une

1. L'importance de ce déplacement de l'« honneur » à la « dignité » est discutée par Peter Berger dans son « On the Obsolescence of the Concept of Honour », in *Revisions : Changing Perspectives in Moral Philosophy*, éd. par Stanley Hauerwas et Alasdair MacIntyre, Notre Dame (Ind.), University of Notre Dame Press, 1983, p. 172-181. (Note de C. Taylor.)

attitude instrumentale vis-à-vis de moi-même, il se peut que j'aie perdu la capacité d'écouter la voix intérieure. Cela accroît considérablement l'importance de ce contact avec soi-même, en introduisant le principe d'originalité : chacune de nos voix a quelque chose d'unique à dire. Non seulement je ne dois pas modeler ma vie sur les exigences du conformisme extérieur ; je ne peux même pas trouver un modèle de vie à l'extérieur de moi-même. Je ne puis le trouver qu'en moi[1].

Être fidèle à moi-même signifie être fidèle à ma propre originalité qui est quelque chose que moi seul peux énoncer et découvrir.

Multiculturalisme : différence et démocratie (1992), trad. Denis-Armand Canal, Paris, Aubier, 1994.

1. John Stuart Mill a été influencé par ce courant de pensée romantique lorsqu'il a fait de quelque chose approchant l'idéal d'authenticité le fondement de l'un de ses plus puissants arguments dans *On Liberty*. Voir spécialement le chapitre 3, où il avance que nous avons besoin de quelque chose de plus que d'une capacité d'« imitation simiesque » : « *A person whose desires and impulses are his own — are the expression of his own nature, as it has been developed and modified by his own culture — is said to have a character.* » « *Il a person possesses any tolerable amount of common sense and experience, his own mode of laying out his existence is the best, not because it is the best in itself, but because it is his own mode* » (John Stuart Mill, *Three Essays*, Oxford University Press, 1975, p. 73, 74 et 83). (Note de C. Taylor.)

Conclusion

Pourquoi le « citoyen » et la « citoyenneté » sont-ils devenus, depuis une dizaine d'années, des mots aussi largement diffusés, jusqu'à en devenir obsédants ? C'est évidemment qu'ils soulèvent le problème de notre destin, indissolublement individuel et collectif. Ils nous invitent à une prise de conscience, à une réflexion sur ce qui nous permet de vivre ensemble, sur les valeurs communes au nom desquelles on essaie de gérer les rivalités et les conflits qui opposent inévitablement les hommes.

La démocratie moderne organise de manière continue les débats sur le fonctionnement de la société, en rendant légitimes la critique et la contestation de l'ordre établi. Nous devons pleinement participer à cette critique qui est au fondement de la citoyenneté. Il faut prendre ses distances avec la fausse évidence de la démocratie.

La citoyenneté est aujourd'hui volontiers critiquée au nom de l'avenir et des valeurs du « multiculturalisme » et de l'ouverture aux autres — valeur proclamée de l'individualisme moderne —, elle est alors jugée démodée ou « ringarde ». Personne ne condamne plus le principe de la citoyenneté « formelle » qu'on appelle en France « républicaine », mais certains la jugent désormais insuffisante et inopérante. Le débat sur les manières dont on doit l'adapter à la société moderne, ou postmoderne, pour la rendre plus efficace fait partie de la pratique de la citoyenneté. Il est légitime de s'interroger sur les aménagements ou les développements qu'il faudrait lui apporter pour lui donner son sens plein et sa véritable efficacité.

Plusieurs courants de réflexion se développent à ce sujet. Le premier est suscité par la construction de l'Europe politique. La citoyenneté a été jusqu'à présent nationale, les institutions qui l'ont organisée et rendue effective ont été nationales. Or les nations sont affaiblies dans leur rôle de sujets historiques. Comment conjuguer la citoyenneté nationale et la citoyenneté européenne ? La citoyenneté européenne peut-elle n'être que l'élargissement à l'Europe de la citoyenneté nationale ou doit-elle être de nature différente ? Le deuxième courant s'interroge sur la compatibilité de la citoyenneté politique avec l'existence de sociétés ouvertes. Les sociétés sont aujourd'hui plus ouvertes et plus diverses qu'autrefois — du moins le pense-t-on très généralement — et elles connaissent des revendications, inconnues dans les générations du passé, pour que les droits culturels de certains groupes de populations ne soient plus laissés à la liberté des individus dans le privé, mais qu'ils soient publiquement reconnus. Comment le faire sans remettre en question la liberté et l'égalité des individus, qui, l'expérience l'a montré, doivent rester un impératif? Enfin, dernière interrogation, les sociétés modernes sont de plus en plus organisées autour d'un projet essentiellement économique et social, de moins en moins politique. C'est le chômage, et non la liberté politique ou la défense des droits de l'homme, qui est au cœur des campagnes électorales. Comment faut-il repenser la citoyenneté politique et individuelle pour qu'elle organise effectivement les comportements collectifs dans des sociétés ouvertes sur le monde, où l'économie joue un rôle prééminent?

La réflexion sur l'évolution nécessaire des formes et des contenus de la citoyenneté ne saurait évacuer la constatation majeure. Nous ne disposons pas d'une meilleure idée pour faire vivre ensemble les hommes, par définition divers et inégaux, en respectant leur dignité, valeur fondatrice de la société démocratique. La citoyenneté se fonde en effet sur l'idée que, par delà les différences et les inégalités, tous les hommes sont égaux en dignité et qu'ils doivent être traités juridiquement et politiquement de manière égale. Les individus concrets ont des références historiques, des fidélités religieuses diverses, ils sont inégaux économiquement et socialement. La transcendance de ces enracinements et de ces particularismes, de toute nature, par l'idée et les institutions de la citoyenneté apparaît à ce jour le seul fondement d'une organisation politique qui soit susceptible de les faire vivre ensemble en respectant la dignité de chacun d'entre eux. La discussion sur les formes concrètes de l'organisation de ce principe dans la société n'en est que plus vive et plus justifiée.

La réflexion sur la citoyenneté ne doit pas céder à l'hagiographie. Le citoyen doit toujours être un citoyen critique. La réflexion doit mettre au jour les limites de l'efficacité réelle de la citoyenneté pour organiser effectivement les sociétés historiques. Elle doit prendre en compte les manquements au principe qu'on a pu observer dans l'histoire des plus anciennes et des plus respectables sociétés démocratiques. Elle doit s'interroger sur le sens de ces manquements. On ne doit pas négliger les usages pervers qui ont pu être faits de l'idée de citoyenneté. Il n'a pas suffi de supprimer le statut de l'esclavage aux États-Unis et de proclamer l'égalité du statut juridique et politique de tous les Américains pour faire des « Noirs » des citoyens comme les autres. Plus d'un siècle sépare la proclamation de la suppression de l'esclavage de l'exercice réel de leur droit de vote par les Afro-Américains. Personne ne saurait non plus oublier que le statut des juifs du 3 octobre 1940, promulgué par le gouvernement de Vichy au lendemain même de la défaite, fut appliqué consciencieusement par toutes les autorités de l'État républicain, y compris le Conseil d'État, gardien des libertés publiques, dans l'indifférence du plus grand nombre. Même si les temps de défaite et d'humiliation sont peu propices à la défense des principes, on ne peut que conclure que le danger est toujours grand que les hommes les oublient, avec les conséquences que nous connaissons. On ne saurait pas non plus oublier que la République française conçut le projet de constituer l'Algérie en départements français sans pour autant accorder une citoyenneté égale à tous ses habitants. Jusqu'en 1958, les colons et les colonisés formaient deux collèges électoraux distincts, élisant des assemblées distinctes. Colons et colonisés ne disposaient pas de droits politiques «formellement» égaux. Mais de ce qu'un principe fut souvent mal appliqué, et qu'il risque constamment de l'être si nous n'y prenons pas garde, il ne faut pas conclure qu'il cesse d'être ce qu'il est. Il faut lutter pour qu'il soit effectivement appliqué.

Essentiellement critiques, la réflexion et la pratique de la citoyenneté ne devraient céder ni à la tentation de la dénonciation ni à celle de la complaisance ou de la célébration aveugle. Elles devraient permettre le dialogue raisonnable entre des citoyens qui ne partagent pas ce qu'on appelle la même sensibilité politique, principe qui fonde les pratiques quotidiennes de la citoyenneté et lui donne son sens. La société démocratique n'ignore pas les conflits et les rivalités, mieux, elle reconnaît qu'ils sont partie prenante de l'ordre légitime — le droit de grève est garanti par la Constitution — et s'efforce de les gérer conformément aux règles communes. Contrairement aux régimes tyranniques, elle ne refoule pas les conflits en imposant l'autorité de l'État par la peur et la violence, elle organise des instances pour qu'ils s'expriment dans la vie publique et qu'ils soient progressivement contrôlés et réduits par la discussion organisée selon la loi.

L'histoire montre que la citoyenneté a été obtenue par les luttes sociales. Elle n'est pas donnée, elle n'est jamais acquise une fois pour toutes. Elle est vouée à connaître des réinterprétations et des développements. C'est une construction des hommes et elle ne peut durer que par leur volonté de renouveler le projet politique par lequel ils forment une société dont les exigences leur apparaissent légitimes. Le contenu et les formes changent et ils changeront nécessairement avec l'évolution de la vie sociale.

Les sociétés fondées sur la citoyenneté, ou républiques, ont su se démocratiser. C'est en s'appuyant sur l'idée de citoyenneté que les partis ouvriers ont mené les luttes qui ont permis l'intégration de la classe ouvrière dans la société démocratique : ils revendiquaient qu'on modifiât en leur faveur les structures politiques au nom des principes mêmes qui fondent la citoyenneté. Les sociétés ont su répondre à la juste critique marxiste, en gardant l'idée que la citoyenneté formelle doit devenir effectivement aussi « réelle » que possible. Le développement de l'État-providence est une conséquence, décalée dans le temps, de la proclamation de l'égalité et de la légitimité du citoyen. Même si c'est avec des retards et des difficultés, les droits de la citoyenneté ont été finalement accordés aux femmes. Les Afro-Américains ont acquis la pleine citoyenneté. Ce qu'enseignent ces expériences, c'est que, pour donner à la citoyenneté un contenu réel, pour développer toutes ses possibilités, il fallait s'inscrire *à l'intérieur* même du principe de la citoyenneté politique, non le combattre ou le dévaloriser. Il fallait déployer ou expliciter tout ce qui, à l'origine, était resté implicite dans l'affirmation de la citoyenneté, inévitablement proclamée à un moment donné dans des sociétés données, avec les formes et les exigences de leur temps. Il faut continuer à le faire. Le débat actuel sur la reconnaissance possible ou souhaitable des droits culturels a le mérite de rappeler que l'adhésion à la citoyenneté ne peut être que critique et raisonnée et que les droits de l'homme, comme ceux du citoyen, doivent être continuellement repensés et réinterprétés. L'individualisme de la société démocratique ne peut être sans effet sur les pratiques quotidiennes de la citoyenneté.

La société fondée sur la légitimité, les valeurs et les institutions de la citoyenneté est une forme d'organisation aussi improbable que fragile. Elle ne fonctionne que lorsqu'un espace public s'est construit, qui transcende la société concrète, ses divisions et ses inégalités. C'est une société fragile, où les liens qui unissent les hommes sont d'abord juridiques et politiques. C'est aussi une société fragile parce qu'elle est fondée sur un principe de renversement du monde social. Elle affirme en effet, contre toute l'expérience sociale concrète, l'égalité civile, juridique et politique d'individus divers et inégaux par leurs origines et leurs capacités. Elle suscite inévitablement des critiques parfaitement justifiées, lorsque la réalité sociale quotidienne est comparée aux valeurs dont les gouvernants et les citoyens se réclament.

La citoyenneté est une utopie créatrice. Elle s'efforce de dépasser les passions ethniques ou ethnico-religieuses. Elle entend résoudre par le droit les conflits entre les groupes sociaux dont les intérêts sont opposés. Pourtant, elle fait inévitablement appel à la notion de communauté de langue et d'histoire. Elle ne peut être pure rationalité. Elle s'efforce de maintenir la rationalité d'une organisation politique fondée sur le droit et l'idée de liberté et d'égalité, alors que les hommes entretiennent des passions et des conflits. C'est un véritable paradoxe que de créer une communauté des citoyens. Comme toutes les inventions de l'homme qui font appel à la raison plutôt qu'aux passions, elle est essentiellement fragile, toujours menacée, toujours à défendre. Mais c'est peut-être parce que la liberté et l'aspiration à l'égalité répondent à une aspiration naturelle, propre à tous les hommes, que les régimes fondés sur la citoyenneté ont tout de même fini par résister victorieusement aux deux projets politiques du XXe siècle, le nazisme et le communisme, qui voulaient la détruire.

ORIENTATIONS BIBLIOGRAPHIQUES

CHAPITRE PREMIER
LA MODERNITÉ POLITIQUE

FURET, François, *La Révolution en débat* (1980-1997), Paris, Gallimard, « Folio », 1999.

GAUCHET, Marcel, *La révolution des droits de l'homme*, Paris, Gallimard, « Bibliothèque des histoires », 1989.

MANENT, Pierre, *Histoire intellectuelle du libéralisme. Dix leçons*, Paris, Calmann-Lévy, « Liberté de l'esprit », 1987.

RIALS, Stéphane, *La Déclaration des droits de l'homme et du citoyen*, Paris, Hachette, « Pluriel », 1989.

SCHNAPPER, Dominique, *La communauté des citoyens. Sur l'idée moderne de nation*, Paris, Gallimard, « NRF Essais », 1994.

Collectif, *Le piège de la parité*, Paris, Hachette « Pluriel », 1999.

CHAPITRE II
LES CRITIQUES

ARON, Raymond, *Essai sur les libertés* (1965), Paris, Hachette, « Pluriel », 1976

BURKE, Edmund, *Réflexions sur la Révolution française* (1790), Paris, Hachette, « Pluriel », 1989.

ESPING-ANDERSEN, Gosta, *Les trois mondes de l'État-providence. Essai sur le capitalisme moderne* (1990), Paris, PUF, « Le lien social », 1999.

FERRY, Luc et RENAUT, Alain, *Philosophie politique*. T. III : *Des droits de l'homme à l'idée républicaine* (1985), Paris, PUF, « Quadrige », 1996.

CHAPITRE III
LES INSTITUTIONS

BADIE, Bertrand et HERMET, Guy, *Politique comparée*, Paris, PUF, « Thémis », 1990.

COSTA-LASCOUX, Jacqueline, *Les trois âges de la laïcité*, Hachette, « Questions de politique », 1996.

FAVRE, Pierre (dir.), *La manifestation*, Paris, Presses de la Fondation nationale des sciences politiques, 1990.

PORTELLI, Hugues, *Régimes politiques européens*, Paris, Le Livre de poche, 1994.

ROSANVALLON, Pierre, *Le sacre du citoyen. Histoire du suffrage universel en France*, Paris, Gallimard, « Bibliothèque des histoires », 1992.

WOLTON, Dominique, *Penser la communication*, Paris, Flammarion, « Champs », 1997.

CHAPITRE IV
L'INDIVIDUALISME DÉMOCRATIQUE

CARBONNIER, Jean, *Droit et passion du droit sous la Ve République*, Paris, Flammarion, 1996.

HERVIEU-LÉGER, Danièle, *Vers un nouveau christianisme ?*, Paris, Cerf, 1986 ; *Le pèlerin et le converti. La religion en mouvement*, Paris, Flammarion, 1999.

SCHNAPPER, Dominique, *La France de l'intégration. Sociologie de la nation en 1990*, Paris, Gallimard, « Bibliothèque des sciences humaines », 1991.

THÉRY, Irène, *Le démariage*, Paris, Odile Jacob, 1993.

CHAPITRE V
CITOYENNETÉ ET NATION

BERTEN, André, DA SILVEIRA, Pablo, POURTOIS, Hervé (prés.), *Libéraux et communautariens*, Paris, PUF, « Philosophie morale », 1997.

RENAUT, Alain (dir.), *Histoire de la philosophie politique*, t. V, *Les Philosophies politiques contemporaines*, Paris, Calmann-Lévy, 1999.

TOULEMON, Robert, *La construction européenne*, Paris, éd. de Fallois/Le livre de poche, 1999.

WAHNICH, Sophie, *L'impossible citoyen. L'Étranger dans le discours de la Révolution française*, Paris, Albin Michel, 1997.

INDEX*

Les pages correspondant aux annexes apparaissent en italique.

* Établi par Marie Bouquet.

DES MÊMES AUTEURS

DOMINIQUE SCHNAPPER

Aux Éditions Gallimard

L'ITALIE ROUGE ET NOIRE, hors série, 1971.

JUIFS ET ISRAÉLITES, « Idées », n° 423, 1980.

L'ÉPREUVE DU CHÔMAGE, « Idées », n° 444, 1981 ; nouvelle édition complétée, « Folio Actuel », n° 42, 1994.

SIX MANIÈRES D'ÊTRE EUROPÉEN, ouvrage collectif sous sa direction et celle d'Henri Mendras, « Bibliothèque des sciences humaines », 1990.

LA FRANCE DE L'INTÉGRATION. SOCIOLOGIE DE LA NATION EN 1990, « Bibliothèque des sciences humaines », 1991.

LA COMMUNAUTÉ DES CITOYENS. SUR L'IDÉE MODERNE DE NATION, « NRF Essais », 1994. Prix de l'Assemblée nationale.

LA RELATION À L'AUTRE. AU CŒUR DE LA PENSÉE SOCIOLOGIQUE, « NRF Essais », 1998.

Chez d'autres éditeurs

MORPHOLOGIE DE LA HAUTE ADMINISTRATION FRANÇAISE. I. LES AGENTS DU SYSTÈME ADMINISTRATIF. II. LE SYSTÈME ADMINISTRATIF (avec Alain Darbel), Mouton, 1969 ; 1972.

SOCIOLOGIE DE L'ITALIE, Presses universitaires de France, « Que sais-je ? », 1974.

HISTOIRE ORALE OU ARCHIVES ORALES? (avec D. Hanet *et al.*), Association pour l'histoire de la Sécurité sociale, 1980.

LA RÉVOLUTION INVISIBLE. RECHERCHES SUR LA DIFFUSION DE LA CONNAISSANCE EN MATIÈRE DE SÉCURITÉ SOCIALE, Association pour l'histoire de la Sécurité sociale, 1989.

L'EUROPE DES IMMIGRÉS. ESSAI SUR LES POLITIQUES D'IMMIGRATION, François Bourin, 1992.

MUSULMANS EN EUROPE, ouvrage collectif sous sa direction et celle de Bernard Lewis, Actes Sud/Observatoire du changement social en Europe occidentale, 1992.

CONTRE LA FIN DU TRAVAIL. Entretiens avec Philippe Petit, Textuel, « Conversations pour demain », 1997.

LA COMPRÉHENSION SOCIOLOGIQUE. DÉMARCHE DE L'ANALYSE TOPOLOGIQUE, Presses universitaires de France, « Le lien social », 1999.

CHRISTIAN BACHELIER

Aux Éditions Gallimard

Georges Friedmann, JOURNAL DE GUERRE 1939-1940 (édition avec Marie-Thérèse Basse), collection blanche, 1987.

Raymond Aron, CHRONIQUES DE GUERRE. La France libre 1940-1945, hors série, 1990.

Chez d'autres éditeurs

Raymond Aron, UNE HISTOIRE DU XXᵉ SIÈCLE. Anthologie, Plon, 1996.

Composition Interligne.
Impression Bussière Camedan Imprimeries
à Saint-Amand (Cher), le 23 mai 2000.
Dépôt légal : mai 2000.
1er dépôt légal dans la collection : février 2000.
Numéro d'imprimeur : 002509/1.
ISBN 2-07-041189-3./Imprimé en France.

97066